U0124656

庶出的标志

BEND SINISTER Vladimir Nabokov

弗拉基米尔·纳博科夫

金衡山——译

上海译文出版社

Vladimir Nabokov
BEND SINISTER

Copyright © 1989 by Vintage International, New York
BEND SINISTER by Vladimir Nabokov
Copyright © 1947 by Vladimir Nabokov
All rights reserved

图字：09-2008-038号

图书在版编目（CIP）数据

庶出的标志/（美）弗拉基米尔·纳博科夫
（Vladimir Nabokov）著；金衡山译.—上海：上海译
文出版社，2023.4
（纳博科夫精选集.Ⅳ）
书名原文：Bend Sinister
ISBN 978-7-5327-9239-9

Ⅰ.①庶…　Ⅱ.①弗…②金…　Ⅲ.①长篇小说—美
国—现代　Ⅳ.①I712.45

中国国家版本馆CIP数据核字（2023）第062034号

庶出的标志　　　　Vladimir Nabokov　　　　出版统筹　赵武平
Bend Sinister　　　弗拉基米尔·纳博科夫　著　责任编辑　陈飞雪
　　　　　　　　　　金衡山　译　　　　　　　装帧设计　山　川

上海译文出版社有限公司出版、发行
网址：www.yiwen.com.cn
201101　上海市闵行区号景路159弄B座
江阴市机关印刷服务有限公司印刷

开本787×1092　1/32　印张8.625　插页5　字数144,000
2023年5月第1版　2023年5月第1次印刷

ISBN 978-7-5327-9239-9/I·5754
定价：75.00元

前言

　　《庶出的标志》是我在美国写的第一部长篇小说，那是在我和美国互相适应的六年之后。小说的大部分是在一九四五年冬至一九四六年春完成的，那是我生命中一段晴朗无云、神清气爽的时光。我的身体棒极了，每天香烟的消耗量达到四盒。我每晚至少睡四五个小时，剩下的时间便拿着铅笔在我住的那间昏暗的小寓舍里踱步。公寓在马萨诸塞州剑桥克力格区，我租的寓舍楼上是一位走步敦实的老太太，脚步踩得地板"咚咚"响，楼下则是一位听觉特别敏感的年轻女性。每天，星期天也不例外，我都会花上十个小时，在哈佛大学比较动物学博物馆里研究蝴蝶的结构，那儿可是实验的天堂；但是一个星期中有三天，我在那儿只呆到中午，然后恋恋不舍地从显微镜和闪光的照相机前离开，前往韦尔斯利（坐有轨电车和公共汽车，或者是地铁和火车），我在那里教女学生们俄语语法和文学。

　　小说在一个温暖的下着雨的晚上完成，与第十八章结尾的描述多少有点相同。一位好心的朋友，埃德蒙·威尔逊，读了打字稿，推荐给了艾伦·泰特，后者让霍尔特出版社在一九四七年出版了这部小说。我那时全身心地扑在别的事情上，但还是可以察觉到小说反响平平。我记得赞誉声只在两本周刊——《时代》和《纽约客》（可能是）上响起。

"庶出的标志（bend sinister）"一词指的是从盾徽上右上方到左下方的对角条纹（通常，但是不很准确，有表示私生子的含义）。选择这个标题是想暗示一种被折射破坏的线型轮廓，一幅镜中的扭曲图像，一次人生的错误转向，一个怪诞邪恶的世界。这个题目的不足之处是，一本正经、喜欢"总体思想"或者"人文关怀"（这两个意思没有什么差别）的读者或许会被引导着这么去看待这部作品。

没有什么比讨论小说的"总体思想"更无聊的事了，不管是从作者还是读者的用意角度来看。这篇前言的目的不是要表明《庶出的标志》属于或者不属于"严肃的文学"（这不过是空洞的深沉和讨好的平庸的一种委婉说法而已）。我对所谓的社会评论文学（用新闻和商业用语来说就是"巨著"），一向没有兴趣。我不是"真诚"的人，也不会产生很多"启发"，也不是要"讽刺"什么。我不是教条主义者，也不是寓言家。政治和经济，原子弹，原始的和抽象的艺术形式，整个东方，在苏俄发生的"解冻"的征象，人类的未来等等，所有这一切与我都无关紧要。就像我的另一部小说《斩首之邀》——与现在这部小说倒是有着明显的关联——一样，把《庶出的标志》和卡夫卡的作品或者是奥威尔的陈词滥调不加分析、不动脑子地比较只会证明，做这种比较的人既没有读过那位伟大的德语作家，也不可能读过那位二流的英国作家。

同样，我所处的时代对我现在这本书的影响微不足道，就像我的书，或者至少是这本书，对我所处时代的影响可忽略不计一样。毫无疑问，可以从镜子中清晰地分辨出那些愚蠢可憎的政体造成的某些扭曲，这个我们大家都清楚，在我的生命之路中也曾遭受过它们的打击：那些个充斥暴君和暴行的、法西斯的、庸俗思想家和粗暴的压迫者的世界。同样，也毫无疑问，如果我面前没有以上臭名昭著的例子，我不会在这个离奇的故事中掺和进一些演说的只言片语，宪法的一堆东西，还有纳粹一套貌似很有效率的长篇大论。

尽管扣押人质可以说和最古老的战争一样历史悠久，但是，当一个暴君统治下的国家对自己的国民发动起战争，把公民扣为人质，而且不受任何法律限制，在这种情况下，一种更富新意的东西油然而生。而近来又更前进了一步，那就是采用一种微妙的，我称之为"爱的杠杆"的方法——残忍地通过控制人心弦深处的感情，把反抗者与他可怜的国家绑在一起（苏联人运用这种方法尤其成功）。但是，需要提请注意的是，在《庶出的标志》中，巴图克统治下的那个年轻的警察国家——一种愚钝的品格成为国民的通性（因此，既浑噩无知又胡作非为便成为可能，感谢上帝，这成为所有专制国家的特征）——相比于现实中熟练使用爱的杠杆的政体来说是落在了后面，一开始它只是毫无计划地瞎摸索，毫无必要地迫害死了不少克鲁格的朋友，浪费了很多时间，后来才偶然地意识到（在第十五章）只要夺走他幼小的孩子，就可以迫使他做他们想让他做的任何事。

《庶出的标志》的故事并不是关于一个发生在荒诞的警察

国家中生与死的故事。我笔下的人物不是"类型"，不是这个或那个思想的载体。巴图克，可鄙的独裁者、克鲁格昔时的同学（他曾常常受到同学们的折磨，经常得到学校看门人的爱抚）；亚历山大博士，政府的特务；不可言喻的胡斯塔福；冰冷的克力斯塔尔森；倒霉的考娄考娄利泰斯奇考夫；还有三个巴肖芬姊妹；滑稽的警察麦克；那些个既粗鲁又愚蠢的士兵——所有这些人都只是怪诞的影子和虚幻，在克鲁格短暂的生存过程中，对他产生了诸多压抑，但一旦我把这些演员拿掉以后，这些人影就隐去了，不会产生任何伤害。

因此，《庶出的标志》的主题是克鲁格那颗充满爱意的心的跳动，是那种强烈的温柔的情感被挟持之后经历的折磨——可以说，本书的主线是关于大卫和他的父亲的故事，这才是读者应该关注的。与此同时，还有另外两条副线：没有人性的愚蠢暴行杀死了那个本应该留活口的孩子，而另外一个孩子却错误地留了下来，这种愚蠢导致了原来设想的计划失败；还有一条则是克鲁格发疯（同时对他而言也是一种幸运）的故事线，当他突然看到了赤裸裸的现实，心明如镜，但又无法用他那个世界的语言加以表达，也就是说，他、他的妻儿以及所有其他人都只是我的幻想和怪念的产物。

就我来说，我是不是在小说中表示了某种判断，表达了一种判决，以及道义上的一种满足？如果白痴和暴徒可以惩罚另一些白痴和暴徒，如果罪行在巴图克毫无意义可言的世界里（所有这一切都是值得怀疑的）还保留一种客观的意义，那么我们可以断定，在小说的最后罪行还是得到了惩罚，最后，那些身着制服、形同蜡像的家伙真正地受到了伤害，蠢货们最终身陷很是可怕的痛苦之中，而漂亮的玛利亚特则开始流血，被四十个欲火缠身的士兵包围、粉碎。

小说的情节诞生于一个积了雨水的发亮的水坑中。克鲁格从医院的窗口里看见了那个水坑，他妻子正在医院里奄奄一息。那个长椭圆形的水坑，形状像一个细胞，正要分裂，在小说中，以次主题的形式多次再现，第四章中的墨渍，第五章中的墨迹，第十一章中打翻的牛奶，第十二章中的纤毛虫一般弯弯曲曲的思索，第十八章中闪着磷光的岛民的脚印，以及在小说结尾的文字紧密交织在一起的段落里，一个灵魂留下的印迹。这个水坑于是一次又一次在克鲁格的头脑中掀起波澜，与其妻子的意象紧密联系在一起，这不仅因为他在她逝世的床前冥思日落，还因为这让我隐隐约约地与他走到了一起：一道让他从这个世界通往另一个世界的狭缝，一个充满温柔、阳光和美丽的世界。

另一个更能充分说明奥尔嘉的意象是她在一面明亮的镜子前卸妆，取下那些象征世俗生活的珠宝、项链和钻石头饰的情景。这一画面在克鲁格的梦中出现了六次，克鲁格的那些不间断的、梦中折射的儿时回忆（第五章）。

双关语是一种文字瘟疫，是一种文字世界中的传染病；无怪乎在巴图克格勒文字被疯狂地、不恰当地扭曲了，在那里每个人只是另外一个人的回文。这样的文字扭曲本书中比比皆是，如双关语中夹回文（在第二章里，俄语"圆周"[krug] 变成了日耳曼语"黄瓜"[gurk]，意指克鲁格过桥往返的经历）；一些富有隐含意义的自造词儿（如阿莫拉恩岛拉 [amorandola] —— 一种吉他名），还有对一些叙述上陈词滥调的戏仿（"他听到了最后几个字"和"他好像是这帮士兵的头头"，第二章），以及首音互换的做法（如"沉默"[silence] 和"科学"[science]，玩一种交叉跳跃游戏，第十七章），当然，还有不同语言的混合。

巴图克格勒和奥秘高德说的语言，以及在库尔河谷，萨卡拉山区和马卢尔湖区说的语言间混了斯拉夫语和日耳曼语，又带有浓重的古代库尔语音（在表达痛苦的叫喊时尤其明显），但是俄语和德语口语也经常用到，各个阶层的都有代表，从粗俗的埃克利斯士兵到声名显赫的知识分子。如，在第七章里，安波给他的朋友举了哈姆莱特独白（第三幕第一场）头三行的例子，这些句子被翻译成当地语言（第一句话做了伪学术式的解读，指哈姆莱特对杀死克劳狄斯的考虑："是杀还是不杀？"）。紧接着，他又把第四幕第七场中王后的讲话变成了俄语（同样，加了注释），以及第三幕第二场中的一个散文段落同样也译成了极好的俄文，是这样开头的："这难道不会，先生，还有那羽毛的森林……"翻译问题，从一种语言到另一种语言的流畅转换，语义上的透明度使得意义层次叠加或减少，这些都是 Sinisterbad 这一专制体制的特征，就像专制政体遇到的货币问题一样。

在这面反射恐惧和艺术的魔镜里，一段伪造莎士比亚的含混引文（第三章），可以多少造成一种模糊的、小范围内的杂耍秀，与下一章华丽的尾声相得益彰，尽管并没有多少文字上的意义。从《白鲸》里随意挑选出来的句子，以"一首著名的美国诗歌"的形式出现（第十二章）。如果在一次陈腐的官方演讲中，"海军上将"（admiral）和他的"舰队"（fleet）一开始被那位鳏夫听成是"动物"（animal）和它的"脚"（feet），这是因为这个刚刚失去了妻子的男人把上一句话不小心曲解了。在第三章里，安波在回忆中提到四部畅销小说，常坐列车上下班的有心人肯定不会不注意到其中三本小说的题目大致构成洗手间里常见的话语：火车驶过城镇和村庄时不要使用厕所，而第四本小说则暗指韦尔贾尔的那部廉价的《伯纳黛特之歌》，一半是祭坛面包，另一半是夹心软糖，雅俗共赏。同样，在第六章的开头，也提到了一些当时流行的通俗浪漫小说，小说《飘》（*Gone with the Wind*）的题目（来自道森的《辛娜拉》一诗）被《丢弃的玫瑰》（*Flung Roses*）（同样来自该诗）所替代，只是在语义上做了一点点改动，而两部廉价小说（作者分别为雷马克和肖洛霍夫）拼在一起则刚好是《顿河无战事》。

斯特凡·马拉美写过三四个不朽的小作品，其中一部叫《牧神的午后》（初稿写于一八六五年）。克鲁格的头脑中萦绕着一段来自此作品的纵情声色的牧歌文字，牧神不满山林仙女从他的拥抱中挣脱了出去，"没有对我喝得酩酊大醉时的呜咽的怜悯"（'sans pitié du sanglot dont j'étais encore ivre'[1]）。这句话

---

1 法语，下文 malarma ne donje 是作者自造的巴图格勒使用的语言，混用了该句法语中的一个词 dont，以及马拉美的名字 Mallarmé。

零零碎碎地在整部书里回响出现，比如，在第四章阿卒罗斯博士可怜的鸣咽中（malarma ne donje），在克鲁格抱歉地（donje te zankoriv）打断那个大学生和他的小卡门（预示了后面情节里出现的玛利亚特）的亲吻时。死亡也是无情的阻碍，这位鳏夫压抑的性欲想在玛利亚特身上寻找一个病态的释放口，但是正当他急切地要抱住这位送上来的仙女的腰身，准备欢情享受时，一阵震天动地的敲门声响起，永远打碎了心中那阵激动的旋律。

也许应该问一问：一个作者是否值得花费精力来设计和布置这些个微妙的标记，本来这些个东西就不应该是那么隐晦的。谁会费神去注意那个潘克拉特·塔兹古丁（Pankrat Tzikutin），那个貌不惊人的集体迫害的组织者（第十三章）就是苏格拉底·韩姆卢克[1]，而"孩子很大胆"则暗指移民（第十八章），是一句常用的话，用来验证一个即将成为美国公民的人的阅读能力；还有琳达根本就没有偷过猫头鹰的瓷器摆件（第十章开头），在庭院里的小顽童是索尔·斯坦伯格的画；而"另一个河边女仆的父亲"（第七章）就是写《维尼派革湖》的詹姆斯·乔伊斯，最后，本书的最后一个字并不是打印错误（至少在过去，有一个校阅者是这么认为的），谁会费神注意这些？大部分人甚至根本不会在意错过这些东西，那些个心怀良好祝愿的人会带着他们的理解和袖珍收音机来到我的小小的聚

1　Socrates Hemlock，"hemlock"即苏格拉底喝的毒药。

会上，而讽喻者们会指出我在这篇前言里做的解释里面要命的蠢话，然后规劝我下次还是用脚注好（脚注对有一些人来说，总是显得那么富有喜剧特色）。但是，从长远来看，还是让作家自己感到满意的才是重要的。我很少会重读我的书，如果有的话也只是出于把握翻译或者是校对新版本这样的功利目的；但是，一旦我真的再次浏览我的作品，那么带给我最大愉悦的是那些隐藏着的主题在路边发出的细声细语。

因此，在第五章第二段里，就出现了第一个这样的暗示——"有人早已知晓"—— 一个神秘的闯入者，利用克鲁格的梦来传递他自己特别的秘密信息。这个闯入者不是那位维也纳庸医（我所有的书都应该标上：信奉弗洛伊德学说的，走开），而是由我自己赋形的人格化的神。这位神在最后一章里为了他的人物揪心痛惜，起了怜悯之心，匆忙接管了小说。突然间变疯的克鲁格明白，他有人妥善照顾，世间没有什么大不了的事，没有什么可恐惧的，死亡也只是一种风格问题，仅仅是一种文学的手段，一种音乐和弦。因此，当奥尔嘉玫瑰般的心灵——在前面的章节里（第九章）早已经成为象征——在我的屋子明亮的窗口前暗暗地嗡嗡作响时，克鲁格舒舒服服地回到了他创造者的怀抱。

弗拉基米尔·纳博科夫
一九六三年九月九日
蒙特勒

一

　　一个长椭圆形的水坑嵌在粗糙的柏油地上；像是一个神奇的脚印，里面的水银已经溢满到边缘，像是一个匙形的洞，透过它你可以看到底下的天空。围住了，我注意到，它的周围是一片四散分开的黑黝的潮湿，那儿堆积着一些褐色的了无生气的枯叶。充溢着水，我应该说，这个水坑在干瘪成现在这个样子前充溢着水。

　　水坑在阴影处，但倒映着一汪斜射进来的阳光，阳光那边有几棵树和两幢房子。看得仔细点。是的，水坑里折射出一片浅蓝色的天空——那种淡淡的婴儿蓝——我嘴里有牛奶的味道，因为三十五年前我有过一个那种颜色的水杯。水坑还倒映着一小簇光秃秃的嫩枝，一截粗大的褐色的树干，边缘部被砍掉了，露出亮白的横切面。你掉了什么东西在地上，这是你的，那间阳光下乳白色的房子。

　　当十一月又刮起阵阵寒风，水坑里开始掀起了漩涡，风吹皱一汪亮色。

　　两片树叶，两个三曲腿图，像两个打着寒颤的三条腿的游泳者，匆忙跑过来要来游泳，一头扎进池中心，猛然间，慢了下来，他们平浮在水面上。四点二十分。从医院窗口向外观望。

　　十一月的树，杨树，我猜想，有两棵直接从柏油路中生长出来：所有的树都在阳光灿烂的寒风中，纹辙沟壑纵横的树干，一大丛交织在一起的闪亮光秃的树枝，浅黄、浅橄榄棕色——因为这样在高空处可以沐浴到更多柔和的阳光，尽管实际并不如此。它们静默不动，与水坑中涟漪不断的倒影形成对照——你对一棵树的情感主要是看它那大簇大簇的树叶，而这棵树上的叶子只剩下不到三十七八片了。它们只是轻微摇曳，发出一种模糊的光彩，但是阳光的照耀赋予了它们一种闪烁，就像那无数个树杈一样。让人心醉神迷的蔚蓝的天空，中间横戳着一缕静止不动的苍白的云彩。

手术没有成功，我妻子要死了。

在低矮的栅栏的那边，在阳光下，在那耀眼的光亮中，一幢石板砌成的房子正面两侧各一根乳白色的石柱，一个宽阔的飞檐，不加考虑就搁在那儿，构成一个框：一块在商店陈列已久的奶油蛋糕。白天，窗户看上去是黑色的。有十三扇之多；白色格子窗，绿色的百叶窗。一切皆那么分明，但是日头不会延长太久。在一扇窗户的黑色里，已经出现了一些东西：一位永不显老的家庭妇女——打开了，就像在我长乳牙那个时候的牙医曾经说过的，一位姓瓦里森的医生——打开了窗户，抖出了什么东西，你现在可以合拢了。

另外一间房子（在右边，在一个突出来的车库的那边）早已经是一片金黄色了。杨树枝杈很多，阴影横七竖八交织在一起，黑得发亮。但是，一切都消失了，消失了，她曾经坐在一块空旷地上，画一个永远不会留下来的落日，一个农民的孩子，个子很小，很安静，很害羞的样子，但是又是默默地呆着不动，站在她的臂肘边，看着她的画架，上面的油彩，湿润的笔刷现出一条蛇信子的形状——但是，落日已经消失了，只留下一点泛紫的天光，不管怎样还是堆积起来——废墟，垃圾。

阳光在另一幢房子斑驳的墙面上形成一道阶梯，通到房子上的老虎窗，窗子现在很亮，就像那个水坑曾经有过的那么亮——水坑现在已变成了毫无生气的白色，中间横亘着死一般的黑色，看上去像是那幅画的黑白版。

也许，我不会忘记第一幢房子前（边上是外墙斑驳的另一幢）那块狭长的打蔫的绿草地。草皮凌乱不堪，都秃了，中间被柏油道分成两半，暗褐色的树叶堆在上面。色彩不见了。窗户里还剩有最后一点亮光，阳光的阶梯还在。但是，亮光只在上面，如果屋里的灯打开，那么外面的光就灭了。一缕缕云彩映照出肉粉色，树上数不清的小枝杈变得清晰可见：现在树枝下面辨不出颜色了：房子，草地，栅栏，其间的景物，一切都成为赭灰色。哦，那镜子般的水坑已是亮紫色。

他们打开了我这幢房子的灯，于是窗外的景观不见了。一片墨黑，但天空是淡淡的墨水蓝——"流出来的是蓝色，写出来的是黑色"，就像那墨水瓶上写的那样。但是，实际并不如此，天空也同样，那些枝桠纵横的树倒是确实如此。

二

克鲁格在门道里停了下来，低头看她仰起的脸。她脸上的表情（颤动，脸上的光芒，皮肤的皱褶）是因为她在说话，他意识到，她这种表情已经有一段时间是这样了。很可能从医院的楼梯下来时就已经是这样的了。她暗淡的蓝眼睛，长长的起着皱纹的上嘴唇，像他一个认识多年但却记不起来的人——真是奇怪。她不经意间流露出的漠然态度让他把她视为护士长。她的声音连续不断地传来，就像是留声机上的唱针找准了唱片上的纹道。他脑子里的唱片的纹道。当他在门道里停下来，低头看她仰起的脸时，他的头脑开始转动。她脸上的表情的变化现在可以听见了。

她说出了意为"战斗"的一个词，带着西北地区的口音："fakhtung"，而本应是发作"fahtung"。那个与她相像的人（男的？）从一团雾中显现出来，但在还没来得及认清她或他前，又消失了。

"他们还在战斗，"她说，"……又黑又危险。城市很黑，街道危险。真的，你最好还是在这里过上一晚……在医院的病床上（"遇院的拜产上"——又是那种来自沼泽地的口音，他感到像是有一只巨大的乌鸦——咕噜——在日落时扇着翅膀飞过）。"求你了！或者你至少等克鲁格医生来，他有车。"

"他不是我亲戚，"他说，"同姓纯粹是巧合。"

"我知道，"她说，"但是，你还是不可以不可以不可以不可以——"（这个世界不停地旋转旋转，尽管它已经耗尽了它的意义。）

"我有，"他说，"通行证。"他打开皮夹，直接用颤抖的手指拿出那张证件。他的手指（让我来看看）又粗又笨拙，总是微微颤抖。当他要打开一个什么东西时，他会习惯性地把脸颊往里吸，发出轻微的咂嘴的声音。克鲁格——他就是克鲁格——把字迹模糊的证件给她看。他人高马大，疲惫不堪，驼背。

"但是也许这没有用，"她嘀咕，"街上的流弹或许会击中你。"

（你看，这位好心的女士认为那些子弹还在深夜的街上"互射"呢，那些流弹早已经没有了。）

"我对政治没有兴趣，"他说，"只要过了河就可以。明天早上我的一个朋友会来把事情办好。"

他拍拍她的胳膊，走了。

他还是向眼泪屈服了，温暖的、柔软的眼泪的压迫，不管怎样，流泪还是带来一种快感。轻松的感觉并没有持续多久，因为一旦他让眼泪流出来，炽热充盈的泪水让他的视线模糊，甚至影响呼吸。他沿着奥秘高德[1]巷的石子路往前走，穿过一

1　Omigod，天哪。

阵浓雾，走向河岸。想清清嗓子，反倒导致又一次抽噎。他现在为他最终屈服于流泪的诱惑而后悔，因为他哭得停不下来，身体里情绪激动的那个人被眼泪浸透了。就像以往那样，他有两面性，一个是情绪激动的人，另一个是旁观者，带着关切、同情在旁观望，时而叹息，时而惊诧不已。这样的两面性是他最憎恨不过的。"我"的二次平方根还是"我"。脚注，勿一忘一我。那个陌生人从抽象的彼岸静静地看着这个人内心痛苦的波澜。一个很是熟悉的人影，尽管不知道名字，而且超然离群。在我十岁的时候，他看见我在哭，把我带到一间闲置的房间（在一个角落里有一个空的鹦鹉笼子）里的镜子前，这样我就可以看着我那张不成样子的脸。当我说了不该说的话，他静静听着，表示怀疑。每次我戴上一副面具，面具上都会给他的双眼留出缝隙，即使在我情绪激动，不能自已时他也是如此。我的救星。我的见证人。现在，克鲁格伸手去拿他的手帕，白色的一团，在这个夜深人静的晚上，不知道在什么地方。他终于从迷宫般的一只又一只口袋里取出了那块手帕，开始又擦又抹黑暗的天空，形状不一的房子，然后他看到他正在走向桥边。

在其他夜晚，看见的是一连串的白炽灯轻微摆动，每隔一尺均匀地分布在路边，蜿蜒的黑色水面上映出路灯被拉长的倒影。今晚，灯影稀疏，一片花岗岩影影憧憧，一块方形的巨石变成了一堵矮墙，最终消失在雾中。克鲁格一步一步地艰难行进，这时两个埃克利斯士兵挡住了他的路。更多的人从周边出现，一个人手拿提灯，很有风度地上前盘问，这时他注意到一个小个子男人，穿着像一个 meshchaniner[1]（小资产阶级），双手叉胸，站在那儿，露出狞笑。那两个士兵（奇怪，他们的脸上都有天花留下的麻子）在询问着什么，克鲁格知道是问他要通行证。他摸索着证件，他们催促他快点，一边提到他们曾经有过的艳情韵事，或者是将会有的，或者是怂恿他同他的母亲进行这样的事。

"我怀疑，"克鲁格说，一边在口袋里摸索，"这些怪念是否真的可以转变成行为，这些来自古代禁忌的怪念——从各方面来说，就是这样的。对了，这是证件。"（在我和那个孤儿——我是说，那个护士——说话时，这个东西差点被忘在脑后。）

他们一把扯过证件，似乎那是一张一百克伦的钞票。他们仔细地检查起证件来，这当口，他擤了下鼻子，慢慢地把手帕放到外衣左边的口袋，但是，想了想，又把它放到右手边裤子口袋里。

"这是什么？"胖一点的士兵问道，大拇指的指甲指着证件上的一个字。克鲁格把看书用的眼镜放到眼睛边上，认真看了一下。"大学，"他说，"教书的地方——没什么重要的。"

"不，这个，"士兵说。

"哦，'哲学'。这样说吧，一个粉色的小小的 mirok（土

---

1 纳博科夫自造的词，原文中有些词有英文译文，以下凡有英文译文一概在文中注明原文以及中文译文，未有英文译文的则照用原文。

豆），你没有吃过也不会去吃，但要你想象那该是什么样的，就是这样。"他手拿眼镜模模糊糊地打着手势，然后把眼镜放回到讲堂的一个角落（他的马甲口袋里）。

"你是干什么的？你为什么在桥边瞎逛？"胖士兵问道，他的同伴则在试图看明白那张证件，这次轮到他。

"这好说。"克鲁格说，"在过去的十几天里，每天早上我都去普林政医院，处理一些私事。昨天，我的朋友给我这张证件，因为预感这座桥在天黑后会有人看守。我家在南边。我比平常要晚一点回家。"

"病人还是医生？"瘦一点的士兵问。

"我还是来给你们读一下那上面说的什么，"克鲁格说，伸出手去拿证件，想帮一下他们。

"我拿着，你读。"那个士兵说，把证件上下拿反了。

"反过来也没关系，"克鲁格说，"但是，我需要我的眼镜。"他开始从外衣口袋——上衣口袋——裤子口袋一路找过来，又一次经历熟悉的梦魇般的历程，但他只找到一个空眼镜盒子。

他准备再找一次。

"把手举起来，"胖士兵突然间歇斯底里地喊道。

克鲁格很听话，双手举着眼镜盒。

左半个月亮被整个遮掩住了，几乎不见，天空宁静、漆黑，月亮像是在快速地移动，但那只是绒鼠状的小块的云彩朝月亮方向移动造成的幻觉；月亮的右半部分呈多孔状，但同时又像是一张涂了爽身粉的脸孔，被看上去像是放射着人工光辉的隐身的太阳照得鲜明透亮。这个景致让人拍案叫绝。

士兵们搜查了他。他们发现一个空小酒瓶，在不久以前曾经装过一品脱的白兰地。克鲁格长得魁梧，但却很怕痒，在士兵们粗鲁地摸他的肋骨时，他发出了几声咕咬声，身子稍稍扭动了一下。一个东西从他身上掉了下来，"咔哒"一声摔到地上，像是一个蚱蜢蹦了过来。他们发现了那副眼镜。

"好吧，"胖士兵说，"捡起来，你这个老笨蛋。"

克鲁格蹲下来，四处摸索，脚步朝边上挪动——厚重的鞋子里面的脚趾下传来可怕的喀嚓声。

"哦，哦，这正是一种奇怪的情况，"他说，"现在我们都是睁眼瞎，没什么区别。"

"我们要逮捕你，"胖士兵说，"这样就可以结束你的滑稽表演，你这个老酒鬼。到了我们不想再看管你时，就会把你扔到河里，在你下沉时，开枪打死你。"

另一个士兵悠闲地走了过来，像杂耍一样玩着手电筒，这时，克鲁格又一次瞥了一眼那个脸色苍白的小个子男人，他站在一边微笑。

"我也要来点好玩的，"第三个士兵说。

"哎呀，哎呀，真没想到在这儿碰到你。你那做花匠的表兄怎么样了？"

这个新来者是·个长得很丑，脸蛋红扑扑的农村小伙子，他茫然地看着克鲁格，然后指向胖士兵。

"是他的表兄，不是我的。"

"是的，当然，"克鲁格快速回应说，"就是他。那位和蔼的花匠，他好吗？他的右腿已经恢复了吗？"

"我们有一段时间没有见面了，"胖士兵闷闷不乐地回答。"他住在贝沃克。"

"真是一个好人，"克鲁格说，"那次他掉到矿井里时，我们都为他难受。现在他情况还不错，请告诉他，那个叫克鲁格的教授常常回忆起和他在一起喝苹果酒的情景。什么人都可以创造未来，但是只有智者才能创造过去。贝沃克的苹果真好。"

"这是他的通行证，"忧郁的胖士兵对那个红脸的农村士兵说，后者小心地拿过证件，很快又递回过去。

"你最好叫他 ved'min syn（狗娘养的），"他说。

这个时候，那个小个子男人被带到前面来。他看出克鲁格要比那两个士兵高出一筹，但又似乎不愿承认，因为这给他带来了痛苦，于是他开始抱怨起来，声音很细，甚至有点女声女气，他说他和他的兄弟在河对岸开了一家杂货店，自那月十七日那个神圣日子以来，他们两人对领袖都非常爱戴。感谢上帝，那些反叛分子都被镇压下去了，他希望又能和他的兄弟在一起，这样胜利了的人民也许又可以吃上他和他的聋子兄弟售卖的食品。

"别再说了，"胖士兵说道，"读证件。"

脸色苍白的杂货店老板闭上了嘴。公共福利委员会给予了克鲁格教授天黑以后行动的完全自由，他可以从城的南部到城的北部，然后回来。读证件的人很想知道他是否可以陪同教授一起过桥。他被狠狠地踢了一脚，被踢回到了黑暗中。克鲁格往前跨过黑暗的河道。

这个插曲把汹涌的河水给忘了：现在，在一堵黑色的墙的后面，河水悄无声息地流淌。他记起他和她曾经研究过另外一些行为愚蠢的人，带着充满热情的、幸灾乐祸的厌恶进行研究。在乱糟糟的酒吧，喝啤酒喝得烂醉的人们，思维被收音机里传出来的猪哼哼般的音乐心满意足地替代。杀人犯。一个在他的家乡受人尊重的企业巨头。赞誉他们的朋友或者是同仁写的书的文学批评家们。福楼拜式的 farceurs[1]。兄弟会，神秘的团体。被训练过的动物逗得乐不可支的人。阅读俱乐部的成员。那些我不思所以我存在，以此驳斥笛卡尔主义的人。勤俭的农民。发迹的政治家。她的那些亲戚——她那个没有一点幽默感的讨厌的家庭。突然间，眼前出现一个睡眼惺忪的逼真的人影，一会儿变成彩色玻璃上一个身着白色长袍的女人，她从他的视网膜上飘过，她的侧影，手上抱着东西———本书，一个孩子，或者只是让樱桃色的涂料在她的手指上晾干——墙溶解了，汹涌的河水又开始奔腾。

克鲁格停下来，试图控制自己，手上没有手套，手掌倚着矮墙，就像是过去身穿双排扣衣的人模仿一些大师肖像画里的人物做出拍照的姿势——手放在书上，放在椅子背上，放在地

1　法语，丑角。

球仪上——但是一旦照相机咔嚓一声响过以后，一切开始涌动，喷涌而出，他继续往前走——身体一阵痉挛，因为抽泣震撼了他裸露的魂灵。前面的路灯渐近，一个圆圈一个圆圈，刺眼的亮点集中在一起，一阵阵地闪烁，眼睛眨闪过后，又变成模糊一片，然后很快地又扩大起来。他的身材又高又大。他感到与石拱桥下滔滔奔涌的黑漆般亮闪的河水如此靠近。

不一会，他又停下脚步。我们来摸一下这个，看一看这是什么。在昏暗的光线下（月光？还是他的泪水？还是城市里即将死去的父亲出于机械的责任感点亮的几盏灯发出的亮光？）他的手摸到了一些粗糙的坚硬的呈各种形状的东西：矮墙上凹凸不平的石头，一个圆球块的突出物，一个里面有水汽的洞——所有这一切都放大了，就像月面学家自豪地向年轻妻子展示的照片一样，铜版纸上是三万个被放大的月球表面的凹坑。就在今晚，就在他们试图把她的钱包、她的梳子、她的香烟盒转交给我后，我找到并摸到了这个—— 一个组合，一组浅浮雕的每个细节。我以前还从来没有摸过这个圆球块，以后也不会再发现它。这一瞬间的有意识的接触带来了一丝安慰。时间的紧急刹车。不管当下是什么时刻，我让它停止了。太迟了。在我们，让我想一想，在我们共同度过的十二年零三个月的时间里，我本应该在无数个时刻用这种简单的办法让时间停止下来；比如，让火车停下来，即使是赔上一笔巨大的罚款。你说说，为什么要这样做？瞠目结舌的售票员或许会问。因为我喜欢这个景致。因为我想要那些飞逝的树林和林间曲曲直直的小道停下来。只要一脚踩住向后退去的末节车厢即可。如果在过去的岁月里我有这个习惯时常停止我们日常生活中这一刻或那一刻，那么也许发生在她身上的事就不会发生，可以先做预防，提出预言，让这一刻或那一刻在安宁中歇息、呼吸。驯服时间。给她暂息的片刻。纵容生命，生命——我们的病人。

克鲁格——对，还是他——继续往前走，摸过粗硬纹路后的手指还在隐隐作痛。桥的这边要亮一点。示意他停下的士兵也看上去更加精神，胡子刮得更加干净，穿着的制服更加整洁。士兵人数更多，更多的夜行者被挡在了这里；两个骑自行车的老年人，一位应该被称作绅士的人（大衣天鹅绒的领子向上翻起，双手插进口袋里）和他的女儿，一只羽毛蓬乱的天堂鸟。

皮耶特罗——或者是至少长得像大学俱乐部领班皮耶特罗的士兵，检查了克鲁格的通行证，用一种很文雅的语调说："教授，我不甚明白您是怎么通过这座桥的。您无权过桥，因为您的通行证上没有桥北边我的同事的签名。对不起，根据紧急状态法，您必须回去，让他们签名。否则，我不能让您进入城市的南部。Je regrette[1]，但是法律就是法律。"

"很对，"克鲁格说，"不幸的是，他们不识字，更不会写字。"

1　法语，我感到很遗憾。

"这与我们无关，"这位一脸严肃、长相英俊的皮耶特罗说——他的同事也都严肃认真地一致点头表示同意。"不，我不能让您过去，除非您的身份和无问题嫌疑有对面哨兵的签字保证。"

"但是，如果这样说的话，那么我们能不能把这座桥转个向？"克鲁格耐心地说，"我是指——让它完全转个方向。你给那些从南边到北边的人签字，是不是？那好，让我们把这个过程扭转一下。在这张宝贵的证件上签上你的名，允许我回到普里高姆巷子我的家里去睡觉。"

皮耶特罗摇摇头："我不明白，教授。我们已经消灭了敌人——是的，我们已经把他们踩在脚底下。但是一两个漏网分子还活着，我们不能放松警惕。我可以向您保证，在一两个星期后，这个城市就会恢复正常状态。是不是这样的，小伙子们？"皮耶特罗朝向其他士兵，问了这么一句，他们都急切地表示同意，真诚、聪慧的脸因为那种对于城市的热忱而熠熠生光，一个即使相貌最平凡的人也会因为这样的热忱而散发光彩。

"我请你们发挥一下想象力，"克鲁格说，"想象我是从这边走到那边去。事实上，今天早上这座桥还没有士兵守卫的时候，我就是从这头往那头走的。只是在晚间设置哨兵是再正常不过了——但我们不要再提这事了，请让我过去。"

"除非这个证件上有签字，"皮耶特罗说道，然后转身离开。

"你这样做不是要把人做出判断的能力降到一个很低的程度了吗？"克鲁格咕哝。

"别说了，别说了，"另一个士兵说，把手指放到他闭着的嘴唇上，然后又很快指向皮耶特罗宽阔的后背。"别说了。皮耶特罗说的完全对。回去吧。"

"是的，回去吧，"皮耶特罗说，他听到了最后几个字[1]。"当您拿着签好字的证件回来时，一切就绪，我们再签字，想一想那时您内心会有什么样的满足感。我们也乐见其成。夜色还早，不管怎样，如果我们要向我们的领袖表示忠诚，我们就不能省一点体力。回去吧，教授。"

皮耶特罗看了看另外两位胡子拉碴的老人，他们正手握自行车的把手，耐心地等着，指关节在路灯下显出白色，迷惘的哀求的目光急切地看着他。"你们也往回走吧，"这个好心肠的人说道。

两位胡子老人蹬上自行车，踩上脚踏板走了，速度之敏捷，与他们的年龄和细瘦的小腿形成奇怪的对照，他们边摇晃着骑着车，边快速地互相说着一些听不清的话。他们在说什么？比较他们的自行车的品牌？某些特殊品牌的价格？赛车跑道状况？他们的叫喊声表明了鼓励？还是好友间的奚落？他们是在取笑多年前在 Simplizissimus 或者是 Strekoza 上看到过的荒唐可笑的舞会吗？对于从身边骑车过去的人，人们总是想知道

1　见《前言》第十二段。

他们在说什么。

克鲁格往回走，尽可能走得快一点。黑云罩住了我们那颗硅土成分的卫星。在桥中段，他赶上了那两个头发灰白的骑车者。两个人在查看其中一辆自行车的链条，另一辆自行车躺在路边，像一匹受伤的马，悲哀地抬起它半翘着的头。他快速往前走，手里紧握通行证。假如把它扔进库尔河里，会发生什么？那就注定要在这座桥上来回不停地走，桥已非桥，因为河两岸都到不了。不是桥，是一个沙漏，有人不停地来回翻转，纤细的沙子不停地来回流动，我就是沙子。或者是一棵草，一只蚂蚁在上面爬，当爬到顶上时，你把这棵草翻过来，这个可怜的小蠢物就得再次重复它的动作。两个老人从后面赶了上来，咣啷咣啷地一阵风似的穿过浓雾，骑士般地向前疾驰，血红的马鞭猛抽两匹黑色的老马。

"又是我，"克鲁格说，他那些衣衫不整的朋友们再次向他围了过来。"你们忘了在我的通行证上签字了。在这儿。让我们马上就把这个问题解决。画一个叉，或是表示电话亭的图案，要不一个十字，或者别的什么。我不敢奢想你们手边有图章这样的东西。"

他一边在说话，一边却意识到他们并没有认出他来。他们看了看他的通行证，耸耸肩，似乎要表明这与他们毫无干系。他们甚至挠了挠脑袋，在这个国家里这种手势并不多见，因为这表示要绞尽脑汁想一个主意。

"你是住在桥上？"胖士兵问。

"不，"克鲁格说，"请你弄明白。C'est simple comme bonjour[1]，皮耶特罗肯定会这么说。他们让我回来，因为他们没有你们让我通过的证据。严格来说，我根本就不在桥上。"

"他也许是从一艘驳船上爬上来的，"有一个声音怀疑道。

"不，不，"克鲁格说，"我不是驳船上的船员。你们还是没有弄明白。我说的简单一点。他们，太阳那边的，从日心角度看，就是你们地球这边的，从地心角度看，除非两个角度合在一起，我，这个被观看的东西，只能在宇宙的夜晚不停地穿梭。"

"他就是认识古尔克[2]表兄的那个人，"一个士兵突然间认了出来，喊道。

"哦，太好了，"克鲁格大大松了一口气。"我差点儿忘了那位和蔼的花匠。好了，一个问题解决了。现在，你们可以来解决下一个了。"

脸色苍白的杂货店老板上前来说："我有一个建议。我来签他的证件，他签我的，这样我们都可以过去。"

有人正要制止他，这时，胖士兵——他好像是这帮士兵的头头——出来干涉，说这是一个可行的主意。

"把你的背借我用一下，"杂货店老板对克鲁格说；然后急忙拧开自来水笔，把证件压在克鲁格左边的肩胛上。"我该用谁的名字？兄弟们？"他向那些士兵问道。

1　法语，这就像说"你好"那样简单。
2　源自德语 die Gurke，意为"黄瓜"。

他们互相推搡，没有一个人乐意公开自己宝贵的大名。

"写上古尔克，"最后，一个最勇敢者说，手指着胖士兵。

"可以吗？"杂货店老板很聪明地转向胖士兵，问道。

在大家的哄劝下，他同意了。在克鲁格的证件上签完了字，杂货店老板自己背朝着克鲁格站在他前面。像是在做跳背游戏，也像是头戴三角帽的海军上将正把望远镜放到一个年轻水手的背上（灰色的海岸线在颤动，一只白色的海鸥改变了方向，但是望不见陆地）。

"我希望，"克鲁格说，"我尽量写好，写得和我戴眼镜时一样好。"

在这个布满线的纸上是写不好的。你的笔太硬了。你的背太软了。黄瓜。用一个烙铁把它涂掉。

两张证件在士兵间转了一圈，得到了忸忸怩怩的许可。

克鲁格和杂货店老板开始在桥上行走；至少，克鲁格是在走：他的同伴高兴得有点发晕，他围着克鲁格转圈，他的圈转得越来越大，而且还模仿火车头的声音：咔嚓咔嚓，手肘顶着肋骨，双脚几乎是一起行进，急促地小步迈进，步伐有力，双膝稍稍弯曲。孩子的戏仿——我的孩子。

"Stoy, chort（停止，你这个蠢货），"克鲁格喊道，在这个晚上第一次用了他真正的自己的声音。

杂货店老板又转回去，结束了他的转圈，回到克鲁格的轨道上来，与他的步伐刚好保持一致，并肩走在他的边上，快活地说起话来。

"我必须道歉，"他说，"为我的行为。但是，我确信你的感觉与我的一样。刚才的事真是一种折磨。我以为他们是不会让我过去了——他们说的那些要绞死你、淹死你的话是有点过分，不留口德。我承认，这些孩子都还不错，有一颗金子般的心，但是缺少教养，不文明——这是他们唯一的毛病，真的。否则的话，我同意你的看法，他们还真很好。当我站在那里的时候——"

这是第四个路灯，桥走过了十分之一。没有几个是亮着的。

"……我那个几乎完全耳聋的兄弟在西奥得——对不起，艾姆拉德大街上开了一家商店。其实，我们是合伙的，但我有自己的事，经常不在那里。在现在这种情况下，他需要我的帮助，就像我们所有人都需要帮助一样。你也许会认为——"

第十个路灯。

"……但是，我是这么看的。当然，我们的领袖是一个伟人，一个天才，一个世纪才出一个这样的人。一个你和我这样的人一直都在盼望的领导者。但是，他有点刻薄，他这么刻薄是因为在过去十年间，我们那个所谓的自由政府追逐他，迫害他，他说过一点什么话，就会被投进监狱。我会一直记住——并会告诉我的孙子们，在高第恩一次大型会议上他被逮捕时他说的一句话：'我，'他说，'生来就是一个领导者，就像鸟天生会飞一样。'我以为这是人类语言曾经表达过的最伟大的思想，也是最富诗意的。请告诉我哪一个作家说过相近的东西？我甚至可以更进一步说——"

这是第十五个。还是第十六个？

"……如果我们从另外一个角度看。我们都是一些喜安稳的人，我们需要一个安静的生活，我们希望我们的工作能顺利进展。我们需要生命给予的安宁的快乐。比如，每个人都知道，一天中最美好的时刻是下班回来，解开马甲的扣子，放上一段轻音乐，坐在最喜欢的扶手椅里，读读晚报上的笑话、开心一笑，或者是与家里的小女人说说邻居的事。这就是我们所说的真正的文化，真正的人类文明，正是为了这，在古代罗马或者是埃及有多少鲜血和墨汁被抛洒。但是，今天你时常会听到一些愚蠢的人说，这样的生活已经离去了。别相信他们——没有离去。不但没有离去——"

是不是超过了四十个？这肯定是到了桥的一半了。

"……我可以告诉你这几年真正发生了什么事吗？好吧，首先，我们被迫要付高得不能再高的税，其次，那些我们从来没有见到过、听到过的国会成员和政府部长们不停地喝越来越多的香槟，和一个比一个肥的妓女睡觉。那就是他们所称之为的自由！那么，同时又发生了什么事呢？在森林深处的某个地方，在一间小木屋里，领袖正在写他的宣言，他像一个被追踪的野兽一样。还有，他们对他的追随者们又做了些什么！天哪！我从我的小舅子那里听到过一些恐怖的故事，我的小舅子从青年起就入了党。他是我见过的最有头脑的人。因此，你说——"

不，不到一半。

“……我知道你是一个教授。那好，教授，从现在起，在你面前有一个伟大的未来。我们必须对无知者、抑郁者和邪恶者进行教育——但是要用一种新的办法教育他们。想一想我们曾经被灌输的垃圾教育……想一想图书馆里积累起来的成千上万的不需要的书。他们都印了些什么书！你知道——你可能不会相信我——但是一个很可靠的人告诉我，在一个书店里有一本书至少有一百页之厚，讲的全是关于臭虫的解剖。或者是那些外语写的谁也看不懂的书。钱都花在这些无用的东西上了。所有的那些大博物馆——只是一个长长的骗局。一块石头让你惊讶得半死，但那只是别人在他的后院里捡的。少一点书，多一点常识——这是我的座右铭。人们要住在一起，在一起做事，在一起说话，唱歌，在俱乐部和商店里以及街角相聚——星期天，在教堂和体育馆——而不是单独坐在那里，脑子里尽是想着一些危险的事。我的妻子有一个房客——”。

那个天鹅绒领子的男人和女儿快速经过他们，脚步噼噼啪啪地响，像逃亡一样，根本不朝后看。

“……把这一切都改变过来。你将教年轻人数数，拼写，捆扎包裹，礼貌待人和保持整洁，每个星期六洗一次澡，如何对可能购买的客人讲话——哦，有成千上万的事，对所有的人都一样有意义的事。我希望我自己是一个老师。因为我坚持认为，每一个人，不管是多么卑贱，最后——”

如果所有的灯都亮着的话，我就不会弄得这么糊里糊涂了。

“……为了这个我付了一笔荒唐的罚款。那么现在呢？现在，国家会帮助我处理我的生意。国家来控制我的收入——什么意思呢？这是说我的党员小舅子，坐在办公室里，办公桌上有一块大玻璃板，他会用各种可能的方式帮我把账目搞清楚的：我会比我以前挣的还要多，因为从现在开始我们都属于一个幸福的社会。现在大家都在一个家庭里———一个巨大的家庭，所有人都联系在一起，亲如一家。因为每个人在党里都有一些亲戚。我姐姐说她现在很遗憾，因为我们的老父亲不在了，他曾经是那么害怕流血。根本不可怕。要我说，我们越早毙了那些捣乱的聪明的家伙，因为那些反埃克利斯的家伙最后自作孽不可活，我们就越——"

这是桥的尽头。哦——没有人在这里迎接我们。

克鲁格一点没错。桥南头的士兵已经离开了他们的岗哨，只剩下尼普顿桥孪生兄弟的影子，瘦长的影子看上去像哨兵，让人想起刚才在这里的那些人。往前面走几步，在河岸边，三四个人，很可能穿着制服，两三个烟头在闪亮，悠闲地坐在一个长凳上，黑暗中，响起七弦曼陀罗缓慢的、浪漫的琴声，但是，那些人没有阻挡克鲁格和他的同伴，他们两人经过时根本没有人注意他们。

三

他走进电梯，迎接他的是熟悉的声音，踩一下，晃动一下，然后电梯活了。他按了第三个键。这块脆弱的、细薄的、老式的空间闪了一下，但是没有反应。他又按了一下。同样，闪了一下，然后是不安的寂静，接下来是不可理喻地紧盯住那个不能运转的东西，心中明白它不会动。他走出电梯。电梯在一瞬间立即关上它闪亮的褐色的眼睛。他上了被人遗忘的但是尊严依旧的楼梯。

克鲁格，背驼着，把钥匙插进门锁，慢慢地旋转，开门，踏进他的房间，空洞无比的、嗡嗡的、隆隆的、滚动的、轰鸣的寂静。一幅达·芬奇名画的铜版浮雕孤零零地搁在那儿——十三个人倚在一张狭窄的桌子上（从一个多米尼加僧人那里借来的陶器）。光线刺眼地打在她那把玳瑁柄短雨伞上，他自己的大雨伞斜在一边，不去管它。他脱下一只手上的手套，放下外套，挂上宽边檐的毡帽，这顶黑帽子在这个屋里有点不自在，从钩子上掉了下来，克鲁格没再理它。

他走过长长的走道，墙上挂着一幅又一幅黑色的油画，一直延伸到他的书房，在昏暗的灯光下，那些油画像是一个个窟窿。一个橙子大小的橡皮球在地板上静静地躺着。

他走进餐厅。一盘冷牛舌配黄瓜丝和一块用过的奶酪在默默地等着他。

这个女人的耳朵非常灵敏。她从儿童房隔壁的房间快速出来，迎接克鲁格。她的名字叫克劳蒂娜，在过去一个多星期里，她是克鲁格家里唯一的用人；男厨走了，因为不喜欢这里的、他简要地称之为"颠覆性的气氛"。

"感谢上帝，"她说，"你安全到家。要喝点热茶吗？"

他摇摇头，把背转向她，在边上的一个餐具柜里摸索着，似乎要找什么东西。

"今晚太太怎么样？"她问。

没有回答，行动还是那么迟缓、笨拙，他又朝那间土耳其风格的没有人使用过的起居间走去，穿过房间，走到另一个通道的拐弯处，他在那儿拉开一个壁橱，掀起一个空箱子的盖子，朝里面看，然后又走了出来。

克劳蒂娜在餐厅中间刚才他离开的地方静静地站着。她在这个家庭里有好几年了，就像通常见到的用人一样，她心宽体胖，中年，敏感。站在那儿，她黑亮的眼睛盯住他看，嘴巴微微张开，露出镶过的金牙，珊瑚耳坠亮晶晶的，一只手放在穿着灰色精纺毛衣、没有形状的胸间。

"我要你帮我做点事，"克鲁格说，"明天我要带着孩子去乡间呆上几天，我不在的时候，你能不能把她的衣服收拾好，放到那个黑色的空箱子里去。还有她的个人用品，雨伞和其它一些东西。请把所有东西放到壁橱里，然后锁上。你能找到的所有东西。那个箱子也许太小了——"

他走出房间，没有看她一眼，准备看一下另外一个壁橱，想了一想，放弃了，抬起脚后跟，踮起脚尖走路，走近儿童房。在白色的门口，他停住，心跳突然被幼小的儿子从床上发出的声音拽住，这是大卫很有礼貌地从屋里发出的声音，提醒他父母（比方说，在他们从城里吃完饭回来后）他还没有睡，等着他们再次同他道晚安。

这没有办法绕过。只有十点一刻。我还以为夜晚快结束了。克鲁格闭上眼睛了一会儿，然后走了进去。

他依稀看到被子飞快地蠕动了一下，床头灯的开关响了一下，孩子坐了起来，手遮挡着眼睛。在这个年龄段（八岁）的孩子，笑起来时是不会有什么遮掩的，笑容不是那么只有一点点，而是扩散到整个脸上——如果孩子真是幸福的话。这个孩子仍然还是幸福的孩子。克鲁格说了一些通常说的时间已晚早点睡觉之类的话。但是话还没有说完，心底一阵酸楚，嗓子发热，眼泪忍不住要涌出，强忍着、抑制着，在黑暗的深处，等着再次涌动。Pourvu qu'il ne pose pas la question atroce.[1] 我求求你了，仁慈的上帝。

"他们在向你开枪吗？"大卫问。

"胡说什么，"他说，"没有人在晚上开枪。"

"可是他们开了。我听到了警察的声音。看，穿睡衣的新方法。"

1　法语，但愿他不会问那个让人难以忍受的问题。

他很敏捷地站起来，伸开他的胳膊，粉白色的、蓝色筋脉清晰可见的双脚站在乱堆在一起的内衣上，像猴子一样打转，踩得床垫嘎吱嘎吱地响。蓝色的裤子，浅绿色的背心（那个女人肯定是色盲）。

"我把要穿的扔进浴缸里面了，"他兴奋地解释道。

想到那些衣服会浮在水面，这突然让他来了劲儿，他开始在床上跳了起来，床随即发出砰砰的声音，一下，两下，三下，越跳越高，越跳越高——然后，猛然间眩晕般地停止，双膝跪下，打个滚，又站起来，在还在摇动的床上摇晃，摆动。

"躺下，躺下，"克鲁格说，"已经很晚了。我现在要走了。来，躺下。快。"

（他也许不会问。）

这次他一屁股坐下，手摸着弯曲的脚趾，然后把脚伸进毯子里，放到毯子和被单的中间，笑了起来，这次放对位置了。克鲁格赶忙把他塞到被子里面。

"今天晚上还没有讲过故事呢？"大卫说，他平躺着，长长的睫毛向上翘起，臂肘向后伸去，放在枕头上的脑袋的两边。

"明天我给你讲两个。"

他朝孩子弯下身的时候，两人相隔一段距离，互相看着对方的脸：孩子试图快速地想起什么东西来问一下，以便获得更多的与他在一起的时间，父亲心中疯狂地祷告千万不要问那个问题。在晚间这个温馨的时刻，他的皮肤看上去是多么的细腻，眼睛的上边有一抹淡紫色，前额上泛出金晕，蓬乱的金色厚刘海。完美的小动物——鸟，小狗，睡着的飞蛾，小马驹——那些小哺乳动物。三个褐色的小痣，靠近鼻子边的泛红的脸上的几个胎痣让他想起就在刚才见过的、摸到过的东西——是什么？矮墙。

他快速地吻了一下他的脸，关了灯，走了出来。感谢上帝，没有问起——在他关上门的时候，他想。但是，当他轻轻地放下门把手，里面传来了声音尖尖的提问，他还是想了起来。

"很快了，"他回答，"医生跟她说了后，她就可以了。睡吧。我要你睡了。"

至少，有一扇仁慈的门挡在他们的中间。

在餐厅里，在餐柜旁的一把椅子上，克劳蒂娜坐在那儿用一张纸巾捂着脸正伤心地哭着。克鲁格坐下来吃饭，吃得飞快，把不必要的调味品和盐搁在一边，清了清嗓子，挪动了盘子，打落了一个叉子，用脚背接着，她还在那儿，不停地哭着。

"请到你自己的屋里去吧，"他最后说道。"孩子还没有睡。明天早上七点叫我。安波先生明天也许会做好安排的。我要尽早带孩子离开。"

"但是，这事太突然了，"她呜咽道。"你说昨天——哦，不应该这么就发生了。"

"记住，如果你向孩子透露一个字，"克鲁格说，"我可不会对你客气。"

他推开盘子，走到他的书房，锁上门。

安波或许出去了。电话也许坏了。但是，他提起电话时，从话筒上他感到这个忠诚的东西还可以用。我总是记不住安波的号码。这儿有一本电话本子，在这上面我们记下过一些名字和数字，我们的笔迹混在一起，弯弯曲曲地朝着不同的方向。她的凹线与我的凸线天衣无缝地相配在一起。真是奇怪——我能在孩子的脸上分辨出眼睫毛的阴影，但却不能读出我自己的笔迹。他找到了他的另一副眼镜，那个熟悉的中间是六的数字很像安波的波斯人的鼻子。安波放下他的笔，把一个琥珀色的长长的烟嘴从噘起的厚嘴唇上拿开，听着。

"我正在写信，这时克鲁格打来电话，告诉我这个噩耗。可怜的奥尔嘉没了。她今天在做完肾手术后去世了。上个星期二我去医院看过她，她像往常一样美丽，对我带去的可爱的兰花欢喜得不得了，看不出有什么真正的危险——或者，如果有的话，医生也没有告诉他。我能感觉到这个噩耗给他带来的打击，但说不出到底会怎样。我可能会几天睡不着觉。我自己的烦恼，那些我刚刚描述过的小小的戏剧性的情节，对你来说恐怕是微不足道，就像现在对我来说也一样。

"起初，知道他把此事当成一个骇人听闻的玩笑对待，认为自己得到了解脱，我感到很震惊，觉得他不可饶恕。就像有一次上课讲空间问题，他从后往前读他的讲义，想看看学生会有什么反应。学生们没有什么反应，我现在也是这样。在你收到这封思绪混乱的信后，也许你会见到他。明天他要和他可怜的孩子去湖区。这是一个聪明的决定。未来还不是太明朗，但我想大学再过不久就会恢复正常，当然没有人知道会发生什么突然的变化。近来，有一些吓人的谣传；我读的唯一的一份报纸已有两个星期没来了。他要我关照明天的火化，我在想，他不出现，人们会怎么想；当然，他对待死亡的那种态度说明了他不会去参加仪式的，尽管我会尽量弄得简短和正式——如果奥尔嘉家里的人不会突然出现的话。可怜的人儿——她是他卓越的事业生涯中一个极好的帮手。在正常情况下，我想我会把她的照片给美国的报人的。"

安波再次把笔放下，陷入沉思中。他自己也曾加入那份卓越的事业。一个默默无闻的学者，莎士比亚翻译者，在那个绿草遍地、潮湿的莎士比亚故乡他度过了勤学苦读的青春——他稀里糊涂地跟跟跄跄地进入了公众的注意中心，一家出版社要他转译 *Komparatiwn Stuhdar en Sophistat tuen Pekrekh* 一书，美国版的题目更夸张些，是《罪的哲学》（在四个州被禁，在其他州则是畅销书）。正是时来运转——这部晦涩难懂的书立即受到了中产阶级读者的青睐，在一个季度里与一部人气极旺的讽刺著作《同花顺子》争夺奖项，然后，第二年，与伊丽莎白·杜沙姆关于美国南方的一部言情小说《当火车驶过以后》竞争，在二十九天里（闰年）与图书俱乐部选出的《穿过城镇和乡村》并列榜首，在连续两年的时间里，与路易·桑塔格的《宣布》一争高低，后者的书雅俗共赏开始于圣巴泰勒米的洞穴，开头真不错，但结尾很是搞笑。

一开始，尽管认为这个项目很有点意思，但是这整件事还是让克鲁格恼火。安波感到很是羞惭，歉疚，暗自思忖也许是不是他那种合成痕迹很强的英语含有一些古怪的内容，一些可怖的特别的风味，导致不期而至的轰动；但是，奥尔嘉却比这两个困惑不解的学者多了一份睿智，在以后的几年里，她准备好了充分享受工作带来的成功，她要比那些昙花一现的评论者更好地知道这部作品的特殊之处。是她让害怕极了的安波劝说克鲁格进行那次美国巡讲，似乎她能预见到在美国获得的轰动效应会在国内给他赢得尊敬，而这样的尊敬既不是他能从执拗的学术研究中拼得，也不是能从浑然不知的读者中得到。那次旅行本身并不是不愉快。远不是这样的。尽管克鲁格对那次巡讲说得很少，他通常很警觉，害怕在闲聊中把这样的经历说得不着边际（如果任其在大脑的淤积层中孵化的话），奥尔嘉还是努力地把它完整地再现了出来，并且欣喜地转述给了安波，他还因此免不了会听到一肚子的讽刺和厌恶的话语。"厌恶？"奥尔嘉叫道。"怎么会呢，他在这里已经有了太多了。厌恶，的确如此。兴高采烈，欣喜快乐，想象力的砥砺，头脑的消毒，togliwn ochnat divodiv（每天醒来时的惊奇）。"

"地貌尚未被庸俗的诗歌所污染，至于生活，那个自我意识很强的陌生人，背上被拍了一掌，被告诉说，放松一点。"他回来时写了这些话，奥尔嘉非常喜欢，把它们贴在一个绿皮的相册里，作为我们这个时代最具创新思想家的典故。安波把她的整个形象又展现在我们面前，她三十七年灿烂的年华，光泽鲜亮的头发，饱满的嘴唇，厚厚的下巴与她轻柔的音色完美相配——她特有的迷人的声音，在讲完话后，还余音袅袅，如飘拂的垂柳。他看见了克鲁格，那个庞大的、满是头皮屑的大师，坐在那儿，黝黑的大脸上露出满意的诡秘的笑容（让人想起贝多芬的脸孔，他们脸上都有粗线条的皱纹）——是的，他懒洋洋地坐在玫瑰色的扶手椅上，奥尔嘉则在轻松愉快地掌控着谈话——安波记得非常清楚，她快速地吃上三口手上拿着的葡萄干蛋糕，随后说出的话便像水波一样向外开溢过来，脚突然向外伸一下，丰满的手连续三下拍拍大腿，把蛋糕屑掸下去，然后继续讲她的故事。看上去极其健康，是那种常见的 radabarbára（一个成熟美丽的女人）：眼睛又大又有神，脸颊绯红，她时常会把凉凉的手背搁在脸上，白皙的前额上有一条白色伤疤——是在那个以神奇传说闻名的阴暗的拉高丹山谷遇到的一次车祸留下的。安波不能想象如何来处置对于这样一个生命的记忆，不能想象失去这样一个女人会是怎样的结果。他想到了她的小脚，宽臀，女孩气十足的讲话，很有女人味的胸部，她的机敏妙语，那天自己流着血，但是却为撞到汽车前灯、受了伤而呻吟的一头雌鹿而悲伤不已，眼泪流个不停，想到这些，还有其他一些他知道不可能知晓的事情，想到这儿，安波不能想象，她现在成为蓝色的骨灰，躺在冰冷的骨灰盒里。

　　他非常喜欢她，他也以一种同样的激情爱着克鲁格，一种一头毛发油亮的、上唇两旁下垂的硕大猎犬对一个脚蹬高统靴、背靠红火焰，浑身散发着沼泽地气味的猎手的激情。克鲁格能够瞄准一连串最时尚的、最高尚的人类思想，随时就能打下一只野鹅。但是他不能打败死亡。

安波犹豫了一下，然后很快拨了电话。占线。那些"嘟，嘟，嘟"的忙音声就像一本选集后的索引，垂直排列，头一个字母全是"我"开始。我是湖。我是舌头。我是精灵。我在发烧。我贪婪。我是黑骑士。我是火炬。我起来。我问。我吹。我带来。我不能变化。我不能看。我爬山。我来了。我做梦。我嫉妒。我发现。我听到。我想作一首颂歌。我知道。我爱。我不能悲伤，我的爱。我永不。我气喘。我记得。我看到了你一次。我旅行。我游荡。我会。我会。我会。我会。

他想着要出去寄出这封信，单身汉喜欢在半夜十一点到外面闲逛。他期望他及时服下的阿司匹林已经把他的感冒扼杀在萌芽之间。他最喜欢的莎士比亚最伟大剧本中的尚未译出的一句话——

Follow the perttaunt jauncing 'neath the rack

with her pale skeins-mate

（跟着来回移动的手臂，在架子的底下

还有她脸色苍白的凶手伙伴）[1]

1　这是作者杜撰的莎士比亚式的句子，括号中为译文，见《前言》第十四段。

翻译试探性地在头脑中出现，但不押韵，因为在他的母语中，"rack"一词是抑抑扬格。就像是把一架大钢琴从一个小门里搬进来。把它拆成几个部分。或者把拐角拉成一条直线。但是铺位已经被占了，桌子预定了，电话忙音。

现在不是了。

"我想也许你要我过来。我们可以下棋，或做点别的什么。我是说，直接告诉我——"

"我会的，"克鲁格说，"但是我接到了一个意外的电话，来自——对，一个意外的电话。他们要我立即过去。他们说是一个紧急的会议——我不知道，非常重要，他们说。全是胡说，当然，可是我既不能工作也睡不着觉，我想我还是过去吧。"

"你今天回来时遇到什么麻烦了吗？"

"我恐怕是喝醉了。我弄碎了眼镜。他们要派——"

"就是那天你提到的事吗？"

"不。是的。不——我不记得了。Ce sont mes collègues et le vieux et tout le trimbala[1]。他们一会儿就会派车来接我。"

"我知道了。你认为——"

"你会尽早到医院的，是吗？——九点，八点，甚至更早……"

"是的，当然。"

---

1 法语，这些是我的同事，还有那个老头（指后面提到的大学校长阿卒罗斯），他们都把他抬了出来。

"我告诉了保姆——也许我走了后你会照看一下——我告诉她——"

克鲁格可怕地喘起气来，话都没讲完——他猛地放下话筒。他的书房出奇地冷。一切都是那么灰暗，辨别不清，很多东西高高挂在书架上方，一幅画像上画的是一张头顶光晕的脸，脸上已有很多裂缝，他几乎难以看清，或者是一件殉道者穿的羊皮一样的长袍，折皱得不成样子，融化在浓厚的黑色之中。一张打牌用的桌子上堆积着多卷旧书店里购来的、没有装订的 *Revue de Psychologie*[1]，作为二手书买来的，可以看出一八七九年版的还没有多少，到一八八〇则已经是厚厚一叠了，书外包的牛皮纸已经磨损，一条十字细绳深深地嵌进满是灰尘的厚厚的书页之中。他不想让书沾上灰尘，也不想改变房间的状态。一个奇形怪状的但看上去很舒服的铜制台灯座，厚重的玻璃罩子以铜丝为骨架，铜丝间不对称地嵌有石榴石和紫晶，灯座搁在一块蓝色的旧地毯旁边，像是一棵巨大的野草，越长越高。地毯边上有一张没有罩布的沙发，今晚克鲁格要在这上面睡一晚。一些不知道多少时间没有回复的信件、重印本、大学的公告、拆开了的信封、剪下来的报纸，以及长短不一的铅笔在桌子上堆得到处都是。一个生铁制成的鹿角虫可怜兮兮地扔在一把皮制扶手椅的下方。他爷爷在世时习惯踏在上面换马靴（鞋跟正好卡在鹿角虫的犄角间），先

---

1 法语，《心理期刊》。

脱下一只靴，再脱另外一只。房间里唯一完整的东西是一幅夏尔丹的《纸牌屋》的摹本，她有一次放在壁炉台上（以便让你这个乱七八糟的窝充满一些臭氧，她说）——那些醒目的卡片，画中人物红润的面孔，讨人喜欢的褐色的背景。

他又一次走过通道，倾听儿童房里有节奏的寂静——克劳蒂娜再次从隔壁的房间里悄悄地出来。他告诉她他要出去，让她把书房中的沙发收拾好。然后，他从地板上拿起帽子，走下楼梯去等车。

外边很冷，他有点后悔，没有在酒瓶里再装点白兰地，那瓶酒帮助他度过了这一整天。外面也很静寂——要比平常安静。石子巷对面的几栋老式的高雅的房子的灯都熄灭了。一个他认识的人，前国会议员，一个在黄昏时带着两条温驯的毛发油亮的腊肠犬出来遛的尚可忍受的庸人，在几天以前从五十号里被带走了，带他走的卡车里已经塞满了其他囚犯。显然，"蛤蟆"决定要让他的革命尽量中规中矩地进行。车来晚了。

大学校长阿卒罗斯此前告诉他，有一个亚历山大博士，生物动力学讲师——克鲁格从来没有见过——会来接他。那个名叫亚历山大的人一整晚都在接人，而校长本人则从下午早些时候起一直想和克鲁格联系上。精力充沛，活力十足，效率很高，亚历山大博士是属于在灾难时期从默默无名突然变得人人皆知的那类人，手中握有许可证、通行证、各种票证、一长串地址、关系，还有小轿车。大学里的大人物们早已经趴下不管用了，自然，在这个时候，要不是有那么一个有力的组织者，像这种聚会是根本不可能的。幸运的是，从他们周围的人里变出了这样一个人，这几乎表明有一种不同一般的力量起了作用，尽管看不见。你也许很怀疑，但你还是可以分辨出新政府放在旗帜上的徽章（与一只被压扁了的、变形的，但仍在痛苦地扭动着身体的蜘蛛极其相似），一个镶着徽章的小小旗帜粘贴在汽车的引擎罩上，我们这位神奇的魔术师驾驶着一辆被正式批准使用的小车在路边停下来，轮胎很有目的性地与马路牙子摩擦。

克鲁格坐在驾驶员的边上，驾驶员就是亚历山大博士本人，粉红的面颊，金黄色的头发，很考究的模样，三十几岁的年龄，头戴一顶精致的绿色帽子，帽子上夹着一根野鸡羽毛，手上第四指戴着一颗蛋白石戒指。他的手很白、很软，轻轻地放在方向盘上。坐在后边的两个人（是两个吗？）中，克鲁格认出其中一位是埃德蒙·博埃，法国文学教授。

"Bonsoir, cher collègue[1]，"博埃说，"On m'a tiré du lit au grand désepoir de ma femme. Comment va la vôtre?[2]"

"几天以前，"克鲁格说，"我很高兴读到你的文章，是关于——"（他记不起来那位法国将军的名字了，一位正直、尽管分量有限的历史人物，被一些诽谤他的政治家逼得不得不自杀。）

"是的，"博埃说，"写这篇文章对我很有好处。'Les morts,

---

1 法语，晚上好，亲爱的同事。
2 法语，他们把我从床上拖起来，弄得我妻子很沮丧。你妻子怎么样？

les pauvres morts ont de grandes douleurs. Et quand Octobre souffle'¹——"

亚历山大博士转动方向盘，开口说话，没有看着克鲁格，然后很快地瞥了他一眼，接着又眼望前方：

"我知道，教授，今晚你要成为我们的救星。我们母校的命运掌握在一个可靠的人手上。"

克鲁格不置可否地嘟哝了一下。他根本没有一点点意识到——他在暗指那位俗称"蛤蟆"的领袖曾是他的同学——但那未免也太蠢了。

汽车在司考得玛²广场（曾叫自由广场，再之前叫帝国广场）的中央停了下来，三个士兵和两个警察挡住了汽车，还有一个则是那位可怜的西奥多三世，他举起手，永远地摆出那个手势，像是要搭车，或是要去一个小一点的地方；但是亚历山大博士示意他们看看那面红黑小旗——他们于是举手敬礼，退回到夜色之中。

街上空无一人，就像在历史的断裂处、在时间的 terrains vagues³ 通常会发生的事一样。数了半天，唯一看到的是一个回家的年轻人，他似乎是看了一场不合时宜的、掐头去尾的华丽舞会：他打扮得像一个帝俄时代的农民——肩佩流苏饰带，身穿绣花衬衫，空空荡荡地晃动，腿上套着 culotte bouffante⁴，脚

1　法语，死者，那些可怜的死者满怀痛苦。当十月的风刮起来时。

2　Skotoma，源自英语 scotoma，意为"盲点、暗点"。

3　法语，模糊地带。

4　法语，灯笼短裤。

上是一双深红色的软靴子，手戴腕表。

"On va lui torcher le derrière, à ce gaillard-là[1]，"博埃教授冷冷地说。另外一个人——不知其名——坐在后面，咕哝了一句听不清的话，然后又非常肯定地，但同样含混不清地自己回答了自己。

"我不能开得太快，"亚历山大博士稳稳地望着前面说，"要不就会有危险，蹲监狱。如果你把手伸进我右手边的口袋，教授，你会找到一些香烟。"

"我不抽烟，"克鲁格说，"再说，我也不相信会有什么香烟。"

他们在沉默中行驶了一会。

"为什么？"亚历山大博士问，轻轻地踩油门，轻轻地抬起脚。

"只是一闪而过的念头，"克鲁格说。

这位绅士风度的驾驶员谨慎地一手放开方向盘，去摸索了一下，然后是另一只手。过一会儿，又回到第一只手。

"我肯定是放错了地方，"沉默了一会，他说。"但是，教授，你不仅不抽烟——不仅是一个天才，大家都知道，而且（快速瞥了一眼）还是一个运气极好的下注者。"

"西德，这大细金的（是的，这倒是真的），"博埃突然间转成用英语说，像是法国人说英语，他知道克鲁格听得懂，

---

1 法语，我们到他后面去，揍那小子一顿。

"夹像银民俗德（就像人们说的），我从一个克考（可靠）消息来源得知，奶嘎（那个）被处理的国家大厨已经被抓了起来，一起被抓的还有其他一些家伙（作者写到这里有点烦了——或者忘了），他们是在山上被抓的——而且被毙了？不，我对夹（这）个不敢相信——夹各（这个）太可怕了。"（作者这时又记起来了。）

"可能有点夸张，"亚历山大博士用当地话评述道。"现在这时候各种丑陋的谣言很容易传得到处都是，虽然说 domusta barbarn kapusta（丑媳妇才是最真实的），就这件事来说，我还是不相信，"他说着愉快地笑了起来，接着再次沉默。

哦，我的奇异的家乡老镇！在你的巷子里，罗马曾经在夜幕下传播他们的梦想，粘在你的石头上的生物瞬息即逝，但是夜晚的梦想久久不散。哦，你这奇异的老镇！你的每一块褐色的寂静的石子里装有如此多的记忆，如尘埃般数不胜数。每一块褐色的沉寂的石子都曾看见一个巫婆长长的头发被点上了火焰，一个面色苍白的天文学家遭到围攻，一个乞丐被另一个乞丐踢中腰部——还有，国王的马匹激发了你的活力，身着棕色服装的花花公子和一袭黑衣的诗人回到了咖啡屋，你正满嘴流着口水，周围响起"小心脏水"的哄笑声。梦幻老镇，变化无尽的梦幻，哦，你，变成石头的丑八怪孩子。在清静的夜晚，小店都关上了门，疮痍的墙壁，一个壁龛里面的无家可归的鸽子和一个教徒雕塑，玫瑰色的窗户，水滴慢慢渗出来的怪兽滴水嘴，捆打耶稣的小丑——没有生命的雕塑和黯淡的生命交织在一起……你狭窄和高低不平的街道并不是为汽油驱动的疯狂的轮子设计的——汽车终于停了下来，大块头的博埃胡子先露在车外，然后身子爬了出来，坐在博埃边上那个不知其名的沉默者这时突然变成了两个人，瘦弱的葛黎曼，教授中世纪诗歌，同样瘦小的杨诺夫斯基，教斯拉夫语韵律分析——这两个瘦小如侏儒般的人此刻在古老如旧石器时期的人行道上等着风干。

"我把车锁上，随后就过来，"亚历山大博士咳嗽了一下，说道。

一个意大利风格的乞丐，披着一件样子奇特的、煞是好看的破衣服，站在门前的灯影下，不停地颤抖，帽子的底部开了巨大的洞——显然是故意为之，像是在期待着什么。三块铜硬币连续放了进去——更多的钱还在往里掉。四个沉默不语的教授依次走上洛可风格的楼梯。

但是，他们用不着按门铃或敲门或做别的什么，因为顶楼的门开了，神奇的亚历山大博士早已经在那里了，也许他走了后门的楼梯，或者是通过中间不停的那种交通工具一下子就上来了；就像我曾经从基温瓦丁时代 [1] 的双夜和劳伦斯大陆变迁 [2] 的恐怖中起来，通过鬼气阴森的彼尔姆省 [3]，通过早近的，稍稍

1　the Keeweenawatin，是 Keewatin Series（寒武纪年代地层基瓦丁统）和 Keweenawan Series（古生代年代地层基维诺统）的合并词。

2　the Laucentian Revolution，太古时代地质变迁时期。

3　Perm，俄国城市。

早近的，不是太近的，非常近的，最近的——温暖起来，温暖起来！——上到我的房间，在我的旅馆的楼层，在一个遥远的国家，上来，上来，在那种由一双纤细的手控制的直达电梯上——我自己的手在负片中——那些黑人的手，鼓出的往下沉的肚子，往上升的心脏，永远也到不了天堂，天堂并不是屋顶花园；从鹿头形状门厅的深处快步走来校长阿卒罗斯，他张开双臂，浅蓝色的眼睛先行发出光亮，褶皱的长长的上嘴唇战栗着——

"是的，当然——多么傻啊，我，"克鲁格思忖道，克鲁格体内的圈子，他体内另一个克鲁格。

四

　　校长阿卒罗斯老先生以一种沉默的狂想曲的方式欢迎他人。脸上露出灿烂的喜色，他会先握住你的手，慢慢地、温柔地放到他柔软的手掌中间，紧紧握住，似乎那是一件一直都在寻找的宝贝，或者是一只毛茸茸的麻雀，需要小心呵护，在一种伤感的沉寂中，用他脸上放光的皱纹而不是他的眼睛，看着你，然后，非常缓慢地，银色的笑容开始收敛，温柔的双手一点一点地放开，苍白脆弱的脸上一副茫然的表情代替刚才还是火热的笑容，他会把你撇在一边，似乎刚才他犯了错误，似乎你不是他要欢迎的人——他要欢迎的人是下一个，他要从另一个角落里去找，当然，笑容再次洋溢，双手再次会抱起麻雀，然后这一切会再次消失。

　　二十几个学校的杰出代表，其中几个是亚历山大博士车上最新的乘客，在宽敞的、多少有点亮光的客厅里或站或坐（绿色的天花板上画着云彩和天使，不是所有的灯都亮着），也许还有六个人在旁边的 mussikisha（音乐厅）里，因为这位老先生是一个竖琴爱好者，水平一般，但是喜欢来个三重奏，自己弹竖琴，再找某个大音乐家演奏钢琴，这以后，一些小块的、量很少的三明治和三角形的 bouchées[1] 会端上来，由两位女仆和他还未婚的女儿分递给大家，他很喜欢那种点心，因为形状特别，别有特色。他的女儿身上散发着一种淡淡的香水味，以及明显的汗水味。今晚，替代那些点心的是茶和硬块饼干，一只黄褐杂色花斑家猫（被一位化学教授和一位名叫海德龙[2]的数学家轮流抚摸）躺在黑闪闪的贝希施泰因钢琴上。葛黎曼带电般的手犹如干树叶抚摸着猫，这只猫像是烧开的牛奶一样拱起身体，发出呼噜声，但是那位小个子中世纪研究学者并没有注意，他走开了。经济学、神学和现代历史的教授们站在一扇装饰着厚重窗帘的窗户旁交谈着。尽管窗帘很厚，但还是能感到一阵强劲的风渗透进来。亚历山大博士早已经在一张小桌子旁坐下，他把桌子上面的东西（一个玻璃烟灰缸，一头瓷做的驴，背两边有两个小驮篮，放火柴用，一个做成书本模样的小盒子）小心地挪到西北边的一个角落里，此刻正在查看一长串名字，用一支特别尖的铅笔把一些名字划掉。校长在他旁边俯身看他，又好奇又关心。亚历山大博士时不时地会停下来思索一阵，那支没有拿着铅笔的手伸到后脑勺小心地掠一下油光锃亮的漂亮头发。

"罗费尔呢？（政治学系的）"校长问，"你找不到他？"

"他不在，"亚历山大博士回答。"很显然是被抓走了。我听说是为了他自己的安全。"

"希望如此，"阿卒罗斯老先生若有所思地说，"但是，也许没有什么关系。我想我们开始吧。"

---

1 法语，小点心。
2 Hedron，源自英语后缀 -hedron，表示"……面体"。

埃德蒙·博埃闪动着他的褐色大眼睛，正在给一个冷漠的胖子（戏剧教授）讲他见到的稀奇光景。

"哦，是的，"戏剧教授说，"学艺术的学生。这一切我都知道。"

"Ils ont du toupet pourtant.[1]"博埃说。

"或者只是固执而已。年轻人一旦恋上传统，他们就会充满激情地拥抱它，就像年长者摧毁它时那样激情万分。他们冲入了克伦吧（鸽子洞—— 一家著名的剧院），因为所有的舞厅都关门了。毅力所致。"

"我听说 Parlamint（国会）和 Zud（法院）还在燃烧，"另一个教授说。

"你听错了，"戏剧教授说，"因为我们不是在谈这个事，我们说的是一个每年都要举办的舞会上发生的悲惨事件。他们找到了一些储藏着的蜡烛，在舞台上跳了起来，"他继续说道，把眼光又转向了博埃，他站在那儿，肚子鼓起，双手深深地插进裤子口袋。"在一栋空房子前。一张图画，几个影子很优美。"

"我想我们可以开始了，"校长向他们走来，说道。然后，像一道月光一样经过博埃，去告诉另一群人。

"那样的话，这值得羡慕，"博埃说，他突然发现了看这件事的另一个角度。"我真心希望那些 pauvres gosses[2] 能感到

1　法语，然而他们的脸皮很厚。
2　法语，可怜的小孩们。

乐趣。"

"警察，"戏剧教授说，"在一个小时前把他们驱散了。但是我断定在那之前整个过程激动人心。"

"我想我们再过不久就可以开始了，"校长信心满满地说，他再次快速经过他们。他的笑容早就不见了，他的鞋子嘎吱嘎吱微微作响，他插入杨诺夫斯基和拉丁语学者中间，朝他女儿点头示意"好的"，而他女儿正从门口端着一盘苹果悄悄地给他看。

"我从两个渠道听到（一个是博埃，另一个应该是告诉博埃的人），"杨诺夫斯基说——他把声音压得很低，以致拉丁语学者要弯下身子，把边上长着毛茸茸白发的耳朵凑过去。

"我听到了另外一个版本，"拉丁语学者说道，慢慢地直起腰。"他们在过边境时被抓住了。其中一个内阁部长[1]被当场枪毙，但具体是谁不确定，但是（在他说到前国家总统的时候把声音压低了）……被带了回来，投进了监狱。"

"不，不，"杨诺夫斯基说，"不是米·尼思特斯[2]。他是一个人，不和别人在一起。就像李尔王。"

"对，这样很好，"阿卒罗斯博士对亚历山大博士说，他对后者表示真诚的感谢，因为亚历山大博士重新放置了一下椅子，又多拿了几张进来，于是房间神奇般地显现出了必要的平衡布局。

---

1 2 原文分别为 Ministers 和 Me Nisters，发音相近。

猫从钢琴上跳了下来，慢慢地走了出去，走出去的时候疯狂地扭动了一下身体，蹭了蹭葛黎曼的条纹裤裤脚，他正忙着削一个贝沃克苹果。

奥里克，动物学家，背对着大家站着，他正在从各个角度，上下查看钢琴后方的书架上的书，不时地拿出一本来，一看没有书名——又很快放回去：他们都是"烘干面包"，都是德语——德语诗歌。他有点心烦，他有一个吵吵嚷嚷的大家庭。

"在这一点上我不同意你的观点——你们两个人的，"现代历史教授正说道，"我的研究对象从不重复她自己。至少不是在人们急切盼着重复到来的时候。事实上，克利俄[1]只是无意识地重复她自己。因为她的记忆实在是太短。就像这个时代的很多现象一样，重复出现的事情只在它们不能影响我们的时候才会被察觉——当它们被监禁起来时，正如我们现在这样说的那样，监禁到过去里面的时候，这里说过去是因为'过去'脱离了与现在的关系。企图通过昨天提供的数据来勾画出我们的明天，结果是忽视未来的基本因素，即未来是根本不存在的。草率地从现在匆匆进入这个真空被我们误认为是合理的行为。"

"纯粹的克鲁格主义，"经济学教授咕哝。

"举个例子来说"——历史学家没有注意到这个评语，继

----

[1] Clio，希腊神话中的九位缪斯之一，主管历史的女神。

续说道，"毫无疑问，我们可以从过去找出与我们现阶段相似的情况，当一个思想的雪球被双手冻得通红的学校里的孩子越滚越大，变成一个雪人，头上歪戴着一个压扁了的帽子，胳肢窝里随随便便夹着一把扫帚——这个时候，这个精灵的眼睛突然闪动了，雪变成了皮肉，扫把变成了武器，一个羽毛丰满的暴君砍下了孩子们的头。哦，是的，国会和参议院也曾被推翻过，而且，这也不是第一次，一个无名的、令人生厌的、混账得要命的家伙钻进我们国家的内部。但是，对那些目睹这些事件，并且希望保护它们的人来说，过去并不能借鉴，没有modus vivendi[1]——原因很简单，当它从现在的边缘上一个跟头栽下来掉进最后要填满的真空时，过去并不存在。"

"如果是这样的话，"神学教授说道，"那么我们要退回到低等民族相信的宿命论中去了，而且否认成千上万个过去的例证，证明理性推断的能力以及因此做出的行动要比怀疑和屈服更有好处。我的朋友，你在学术上对应用历史的厌恶恰恰表明了它的庸俗功效。"

"哦，我并不是在谈屈服或者与此相关的事。那是需要我们自己的良心去解决的道德问题。我只是在反驳你的论点，即历史能够预示巴图克明天要说或做什么。不会有什么屈服——因为我们在这儿讨论这个事实本身正意味着好奇，而好奇就是形式最纯粹的不服从。说到好奇，你能解释我们的校长对那边

---

1 拉丁语，妥协办法。

那位面颊粉嫩的先生——那个把我们带到这儿的人的青睐吗？他叫什么名字，他是谁？"

"马勒的一个助手，我想。一个在实验室干活的，或者是诸如此类的，"经济学家说。

"上个学期，"历史学家说，"我们看到一个说话结巴的蠢货被神秘地扶上儿童学系主任的职位，就因为他碰巧会演奏在那个系里必须要会的倍低音乐器。不过，那个人肯定有超强的、比撒旦还要厉害的说服能力，因为他把克鲁格弄到这里来了。"

"他有没有使用，"神学教授略显诡秘地暗示道，"他是不是也使用了那个雪球和雪人扫帚的比喻？"

"谁？"历史学家问，"谁用了？那个家伙？"

"不，"神学教授说，"另外一个。那个他如此艰难地弄来的人。有意思，想想他十年前表达那些想法的思想——"

他们被校长打断了，他正站在房间中央，轻轻地拍着手，提请大家注意。

那个名字刚刚被提到的人，亚当·克鲁格教授，坐在与别人相隔一段距离的地方，身子深深地陷入一把印花布扶手椅，一只毛发浓密的手搁在椅座上。他四十出头，又高又大，略显灰白的头发满是尘土，乱蓬蓬的，棱角分明，未加修饰的脸让人联想到态度粗鲁的象棋大师，或者是脾气不好但极有灵性的作曲家。黝黑的前额皮肤绷紧，给人一种不透气的感觉（银行保险柜？监狱围墙？），是那种思想家有的前额。脑子由水、各种化合物和一些特殊的脂肪组成。浅色、坚定的眼睛半闭着，方形的眼眶，眉毛粗浓，有一次曾挡住了一些已经绝灭的鸟类的有毒排泄物——施奈德假设。耳朵大小适中，内有毛发。鼻子两旁延伸出深深的肉褶，经过宽阔的脸颊。早上没有刮脸。他穿一件皱巴巴的黑色西装，系一个蝶形领结，总是同一种海索草紫罗兰颜色，原本是纯白色，现在成屎黄色，领结上密密的斑点，形状如同一只蝴蝶残疾的左后翅。已经穿了一段时间的衬衫是低领，可以很舒服地给他"亚当的苹果[1]"留下空间。厚鞋底的鞋子，老式的黑色鞋罩，这是他双脚突出的特色。还有什么呢？哦，是的——食指靠着椅座无意识地有节奏地敲打着。

除了这些看得见的表面以外，一件丝绸衬衫裹着他强健的身体和疲惫的臀部。衬衫被深深地塞进长裤中，长裤裤脚塞入长袜中：他知道，大家都在传着一个谣言，说他没有穿袜子（所以罩着鞋罩），但这不是事实，他其实穿着一双质地很好的淡紫色的丝绸袜子。

在所有这些东西的下面是温暖的白皮肤。一只蚂蚁从黑暗中爬过来，一列毛细管大篷车，沿着他的肚子在肚脐眼边上停下，更加浓密的毛发从胸口向四周蔓延开来。

在这下面是他死去的妻子和正在熟睡的孩子。

校长朝一张红木办公桌探出脑袋，他的助手此前把这张桌

1　即亚当·克鲁格的喉结。

子搬到这个醒目的地方。他用一只手戴上眼镜，摇晃一下他满头白发的脑袋，好让眼镜架到位，然后开始收拢他正在数的纸张。亚历山大博士轻手轻脚地走到远处一个角落，坐在一把已经准备好的椅子上。校长放下手中一叠整齐的打字稿，从耳朵右面取下眼镜，开始他准备好的讲话。很快，克鲁格意识到，在这个人人目光机警的屋里，他成为注意力的中心。他知道，在人群里面，除了海德龙，也许还有奥里克以外，没有一个人真的喜欢他。对每一个他的同事，或者是关于他的同事，他曾在这个时候或那个时候说过一些……一些在这种或那种情况下不可能回忆起来，难以概括的事——一些不经意的、明显的、刺耳的不重要的话，但是却在赤裸的皮肉上留下了很深的印迹。一个白白胖胖、长着青春痘的年轻人，未经许可，大大方方地走进光线模糊的教室，看着亚当，但亚当把目光移向了别处。

"先生们，我把你们叫来，是要告诉你们一些非常严峻的情况，如果不予理睬，则是非常愚蠢的。你们知道，我们大学自上个月末以来，基本上已经关闭。现在我被告知，除非我们的意图、我们的计划、我们的行为能够很清楚地让领袖了解，否则这座学校，这个机构，这个古老和受人爱戴的机构就将整个停止运行，其他一些学校、其他机构、其他人员将会建立起来，召唤过来，取代它。换言之，这个在过去几个世纪里由那些建设者们，科学家们和管理者们，一砖一瓦建设起来的光辉大厦将倒塌……而我们的缺少主动和没有策略将是它倒塌的主要原因。在最后时刻，一个行动方案终于拟定，我希望它会阻止灾难的发生。明天就会太晚了。

"你们都知道，妥协对于我来说是多么不能忍受。但是，我不认为我们现在团结在一起的勇敢行动与那个令人讨厌的字眼有什么关系。先生们！当一个男人失去了他的挚爱的妻子，当一个动物[1]面对咆哮的大海失去脚[2]时，当一个决策者目睹自己一生的工作变成碎片时——他后悔了。但是，他后悔得太迟了。因此，让我们不要因为自己的过错成为那个失去爱人的人，那个舰队[3]丧生在汹涌海洋中的海军上将[4]，那个破了产的管理者——让我们像双手紧握燃烧的火炬一样，自己掌握自己的命运。

"首先，我来读一个简短的备忘录——你们也可以称之为一种宣言——这个文件要提交给政府，然后适时发表……现在，我要说第二点——你们中间的一些人已经猜到了。在我们中间，有一个人——我要加一句，一个伟大的人，在过去的岁月里，非常巧合地成为另一个伟大人物，一个现在领导我们这个国家的人的同学。不管我们的政治观点是什么——在我长长的一生中，大多数的观点，我都有过——有一点不能否定，即政府就是政府，政府因此决不可能忍受毫无策略的、无缘无故的意见不合或者冷漠态度。在于我们看来一些无关宏旨的小事，一些转瞬即逝的政治信条，就像雪球滚不起苔藓一

----

1 4　原文分别为 animal 和 admiral，形成文字游戏。

2 3　原文分别为 feet 和 fleet，相互戏仿。

样，认为无足轻重，但它们已经变得非常重要，已经成为燃烧的旗帜，而我们却还优哉游哉地在安全无忧的巨大的图书馆里和昂贵的实验室里睡大觉。现在我们醒了。醒来是要难受一阵的，我承认，但是也许这不仅仅是叫醒人的过错。我相信，这份……这份文件的措辞是一个微妙的任务。这份我们马上都要签署的历史性文件在起草时我们便已深知这个任务的重要性。我也相信亚当·克鲁格会回忆起他在学校期间的幸福时光，并且亲自把这份文件交给领袖，我知道，领袖对一个大家敬爱的、世界闻名的前校友的来访会非常高兴和感谢，因此，也会带着同情倾听我们不幸的遭遇，并且提出解决办法，这一切如果没有这个神奇的巧合是不能想象的。亚当·克鲁格，你将拯救我们吗？"

泪花在这个老人的眼中闪动，在说出这个动情的恳求时，他的声音在颤抖。一页大裁纸张从桌子上飞落，轻轻地掉在印有绿色玫瑰的地毯上。亚历山大博士无声无息地走过去，把纸张放回原处。奥里克，那个年老的动物学家，翻开在他边上的一本小书，却发现这是一个空盒子，盒子底部有一支粉色的薄荷，孤零零的。

"你成为多情幻想的牺牲品，我亲爱的阿卒罗斯，"克鲁格说。"我和'蛤蟆'en fait de souvenirs d'enfance[1]不过是我以前经常一屁股坐在他的脸上。"

---

1 法语，拥有的童年记忆。

突然间响起了木头撞击木头的声音。那位动物学家抬起头，与此同时重重地把《黄杨树属植物名列》一书放下。随后是一阵寂静。阿卒罗斯博士慢慢地坐下，声音变了，说道：

"教授，我不是太明白你的意思。我不知道谁……你用来指的那个字或名字——你回忆起那个特别的游戏，不知道是有什么意思——也许只是孩子间的打闹……草地网球，或者类似的游戏而已。"

"'蛤蟆'是他的绰号，"克鲁格说，"你是否可以把那称作草地游戏——或甚至是跳背游戏，这是值得商榷的。他不会。我那个时候是个恶霸，对不起，我常常会把他绊倒，然后坐在他的脸上——作为一种休息方法。"

"别，我亲爱的克鲁格，别，"校长皱眉蹙眼地说，"这种爱好有点问题。你们当时还小，孩子总归是孩子，我相信你们有很多共同的美好记忆——讨论课文或者就像男孩子总会做的那样，谈论你们伟大的未来计划——"

"我坐在他的脸上，"克鲁格执拗地说，"每天如此，度过上学的五年——那也就是说，我想，大概坐了一千次。"

一些人看着他们的脚，另一些人看着手，还有一些人则忙着抽烟。动物学家对刚刚发生的事显示出短暂的兴趣后，又转向了一个新发现的书橱。亚历山大博士慌张地躲开了阿卒罗斯老先生给他的眼神，显然，他正向那个不被期待的地方寻求帮助。

"这种仪式的细节——"克鲁格继续说道——但是被一个

小铃铛发出的"丁丁"声打断，老先生绝望的手在桌子上找到了这个瑞士造的小玩意儿。

"你说的这些跟我们的话题不相关，"校长提高声音说，"我请大家安静，我亲爱的同事们。我们已经偏离了主——"

"但是，"克鲁格说，"真的，我并没有讲一些可怕的事，我说了吗？比方说，我并不是想说在经过了二十五年后，'蛤蟆'的脸上还保留着我身体的重量留下的印迹。在那个时候，尽管要比现在的我瘦——"

校长已经从他的椅子上站起来，差不多是跑向了克鲁格。

"我记起来了，"他说，哽塞了一下，"有一些事我要告诉你——非常重要——sub rosa[1]——你能跟我到隔壁的房间里呆一会儿吗？"

"好的，"克鲁格说，起身离开他的椅子。

隔壁是校长的书房。高高的落地钟在六点十五分的地方停住了。克鲁格快速地转动着脑子，身体中的黑色在吮吸着他的心脏。我为什么在这儿？我要离开吗？我要呆下去吗？

"……我亲爱的朋友，你很清楚我对你的敬重。但是你是一个梦想家，一个思想者。你没有搞清现在的情况。你说了一些难以置信的、不能提及的事。不管我们怎么想的——关于那个人，我们不能和别人说。我们现在处于极其危险的地步。你正在毁掉……所有。"

---

1 拉丁语，秘密的。

亚历山大博士悄悄进来，把一个烟灰缸放到克鲁格胳膊旁边，他的殷勤，他的帮助，他的 savoir-vivre[1] 真是没话可说的。

"那样的话，"克鲁格说道，没有理睬那些多余的东西，"我遗憾地说，你提到的策略仅仅是一个无用的影子——也就是马后炮。你应该早点提醒我，你知道，我到现在还不能明白你要我去拜访那个——"

"是的，拜访领袖，"阿卒罗斯快速打断他说，"我相信，当你知晓了那份宣言后，那份被意外推迟宣读的——"

挂钟突然响了。亚历山大博士在这些事方面是一个能手，他又是一个很井井有条的人，因此止不住想动手、显示一番修理匠的冲动，此刻，他已经站在一张椅子上，正在摆弄钟的挂针和打开的钟的表面。他的耳朵和生龙活虎的侧影在落地钟的玻璃里倒映出来，呈现出粉彩色状。

"我想我还是选择回家，"克鲁格说。

"留下来，我求你了。我们现在马上就宣读，然后签署那份真正的历史文件。你必须要同意，你必须要成为信使，你必须是那只鸽子——"

"该死的钟，"克鲁格说，"喂，你能让它停下来吗？你是把橄榄枝和无花果叶搞混了，"他继续说道，再次朝向校长。"但是，这既不是这儿也不是那儿，因为为了我的生命——"

"我只是恳求你再想一想，避免做出鲁莽的决定。那些对

---

1 法语，礼貌教养。

于校园往事的回忆很有意思——小吵小闹——还有一个毫无害处的绰号——但是我们现在必须要认真对待了。来吧，让我们回到同事中间，履行我们的责任。"

阿卒罗斯博士的演讲热情似乎已经减弱下来，他简单地告诉听众，那张大家都要看和签名的宣言已经印了每人一份。每一个人都要留下亲笔签名。他说，他被告知，每一个人都可以在每一份宣言上展示一下他们的个性。这样做的真正目的是什么，他没有说，我们认为他其实也不知道，但是克鲁格思忖从这个愚蠢的方式中显然可以看出"蛤蟆"怪诞的行事方式。阿卒罗斯和亚历山大这两位老好先生以尽快的速度分发宣言，就像魔术师和他的助手分发他们要表演的东西给观众检查，速度极快，人们根本没有时间仔细查看。

"你也拿一张，"老先生对年轻博士说。

"不，真的，不行，"亚历山大博士申明，每个人这时都能看到他漂亮的脸蛋上泛出玫瑰色的窘迫。"不，确实不行。我断断不敢。我卑贱的签名肯定不能和大家让人敬畏的签名一同出现。我什么也不是。"

"拿着——这是你的，"阿卒罗斯博士出人意料地不耐烦地说道。

动物学家并没有费心去看宣言，借了一支笔，签上名，侧过胳膊把笔递还过去，再次把注意力集中在他现在找到的、唯一能看上几眼的东西上——一本老版贝德科旅游指南，里面有埃及的景观和沙漠中舟船的侧影。这个可怜的地方，没有什么东西可收集的，除了直翅目昆虫以外。

阿卒罗斯博士在红木桌子边坐下，解开他的外衣，把袖口拉上来，把椅子靠近桌子，像钢琴家那样查看一下自己坐的位置，然后从衣服口袋里拿出一支漂亮的笔，亮闪闪的，由水晶和金子制成；他看了一下笔尖，在一张纸上试写了一下，接着屏住呼吸，慢慢地写出他的大名，签名笔迹盘旋而行。完成了收尾的装饰性一笔后，他拿起钢笔，审视他灿烂的创作。不幸的是，就在这个时候，他手上的金色魔笔（也许是对今天晚上它的主人各种用力的动作导致其脑部震荡的怨恨所致）在这张珍贵的文件上滴下一滴大大的墨汁。

瞬间，他脸涨得通红，额头显出一个V形青筋，亚历山大博士连忙过来帮他吸墨。这张一角沾了墨渍的纸张最终吸干了墨水，文件的底部并没有受到影响，可怜的老博士还在小心地擦拭。亚当·克鲁格从旁边清楚地看见了那些淡淡的蓝色墨渍：一个别致的脚印，一个匙形的水坑的轮廓。

葛黎曼重新读了两次文件，皱了两次眉，想起了他的那份资助款项，有色玻璃的三角顶饰和他选择的特别款式，以及第三〇六页上的注脚，关于那堵坍塌了的墙的确切年代，这个注脚将会引发很大的争议，想到这些，他附上了他精致但出奇难辨的签名。

博埃原本在一张有着围幔的椅子上享受美妙的瞌睡，但被猛地唤醒，他读了一下，擤了擤鼻子，自咒为什么在那天改变了国籍——然后告诉自己不管怎样与这种异国风味的政治做斗争不是他分内的事，他把手帕卷起来，看看别人已经签了，于是他也签了。

经济学家和历史学家简短地交换了一下意见，后者的脸上显出一种怀疑的和稍稍紧张的微笑。他们谐调一致地签上了名字，但是随后悲哀地发现在交换意见时，他们不知怎么地互换了文件，而每份文件上都有要签名的人的地址和姓名，印在左边一个角落。

其余人先是发出一声叹息，然后再签上名字，或者没有叹息就签名，或者先签名——后叹息，或既不是先叹息也不是后叹息，而是想了一会，随后签上名字。亚当·克鲁格，他也，他也打开了他那支生了锈的、摇摇晃晃的钢笔。隔壁书房的电话响了。

阿卒罗斯博士亲自把文件递到了他手中，并站在一旁守候着，克鲁格不慌不忙地戴上眼镜，开始读文件，头往后仰一直靠到椅背套上，那几张纸拿得高高的，手微微抖颤着。他的手比平时要颤抖得厉害，因为现在已是午夜之后，他疲惫得不行了。阿卒罗斯博士不再守候，他感到他的心在震动，仿佛是要拿着快熄灭的蜡烛去爬楼梯（当然是比喻说法），这时克鲁格已快要读完文件（只有三页半），手伸向上装口袋里的钢笔。一阵强烈的轻松感使得蜡烛的火苗蹿起，阿卒罗斯看到克鲁格把最后一页纸放到平展的、套有印花装饰布的木制沙发椅扶手上，然后旋开钢笔笔套，把笔的另一头插进套子里。

克鲁格准确、轻柔地划了一笔，动作与他魁梧的体型一点儿都不相称，他是在第四行中加了一个逗号。然后，他重新旋上钢笔笔套，把文件递还给被弄得精神错乱的校长。

"签名，"校长以一种奇怪的机械的声音说道。

"除非是法律文件，"克鲁格回答道，"而且还不是所有的法律文件，我从来没有签署过，也不会签署不是我写的任何东西。"

阿卒罗斯老先生朝四周瞥了一眼，胳膊慢慢地举起来。奇怪的是，没有人在看他，除了海德龙，那个数学教授，消瘦的脸上蓄有所谓的"英国式"的胡子，手上拿着一只烟斗。亚历山大博士在旁边的屋里接电话。那只猫在校长女儿闷热的房间里睡觉，女孩正在做梦，梦到在找一罐苹果酱，但却找不到，她知道那罐酱是一只船，她曾经在贝沃克看到过，有一个船员靠在船边，向船外吐吐沫，她看着他的吐沫往下滴，滴，滴到令人心醉的海洋的苹果酱里，她的梦境是一片金黄色，因为她没有把灯关灭，她原想一直要醒着，直到她老父亲的客人离开。

"再说，"克鲁格说，"那些比喻都是一些大杂烩，那句说准备在我们的课程中增加对政治的理解以及给我们带来好处的话，语法真是可怕，我即使加了一个逗号，也无济于事。我现在要回家了。"

"Prakhtata meta!"可怜的阿卒罗斯向着寂静的客厅哭喊道。"Prakhta tuen vadust, mohen kern! Profsar Krug malarma ne donje ...

Prakhtata!¹"

亚历山大博士有点像那个梦中消失的船员，重新出现、打着手势，然后向校长叫喊，阿卒罗斯手中仍旧攥着那份没有签名的文件，呜咽着朝他的助手快步走来。

"来吧，老伙计，别傻了。把那份倒霉的东西签了，"海德龙说道，身子朝克鲁格倾斜过去，那只拿着烟斗的手放在克鲁格的肩上。"这到底会有什么关系呢？画上你那价值连城的一笔吧，来吧。没有人会来关注我们画的圈，但是我们必须要有个地方画圈。"

"不，不是在思想陷在泥潭里的时候，先生，不，不是在思想陷在泥潭里的时候，"克鲁格说，第一次在这个晚上露出笑容。

"哦，别做一个自负的书呆子，"海德龙说，"你干吗要让我感到不舒服呢？我签了名——我头上的那些神明并没有被惊动。"

克鲁格没有看他一眼，他抬起手轻轻地摸了一下海德龙花呢服装的袖口。

"是这样的，"他说，"你的道德标准是什么，我管不着，你只管画你的圈去，只管向我的孩子展露你的魔法去吧。"

有那么一瞬间，他再次感到黑色灼热的悲痛涌上心头，整个房间几乎都要融化了……但是，阿卒罗斯急匆匆地回来了。

1　纳博科夫自造的语言，在巴图克格勒使用，详见《前言》说明。

"我不幸的朋友，"校长充满情意地说，"你今晚来到这里真是勇气可嘉。你为什么不早点告诉我呢？我现在一切都明白了。当然，你不可能把心思放在这里——你的决定和签名可以拖后再说——我敢肯定，在这个时候打搅了你，我们都感到羞愧无比。"

"往下说，"克鲁格说，"说呀。你的话听起来像谜语，但是别让这打断你。"

阿卒罗斯很尴尬，以为他被一则错误的消息骗了。他眼睛瞪得很大，说话结巴：

"我希望，我不是那个……我是说，我希望我是……我指的是，难道你没有……你家难道不是有不幸的事发生了吗？"

"如果有的话，也与你无关，"克鲁格说，"我要回家去了，"他接着说，声音突然间大得可怕，这霹雳般的声音只有在他讲课讲到高潮时才会出现。"那个人——他叫什么名字——能开车带我回去吗？"

亚历山大博士从远处向阿卒罗斯博士点点头。

那个乞丐已经被请走了。两个士兵挤靠着坐在汽车踏板上，像是在守卫这部车。克鲁格一心想避开与亚历山大博士说话，他快速地钻进汽车的后座。但是，让他恼火的是，亚历山大博士这次并没有去掌管方向盘，而是坐在了他旁边。其中一个士兵驾驶汽车，另一个把胳膊肘子舒舒服服地伸向外面，汽车发出一声刺耳的响声，轰鸣一下，驶向黑暗的街道。

"也许你会喜欢——"亚历山大博士说道，一边在摸索着找什么东西，他想找到一块小地毯，好让他和他的同伴的脚搁在一起。克鲁格嘟哝了一声，把那玩意儿踹在一边。亚历山大博士一拽安全带，身子扭动，扣上，然后很惬意地坐好，一只手很放松地放在安全带上。路边一个街灯偶然间发现了他佩戴的蛋白石戒指，但很快又忘了在哪儿了。

"我必须承认，我很佩服你，教授。自然，在那群可怜的昂贵的化石人中，你是唯一一个真正的汉子。我知道，你不是经常见你的同事们，是吗？你肯定觉得很不自在——"

"又错了，"克鲁格说，打破了他许下的保持沉默的誓言。"我尊重我的同事们，就像尊重我自己一样。有两件事让我尊重他们：因为他们能够在专业的知识中找到真正的快乐，因为他们不会轻易去干谋杀的事。"

亚历山大博士把克鲁格说的话错当成了他喜欢说的那些意思朦胧的讽刺语，因为他曾被告知，克鲁格对这乐此不疲。于是，他小心翼翼地笑了起来。

透过快速向后移动的黑夜，克鲁格向他瞥了一眼，然后把脸转开，不再理他。

"你知道，"这位年轻的生物动力学家继续说道，"我有一个奇怪的感觉，教授，似乎众多的羊群远不如一只孤独的狼来得受到重视。我在想下一步会发生什么。比如，我想，如果我们这个异想天开的政府不理睬羊群，尽管显然很矛盾，转而向那只狼奉上最最慷慨的职位，你的态度又会怎么？当然，这只是一个匆匆而至的念头而已，你也许会对这种矛盾的说法感到好笑（说话者简单地表演了一下嘲笑的做法），但是这种或者是其他可能，也许是恰恰相反的可能，我还是会想到。你知道，当我是学生时，住在一个阁楼上，房东太太、一个杂货店老板的妻子，说我总有一天会让房子着火，因为每天晚上我都要用上很多蜡烛，一门心思地从各个角度研读你的书的每一页——"

"给我住口！"克鲁格说，突然间语气之严厉、乃至粗暴，让人好生奇怪，因为这位年轻科学家天真的、好意的、如果不是那么聪明的闲扯（很显然，害羞的他变得唠叨起来，而这样的情况常常会发生在那些过度紧张、营养不良的年轻人，资本主义、共产主义和自慰行为的受害者身上，在他们和一些真正的大人物，比如说，老板的私人朋友或者公司头头本人，再或者是头头那名叫高皋列夫耶的妻弟相伴时尤其如此）并没有给克鲁格以充分的理由粗鲁打断对话，不过肯定的是，这以后的行程中，沉默笼罩了整个车厢。

直到一路颠簸不停的汽车拐弯进了普里高姆巷子的时候，这位恐慌不已的年轻人才重又开口说话，他无疑意识到了这位鳏夫心绪的迷乱。

"我们到了，"他和颜悦色地说，"我希望你带着你的 sesamka（大门钥匙）。我们得立即赶回去了，对不起。晚安！做个好梦！ Proshchevantze ！"（"再见"的幽默表达。）

汽车消失了，而车厢门关上的响声依旧悬在半空，像一幅空空的乌木做的画框。但是，并不只剩克鲁格一个人在那里：一个像帽盔一样的东西从门廊的台阶上滚下来落到他的脚边。

特写！特写！在门廊道别客人的阴影处，一个年轻人，穿着美国橄榄球队员的服装，月光下白色的肩膀高高隆起，脖子细长，两者奇怪地凑在一起，他与一个身影模糊的卡门[1]模样的小女孩站在一起，两个人紧紧粘在一起，像是橄榄球赛中的僵持状态——这两个人的年龄即使加在一起也要比旁观者的至少小十岁。女孩黑色的裙子呈花瓣状，半遮半掩地盖住了她恋人的奇异服装装饰下的胳膊。一件点缀着金属挂物的披肩从她的左手坠落下来，柔弱胳膊的内侧穿过黑色的薄纱。她的另一只胳膊抱住男孩的脖子，手指紧紧地从后面插入他的头发；是的，克鲁格可以看清一切——甚至是短小的、涂得难看得很的指甲，女学生那种突出的指关节。他，这位阻截队员，拥抱着的拉奥孔[2]，脆弱的肩胛骨，小小的富有节奏感律动着的臀部，在他一次又一次的身体的抽动中，一滴一滴闪光的滴液秘密地向着远方旅行，女孩的眼睛闭着。

"实在对不起，"克鲁格说，"我要过去。Donje te zankoriv[3]（请原谅我）。"

他们分开了，他瞥见了女孩的脸，白白的、黑眼睛的、不

---

1 梅里美小说《卡门》中的人物。

2 Laocoön，希腊神话人物，特洛伊的祭师，因警告特洛伊人勿中木马计而触怒天神，同两个儿子一起被巨蟒缠死。

3 见《前言》以及前注。

算非常漂亮的脸，嘴唇闪亮；女孩穿过男孩撑着大门的胳膊，上了第一个台阶，她回头望了一下，然后飞身上楼，披肩以及上面的挂件拖在地上，星座列阵——处于极乐中的刻甫斯神（仙王座）和卡西俄珀亚神（仙后座），五车二耀眼的眼泪，北极星是小熊座毛发上的雪片，还有群星灿烂的银河——那些照向无限宇宙的镜子，qui m'effrayent, Blaise[1]，就像那些无限空间的镜子让你恐惧一样，奥尔嘉不在其间，但是神话张开了杂技表演式的安全网，以免思想在不适宜的紧张的状态中会折断其脖子，这样就可以来回跳跃——重新跳回到浸泡在尿里的尘土中。奥尔嘉小跑一段，在中间来半圈皮鲁埃特旋转，以杂技演员特有的向左右两边致意的姿势展示天堂的纯洁，她那自然张开的双手引起阵阵掌声，而此时他向后走去，表现出一副男子汉气概，一把接住那块小小的蓝色手帕，这是他肌肉发达、快步疾飞的伙伴在完成动作后，从她火热的起伏饱满的胸脯上拿过来的——比她的微笑更富韵味的胸口起伏——她把手帕扔给了他，他因此可以擦拭疼痛无力的手掌。

1　法语，它们让我害怕，布莱斯。

五

　　这个闹剧式的时代错置让你火冒三丈；这里充满了庸俗的成熟的感觉（就像在《哈姆莱特》里教堂墓地的场景）；这个不管怎么说都有点贫乏的背景是从其他（后来的）剧本里七零八碎凑合起来的；尽管这样，我们知道的这个经常出现的梦（发现我们自己在原来的教室里，作业根本没有做，因为我们在无意中已经缺课一万节了），就克鲁格来说，还是能很好地表达原意的。自然，关于白天记忆的脚本在事实细节方面要微妙得多，因为很多剪接、裁剪和一般的组合，这些都是由梦的制作者们来完成的（他们通常有好几个人，大多数是不识字的中产阶级，受时间所迫）；但是，表演秀毕竟还是秀，回归过去的生活状况（要从遗忘、逃避、无效率中找出台下经过的岁月）会让人尴尬，由一个大家都欢迎的梦来再现，还是要比学者讲究的、确切的记忆要好一点。

　　但是，这个梦果真是那么原汁原味吗？谁在那些战战兢兢的制作者后面？毫无疑问，克鲁格现在坐在边上的桌子是匆匆忙忙地从一个不同的场景里借来的，看上去更像是学校礼堂里用的，不像克鲁格儿时用过的个人物品，桌子发出一种味道（干李子，铁锈），桌子上的小洞里全是墨水，桌盖（开合时会发出"砰"的响声）上留下铅笔刀的痕迹，还有那个特殊的、马卢尔湖形状的墨渍。毫无疑问，那个门的位置也有点问题，克鲁格的一些学生，身份模糊（今天是丹麦人，明天则是罗马人）也忙不迭地汇拢过来，填满了原本应是他的中学同学留下的空白，中学同学要比其他人不太容易记得。但是，在制作者或者是负责场景的舞台人员中，有一个人……很难表达……一个无名的、神秘的天才，他利用了这个梦来传达他自己的特别的密码信息，信息与在学校的日子毫无关系，甚至与克鲁格个人的存在也没有一点关系，但是不管怎样，却把他与一种深不可测的存在方式建立了联系，这也许很可怕，也许是福音，也许什么也不是，而是一种超验的疯狂，潜伏在意识的一个角落，而且除了这以外没有什么能更确切地界定它，不管克鲁格如何绞尽脑汁。哦，是的——灯光布置很不错，观者的视觉范围奇诡地变得狭窄，似乎闭上眼帘后的记忆只是出现在梦的深褐色的阴影中，感官的乐队只是限于几种乐器，克鲁格在梦中不能思索，比一个喝醉了的笨蛋还要糟糕；但是如果观察仔细的话（在梦本身死了一万次后，日子本身一万次继承了那些满是尘土的琐事，那些债务，那些辨认不清的信件之后），还是能够看到有一个人的存在，一个早已知晓的人。有一个人已经闯入，轻手轻脚地上楼，打开壁橱，把东西稍稍弄乱。然后，一块收缩的、粉笔色的、极其轻和干燥的海绵吸足了水，直到它变得像水果一样丰硕；死寂的白色笔迹被一扫而光，青灰色的黑板上留下黑色光泽的拱形；于是，我们现在开始重新把朦胧的梦境与学者讲究的确切的记忆放到了一起。

你进入一个隧道，它穿过一栋毫无关联的房子，把你带到一个球场里面，地面铺着灰色的旧沙子，一阵雨过后就会变成泥。在两节课间，在刮风的灰蒙蒙的日子里，场地里踢起了足球。隧道的开口与场地另一端的学校的大门变成了足球的球门，但是，就像是一种动物的普通器官搁在另一种动物的身上，却阴差阳错地发挥崭新的作用。

经常会有这样的景象发生：一个普通的足球，猪肝红的内衬裹在绷得紧紧的外皮内，英国制造商的名字印在生硬的圆滚滚的球皮上，有人会在一个角落里偷偷地、小心翼翼地运球，但是在院子里是不能这样做的，要不玻璃窗就要遭殃了。

就是这个足球，这个球，一个光滑的天然橡胶制作的球，得到了当局的同意，突然被放在一个玻璃盒子里，像博物馆里的展品一样得到了展示：实际上是三个球，放在三个盒子里，我们可以看到它的孵化过程：第一个是新的，非常干净，整个球几乎都是白色的——那种鲨鱼肚皮的白色；然后是脏兮兮、灰蒙蒙的长到成人阶段的球，饱经踢打的球皮上粘满沙粒；最后是一具球皮松弛的、变形的球尸。钟声响了。博物馆里天黑了，再次变得空空荡荡。

把球传过来，亚当卡！一脚偏离目标的射球或者是故意的长传通常不会造成玻璃的粉碎；但是，恶意的一脚踢向屋檐拐角，反弹过来的球反而会穿窗而入。被踢得不成样子的球不会一下子引起注意。很快，再踢一脚后，球里面的空气开始慢慢释放，不一会儿，在歇息之前，它就变得又笨又重，如一双老旧的高筒套鞋，像一团可怜的橡皮海蜇，瘫软在泥泞的地上，这时一双如恶魔般绝望的靴子会最后给它一脚，把它踢得粉碎。ballona（跳舞欢庆的节日聚会）的结束。她在镜子面前取下钻石头冠。

克鲁格踢足球（vooter），巴图克不踢（nekht）。克鲁格是一个壮实、胖脸蛋、一头卷发的男孩，穿着扎眼的灯笼裤，扣子在膝盖下方（足球短裤是忌讳的），在泥地里猛烈地跑动，热情远高于踢球的技术。现在，他发现自己沿着一个像铁轨的地方往前跑（在晚上，很丑陋？呀，是晚上，老兄），穿过一个长长的潮湿的隧道（梦舞台的经营者把手边能找到的东西拿来做"隧道"道具用，也不把铁轨或者是红色的路灯给拿掉，每隔一段路，就会碰到那些在水涔涔的岩石墙边闪烁的路灯）。他的脚前有一个很重的球，每次他要踢球时，总是不停地踩在球的上面，最后，三下两下，球在岩石墙一块凸出来的地方卡住了，岩石墙上不同的地方开着几个嵌入的橱窗，一些离奇的装饰（珊瑚，海胆，香槟泡沫）使得窗玻璃显得整齐、明亮、富有生气。在其中一个窗口，她坐在那里，取下她闪着露水般光泽的戒指，解开套在她白色脖子上的钻石项链 collier de chien[1]，是的，卸下她身上所有的尘世间的珠宝。他在岩石前凸出处使劲地想把足球弄出来，他勾出来了一双拖鞋，一个小小的红色的提桶，一幅画着航行中的船的图画，还有一块

---

1 法语，狗脖圈。

橡皮擦，所有的东西加起来似乎等于了一个足球。要在那些摇摇晃晃的脚手架之间运球很困难，他感到他挡住了一些工人的路，他们正在装配电线或者是别的什么东西，当他跑到一家餐馆时，足球已经滚到一张桌子底下，桌底有一块掉下来的餐巾布半遮掩着，那个地方就是球门，因为球门也就是一扇普通的门。

如果你打开门，你发现几个"多愁善感者"（zaftpupen）在衣架后面靠窗的座位上坐着发呆，巴图克也会在那里，吃着一个门房给他的又甜又黏的东西，那是一个胸前挂满勋章的老兵，留着一副很有尊严的胡子，眼神猥亵。铃声响起的时候，巴图克会让那些脸上红扑扑、脏兮兮的一拥而出向着教室跑的男同学们先出去，然后，他自己安静地走上楼梯，黏乎乎的手摸着楼梯扶手。克鲁格要把足球放回去，因此耽搁片刻（在楼梯底下有一个很大的放玩具和假珠宝的盒子），他从后面赶上来，快速地在巴图克的屁股上拧上一把。

克鲁格的父亲是一位名气响亮的生物学家。巴图克的父亲是一个小发明家，素食者，神智学者，一个精通毫无价值的印度学的专家，曾经一段时间他似乎还在一家印刷行呆过——主要是印一些骗子和失意的政治家的作品。巴图克母亲来自马西兰（沼泽地），是一个无精打采、肌肤松弛的女人，在生巴图克时死去了，他父亲在她死后不久又娶了一个年轻的跛脚女人，他专门给她发明了一副新支架（她比他活得长，那副支架也留了下来，现在她在某个地方一瘸一拐地出现）。男孩巴图克有一张面色苍白的脸，青灰色的头颅，头盖骨上有一些隆起部分：他父亲每个星期一次亲自给他修面——无疑，这是一种神秘的仪式。

没有人知道"蛤蟆"这个绰号是怎么得来的，他的脸并没有可以让人联想到那种动物的地方。那是一张奇怪的脸，所有的五官都处在合适的位置，但是不知怎么地却又分散开，极不正常，似乎这个小东西做过某种脸部手术，脸上的皮肤像是从身上其他部位借过来似的。这样的印象也许主要是因为他毫无表情的脸部特征：他从不微笑，当偶然打喷嚏时，他会尽力控制住动作，不发出任何响声。他那煞白的小鼻子，加上他身上穿的干净整洁的蓝色盖拉提布[1]衬衫，使得他看上去就像裁缝店橱窗里的蜡像中学生，但是他的臀部要比那些人体模型要丰满得多了，走起路来有点像鸭子一样蹒跚，脚上穿着一双拖鞋，曾经招致很多讥讽。有一次他被人狠狠地殴打，人们发现紧贴着他肌肤的内裤是绿色的，那种台球布的绿色，而且显然就是台球布做的。他的手总是那么冰冷、黏湿，讲话时发出奇怪的平稳的鼻腔音，他还会一种令人恼火的鬼把戏，用回文的方式来称呼他班上同学的名字——比方，亚当·克鲁格（Adam Krug）被称作 Gumakrad[2] 或者是 Dramaguk[3]，他这样做并不是出于幽默，他是一个缺少幽默的人，而是就像他曾经详细地对班上新来的同学说过的那样，是因为他认为，一个人要

1　galatea，一种结实的条纹棉布。

2　3　为 Adam Krug 的回文。

牢记这一点：每一个人都由二十五个字母、以不同的排列方式组成。

假使他是一个讨人喜爱的人，一个好伙伴，一个可以相处的俗人，或者是还算可爱的怪异男孩，有着男孩都应有的肌肉的话（像克鲁格一样），那么他的那些特征本是可以得到原谅的。但是，除了他的怪诞以外，巴图克还是一个沉闷、平淡无味的人，而且气量极其小。后来人们说起来，大家都会得出一个意外的结论，那就是他在一个小肚鸡肠的世界里是名副其实的英雄，因为每次他沉溺于卑鄙、小气时，他头脑里其实肯定都在这么想，那些报复他的同班同学们曾是如何每一次让他经历地狱般的肉体痛苦的过程。奇怪的是，我们一点都记不起来哪怕是一次巴图克大耍卑贱、小气的具体例子，尽管对于他因此而遭受到的"回报"还历历在目。比如说，笔迹装置事件。

他那时可能是十四岁，或十五岁，他父亲发明出了唯一一个确定能在商业上获得成功的装置。这是一个像打字机一样的便携机器，可以模仿出自己的笔迹，逼真到无可挑剔。你提供给发明者你的笔迹的各种样本，他会研究笔画和笔画间的联系，然后就会炮制出你个人的笔迹图本。复制出来的笔迹模仿你常写的基本无异，至于一些不重要的笔画的变化，键盘上的一些键会进行专门处理，每个键负责一个字母。标点也会呈现不同的样子，以表现不同情况下的书写风格，一些如空格以及专家所谓的"渐变群"这样的细节也得到了处理，以避免结果过于机械式的统一。尽管仔细辨认下还是能发现机械制作的痕迹，但是用这个东西行骗，大都还是可以做得到的。比如，你可以模仿出一个记者的笔迹，然后作弄他和他的朋友。尽管这种造假笨拙，毫无意义可言，但是还是抓住了一些诚实消费者的猎奇心和幻想：一些以新奇的方式模仿自然的东西总是能对头脑简单者产生吸引力的。一台真正好的、能够模仿出多种形式笔迹的装置价格非常昂贵。即使这样，订单还是如潮涌来，一个又一个购买者享用这个奢侈的东西是为了一睹自己并不复杂的人格怎么通过这台神奇的玩意儿凝聚成了什么样的本质。在一年的时间里，三千台笔迹装置被卖了出去，在这个数目中，多于十分之一的机器被兴高采烈地用于欺诈（不管是骗子还是被骗者在这个过程中都是愚蠢可鉴）。巴图克老爹正要着手建一家特殊的工厂进行大规模生产，这时国会一纸命令禁止在国内制造和销售笔迹装置。从哲学原理上来说，这种笔迹装置作为埃克利斯主义信奉者的象征倒是完全有道理的，它可以证明这样一个事实：机械装置是可以复制人格的，质量仅是数量分配的一个方面。

发明者送出的第一批样品之一是给他儿子的生日礼物。巴图克把它用到了对付家庭作业上。他写的字像是往后爬的蜘蛛，在那些个跛足的字母中，弯曲的"t"鹤立鸡群，特别醒目，所有这些他的机器都可以惟妙惟肖地模仿出来。他还一直有写字时留下墨渍的习惯，所以他父亲干脆给他的机器增加了几个键，一个用于模仿沙漏形墨渍，另外两个则是圆形的。但是，巴图克并没有使用这些附加键，而且他做对了，因为他的老师发现他的作业变得整洁了，而那些他碰巧使用的问号则显得要比往常更黑、更浓：这是他父亲没有预料到的，这也是发明家常常有的一个问题。

可是很快，这样偷偷摸摸的快乐走向了结束。有一天，巴图克把机器带到了学校。数学老师，一个高个子、蓝眼睛、留着一把黄褐色胡子的犹太人，要去参加一个葬礼，数学课上的三个小时于是整个成为笔迹装置的展示时间。装置很漂亮，一束春天的阳光刚好撒在上面；外面的雪正在融化、滴水，宝石在泥地里闪光，彩虹色的鸽子在潮湿的窗台上发出"咕咕"的叫声，球场那边的房子的屋顶发出钻石般的光芒；巴图克粗短的手指（指甲能啃的都被啃光了，一条黑色的边界嵌在黄色的肉里面）敲打着亮闪闪的键盘。必须承认，整个过程表明了他的一种勇气，因为他周围是一帮特别不喜欢他的粗野的孩子，他们要是想把他的机器砸成碎片，他根本没有办法阻止。但是，他却坐在那里，沉着冷静地输入一些文本，然后用他尖尖的带着拖腔的声音解释这个东西的绝妙之处。一个名叫辛普费的有着阿尔萨斯血统的红发男孩说："让我来试一下！"他有一双极其敏捷的手。巴图克空出一个地方，让他过来，指导他———开始，还卖了个关子——敲键盘。克鲁格是第二个来试的人，巴图克同样也帮他，直到克鲁格心中的另一半在他大拇指有力的敲打下开始顺从地落下来：我是蠢货，蠢货是我，我许诺要付十个一千五百二十五克伦来买这个东西——"快，哦，快，"巴图克急急地说，"有人过来了，快把东西放起来。"他把它放进课桌，把钥匙搁口袋，然后快步跑向洗手间，这是他在激动的时候常做的事。

克鲁格与辛普费密语了几句，一个简单的行动方案出炉了。上完课后，他们哄劝巴图克再让他们看一眼机器。等到课桌一打开，克鲁格一把拉开巴图克，一屁股坐在他身上，辛普费吃力地打出一封短信，把信扔进信箱，然后克鲁格才放了巴图克。

第二天，那个患风湿病、说话声音颤抖的历史老师的年轻妻子收到了一封短信（写在一张有横线的纸上，边上有两个洞），内容是恳求约会。这个和蔼可亲的女人没有像人们期待的那样，向其丈夫抱怨，而是戴着一块厚厚的蓝色头巾在路上拦截了巴图克，对他说他是一个淘气的大男孩，她有意地抖动起她的臀部（在那个年代，裹得紧紧的腰臀看上去就像是一颗倒转过来的心脏），建议说他们可以乘坐一辆 kuppe（封闭马车），到一间无人居住的公寓去，她可以在那儿心平气和地好好数落他一番。尽管此前巴图克预料到会有坏事发生，并时刻提防着，但他没有想到落到他头上的会是这种事，所以他竟然还跟着那个女人上了一辆老旧的出租车，过后他才醒悟过来。几分钟后，在国会广场遇到堵车时，他从车里溜出来，满脸羞辱地飞奔而逃。这场 trivesta（情事的细节）是怎么传到他的伙伴中的不得而知，但是，不管怎样，这次事件成为一个传奇故事。有那么几天，巴图克一直避人而走，而辛普费也消失了几天：有意思的是，还发生了一个搞笑的巧合，辛普费的母亲在商店购物时，不知哪个坏蛋在她的包里放了一个神秘的炸弹，她被严重炸伤。当巴图克再次出现时，他还是原来安静的样子，也没有提他的那台机器，而且从此再也没有带到学校来过。

那一年，或者是第二年，来了一个新校长，一心想在年龄较大的学生中间树立一种他称之为"政治—社会"的意识。他制订了一个很厉害的计划——开会、讨论、组成党派团体——哦，事情多得去了。头脑灵活的学生们想法避开这些活动，理由很简单，他们认为下课后或课间留下来侵犯了他们的自由。克鲁格对屈从这些愚蠢要求的学生开了一些恶劣的玩笑，狠狠地逗弄了他们。校长一方面强调参加活动纯粹出于自愿，另一方面又警告克鲁格（他是班上成绩最好的）他的特立独行成为极坏的榜样。在校长的马毛沙发上方有一幅铜版画，描绘的是一八四九年的桑德面包骚乱场面。克鲁格从来没有想过要屈服，所以非常坚定地对成绩变得中等水平不予理睬，而从此以后中不溜儿的分数就与他不再分离，尽管他的作业还是原来的水平。校长再次找他谈话。一张彩色的印刷物，上面是一个身着樱桃红的女性，坐在镜子前面。这样的情况还真有点意思：我们看到的是一位坚定不已倾向左翼的开明的校长，正义和公平的雄辩的支持者，但却在想尽妙计胁迫学校里最优秀的学生，他这样做不是因为他希望那个男孩能参加某个组织（比如，左翼组织），而是因为这个孩子根本不愿参加任何团体。

当然，公正地说，校长并不是要把自己的政治倾向强加到任何人身上，他允许他的学生们选择任何一个他们喜欢的党派，即使这个党派与当时正处于兴盛时期的国会里的派别没有任何关系。事实上，他的思想还的确非常开放，以至于赞同一些富有家庭的学生组成一个具有浓厚资本主义色彩的团体，或者，让那些反动贵族的儿子们与他们原来的阶层保持一致，统一在"Rutterheds[1]"之内。他所要求的只是学生们要跟着他们的社会和经济的本性走，他唯一不能容忍的事情是在一个人身上一点都没有这样的本性的存在。在他看来，在这个年复一年、了无生气的世界的背后是阶级激情火热的相互作用，"财富"和"工作"在一些预先确定的地方迸发出瓦格纳似的响雷，而拒绝在这个演出中出场，无疑是对他理想化看法的恶意侮辱，同时也是对"工会"的侮辱，因为每一个演出者都属于这个组织。正是在这种情况下，他感到有必要向教师们指出，如果克鲁格以优异的成绩通过了考试，从辩证的角度看，对那些克鲁格的同学们来说是不公平的，因为他们没有好的脑子，却是好的公民。教师们对这个精神心领神会，我们这位年轻的朋友通过了考试还真是一个奇迹。

在那一年的最后一个学期，一件醒目的事情是巴图克的突然崛起。尽管似乎所有人都不喜欢他，但是当他开始不声不响地组织"普通人"党，开始慢慢地露出水面时，在他身边还是

---

1 纳博科夫自造的词，有可能是两个词 rut（车辙）和 heads（脑袋）的合写，意指"兄弟会"。

形成了一群小小的拥护者、一批卫兵。他的跟随者中每一个人都有这样那样的一点瑕疵，或者用一个教育者在一次水果酒会后说的话来说，就是"缺乏安全感的背景"：有一个男孩皮肤上总是长疖子，另一个则是害羞得有点病态，第三个曾意外地砍下了他婴儿妹妹的头，第四个说话结巴严重，你到外面去买上一块巧克力，回来时发现他还在那儿使劲地发"p"或"b"的音，他从来不会轻易就放过一个障碍，不肯随便换发另一个相近的音，最后当他终于迸发出那个音的时候，他的对话者脸上早已被喷上一脸胜利的唾沫。第五个也是一个结巴，只是情形更加复杂，他的问题是在说完一个重要的词后，会加上一个音节，听上去就像是半心半意的回声。一个好勇斗狠、长得像猿人似的年轻人给巴图克提供保护，这个人在十七岁时还不能背下数学乘法表，却能威武雄壮地举起一把椅子连同坐在椅子上的人，坐在椅子上的是另一个巴图克的信徒，学校里最胖的男孩。没有人注意到由这些不同特征的人组成的小团体是如何在巴图克周围形成的，更没有人能够明白到底是什么给了巴图克一种领导力量。

在这些事情还未发生的几年前，巴图克的父亲认识了一个名叫弗拉德利克·司考得玛的人，一个颇有名气、但又让人可怜的人。这位反传统人士——这是他喜欢被称呼的用词——在那个时候正在慢慢进入一种神秘的老态龙钟状态。他湿润的嘴唇发着红光，白色的胡须绒毛一样松软，这使得他看上去如果不是那么威严的话，至少不是那么让人害怕，他的抽搐的身体看上去像游丝般微弱，以致当他所在的肮脏的街道上的主妇们看见他老眼昏花、蹒跚而过时，都差不多要为他高声唱出哀歌来了，她们会给他买来樱桃，热的葡萄干蛋糕，他喜欢的颜色鲜艳的袜子。一些在年轻时曾被他的著作打动过的人早已忘记了那些读来诱人但深藏毒素的小册子掀起的激情涌流，而且会把他们的短时记忆归结为他本人的存在的消失，所以，当他们被告知那个司考得玛，那个六十年代的 enfant terrible[1] 仍旧活着时，他们都会很快皱皱眉头，不屑相信。八十五岁的司考得玛更是倾向于认为他过去喧哗的岁月仅仅是一个初级阶段，与其现在所处的哲学阶段相比是小巫见大巫，因为他把自己身体的衰弱看成是走向成熟、巅峰的过程，这在他来说并不是一个不自然的过程，他因此很是自信，他让老巴图克印制出来的那篇芜杂混乱的专论必将会被认定为是一个不朽的成就。

他在文中表述了一种关于人类的新观念，可以说是一个极其了不起的大发现。他说，在世界进程的每一个特定时期，一种可以计算的人类意识在全世界人口中进行分配。但是，这样的分配不平衡，也正是这个问题导致了我们所有痛苦的根源。他说，人类就像是很多很多个容器，装有这种本质上统一的意识，可是却分配不等。但是，另一方面，他指出，完全有可能来规范人体容器的承载量。如果，比如说，一定数量的水装在不同的瓶子里——葡萄酒瓶、大肚短酒瓶、各种形状大小的药

1　法语，可怕的孩子。

水瓶，以及所有从她的镜子里可以看得见的水晶和金色的香水瓶——液体数量的分配会是不一样的、不合理的，但是可以让其一样、平等，只要通过限定各个瓶子的水量的方法，或者除去花哨的瓶子，统一所有的容器为一个型号。他引进了平衡的观念，并视其为一种普遍福音，把他的理论称为"埃克利斯主义"。他声称这个主义完全是崭新的。是的，社会主义曾在经济的层面上倡导统一，宗教则在精神层面上允诺同样的观念，在坟墓以外大家会得到同样的归属。但是，经济学家并没有看到过财富差别可以被成功地铲除，而且实际上，只要这个世界上存在着一些人，他们的头脑和勇气要比另一些人强，那么这样的时刻不会真正到来；同样，牧师们也没有察觉到他们的允诺的无用，因为有一些人总是得到更多的优待（有着特别天才的一些人，捕猎大型动物的猎手，象棋棋手，活力四射、多才多艺的情场老手，舞会之后取下项链光彩照人的女人），对于这些人来说，这个世界简直就是一个天堂，在这个似乎人人都融化在一锅的世界里，不管别人会遭遇到什么事情，他们总是会高出一筹。如果，司得玛说，最后一个变成了第一个，或者反过来，那不就平等了，试想一下，当那个一脸趾高气扬的威廉·莎士比亚看到一个从前毫无希望的拙劣剧作写手突然盛名远扬，成为桂冠诗人，那会是一幅怎样的情景？

　　有一个很重要的事情需要指出，尽管提出了改变人类、使其与一个平衡的结构保持一致的建议，但是宏论的作者非常谨慎地略去了实现这个建议的实际方法，以及什么样的人才可以策划和指导这个过程。在整部书中，他只是津津乐道于最值得骄傲的智力与卑贱的愚蠢的区别整个在于这个人或那个人体内的"世界意识"的多寡。他似乎认为，一旦他的读者们认识到了他强调的东西的真理，那么重新分配和规范就会自动到来。另外还要注意的是，这位出色的乌托邦者的眼中是整个世界，尽管模糊不清，而不仅仅是他忧心忡忡的自己的国家。专论出来以后不久，他就死了，因此也就被免去了看见他模棱两可的、但充满善意的埃克利斯主义经历急剧变化带来的不适；这个主义（尽管还保留原名）已经被改变成充满暴力和毒性的政治教条，推崇在这个国土上强制实现精神统一，而实现的手段是通过居民中最绝对标准化的一部分人——军队——来执行，所有这些的制定者来自一个臃肿的、神圣而危险的国家。

当年轻的巴图克按照司考得玛的书组建普通人党时，埃克利斯主义的嬗变才刚刚开始，那些生活受挫的男孩聚集在一个恶臭难闻的教室里，还在摸索着如何在人体容器里进行平均化的分配的方法。那一年，一个腐化的政治家被一个叫做艾姆拉德（不是阿姆拉德，他的名字在国外常常被拼错）的大学生暗杀了。在审讯时，大学生出人意料地拿出一首他自己写的诗歌来，充满神经兮兮的、刺耳的修辞，赞颂司考得玛，因为他

  ……教导我们崇拜普通人

  告知我们没有一棵树

  离得开森林可以存活

没有一个音乐家离得开乐队

没有一个浪潮离得开海洋

没有生活离得开死亡。

　　自然，可怜的司考得玛不曾教授过诗中所说的任何一样东西，但是巴图克和他的朋友把这首诗歌配上"Ustra mara, donjet domra"（一首赞颂醋栗果酒醉人的特征的通俗小调）曲子，后来成为一首埃克利斯主义的经典歌曲。在那个时候，一份资产阶级气氛特别浓厚的报纸刚巧发表了一系列卡通画，讲述埃特盟（普通人）先生和太太的家庭生活。卡通画表现了常有的幽默和同情，同时还有打了擦边球的下流场景，埃特盟先生和他的小女人的生活从起居间到厨房，从屋前花园到阁楼，所有他们日常生活涉及的地方都提到了；另外，除了几把舒适的椅子，各种叫不出名来的电器，以及那个物自体（汽车），他们的生活与一对尼安德特人[1]的生活本质上没什么区别。埃特盟先生在卧榻上睡了一个懒散的午觉，或者偷偷地溜进厨房，用一种好色的贪婪劲儿嗅闻正在"滋滋"作响的炖菜，他这样的行为无意中代表了一种活生生的对不朽人生的拒绝，因为他的整个习性中根本就没有能够超越现世的东西存在。但是，另一方面，也没有人能想到埃特盟实际上正濒临死亡，这不仅是因为卡通具有的温和的幽默不允许表现他在床上

1　Neanderthal，在德国尼安德特河流域发现的原始人。

死去的场景，而且也是因为背景中没有一个细节（甚至连与人寿保险公司的销售员打扑克这样的事也不行）可以让人联想到绝对不可避免的死亡的到来；所以，一方面，埃特盟这个拒绝不朽的化身，其本身就是一个不朽者，另一方面，他也不能期望拥有任何死后的生活，因为他原本布置好的屋里连一间舒适的灵堂都没有。在这样一种有限的、密不透风的生存中，这对年轻的夫妇和其他年轻夫妇一样感到幸福：到影院看电影，工资涨了一级，嘴巴"吧唧，吧唧"地赞赏晚餐的美味——生活确确实实地塞满了这些或那些赏心乐事，而另一方面，生活中可能发生的最糟糕的事是在使用一把传统的榔头时习惯性地砸中了自己的大拇指，或者是弄错了老板的生日。从埃特盟的海报上可以看到他抽的是成千上万人在抽的香烟，而这么多人在做的是不会错的，每一个埃特盟都能想象另一个埃特盟是怎么样的，甚至连刚刚替代了那位单调古板的末代国王西奥多的国家总统也与他人无异。在结束了一天办公后，回到（油腻的）厨房和（乏味的）婚姻的种种快乐中。司考得玛的埃克利斯主义并没有多少老年闲叨症的表现（甚至连这些也暗示了一些急剧的变化，一些对现状的不满），在看待他称之为的"小资产阶级"上面，他曾表现了正统的无政府主义的愤怒，假使他知道一帮年轻人正以一个卡通人物埃特盟的形式朝拜埃克利斯主义，他定会吃惊不已，就像那个恐怖分子艾姆拉德也会感到震惊一样。不过，司考得玛只是一种通行的幻觉的牺牲品而已：他的"小资产阶级"只是一种标签，就像是贴在一个空盒子上的标签（这个反传统者，与大多数像他这样的人一样，仅能泛泛而谈，实际上在具体事情上很无能，比如说，连彩票房里张贴的通知也不会注意，也不会很有智慧地和孩子交谈）。实际上，只要稍稍用点头脑，我们可能会发现埃特盟的很多奇怪的事，一些使得他们互相间如此不同的事，我们会知道，除了那个卡通画家笔下的转瞬即逝的人物以外，这些事根本不存在。忽然间，埃特盟变形了，他两眼微闪着（我们刚才还看到他在屋里闲庭慢步）把自己锁在洗手间里，还有他的奖品——是什么奖品，我们还是不说为好；而另外一个埃特盟，从他的破旧的办公室直接溜进了一片寂静的大图书馆里，专心致志、心满意足地查看一些老地图，这样的事他在家里是不会说的；第三个埃特盟正和第四个埃特盟的妻子焦急地谈论孩子的未来，当她的丈夫在远方的丛林中打仗时（现在他已经回家，坐在他的扶手椅里呢）她秘密地怀上这个孩子，丈夫在丛林中时，曾见到过展开的扇面大小的蛾子，夜晚颇有节奏地和无数萤火虫一起抖动的树。不，那些个普通的容器不像其看上去的那样简单：那只是魔术师的把戏，没有人知道，甚至连那个巫师般的魔术师也不清楚那些个容器到底装的是什么、能装多少。

在他的鼎盛时期，司考得玛谈论过埃特盟们的经济问题；巴图克有意在服装上模仿卡通人物埃特盟。他戴着高高的赛璐珞做的领子，极好的衬袖绑带以及昂贵的鞋袜——因为埃特盟先生只允许他的穿戴在远离躯干的地方大放光彩：油光闪亮的鞋，油光闪亮的头发。他父亲不情不愿地允许，巴图克淡青色的头颅上留起头发，以仿照埃特盟先生那梳理漂亮的脑袋，埃特盟那种可以拆洗的袖口以及星星样的链扣被巴图克依附在他手无缚鸡之力的手腕上。尽管在以后的岁月里，这种仿照已经不再那么大张旗鼓地追求了（而在另一方面，埃特盟连环画最终断刊，日后，从另一段流行不同时尚的年代往回看，埃特盟显得并不是那么典型），巴图克始终还是改变不了保持那种僵硬的表面的整洁习性；大家都知道，他很赞同一个医生的观点，那是一个信奉埃克利斯主义的医生，他坚定地认为，如果一个人要保持穿着一尘不染，他最好或者应该把每天的沐浴只限制在洗刷脸、耳朵和手。在他日后的整个历险过程中，在所有的地方，在任何情况下，无论是在郊区咖啡屋漆黑难辨的密室里，在那些顽固不屈的报纸被一份份编撰出来的乱七八糟的办公室里，在兵营里，在公共大厅里，在森林和山丘里——他和一帮赤脚红眼的士兵躲在那里，还是在宫廷里——在那个地方，在对当地历史一番异想天开的研究以后，他发现自己被赋予了比任何一个国家的统治者都要多的权力，巴图克还是保留着已经停刊的埃特盟先生的某种品行，一种卡通似的棱角突出，一种玻璃纸口袋常有的满处褶裂、污渍斑斑的效果，但是，透过所有这一切，你还可以看到一个崭新的拇指夹，一段绳子，一把生锈的小刀和一块人体器官最敏感部位的标本，连根部位血肉模糊。

在期末考试正在进行的教室里，年轻的巴图克——他整洁光亮的头发像是一个头套，对于刚剃过发的脑袋来说有点过小——坐在猿人布伦和一个油漆锃亮的人体标本中间，后者代表一个缺席者。亚当·克鲁格穿着一件晨衣，坐在他后面。一个在他左边的人让他把一本书传递给右手边的一家人，这个他做了。他注意到，这本书实际上是一个红木盒子，形状和颜色看上去像是一卷诗歌，克鲁格明白这本书里面有一些秘密的笔记，可以帮助没有准备的心中恐慌的学生。他感到很是后悔，因为这个盒子或者书从他手中传递过去的时候，他没有把它打开。考试持续了一个卜午，内容是对付马拉美，他的母亲的叔叔，但是他所能记住的只是：le sanglot dont j'étais encore ivre[1]。

他周边的人都在拼命写着。为了这个时刻，辛普费专门准备了一个苍蝇，在墨水里浸黑，巴图克在勤奋写字，而这只苍蝇正在他低着头的脑袋上剃过的地方爬着，在他粉白色的耳朵旁留下一个污点，在他白的发亮的领口上留下一个黑色的冒号。几个老师——她的妹夫以及那个数学老师——正在忙着安排一个东西，用帘子遮住，这是下一个要写的主题。这让人想到了舞台工作人员和从事丧葬的人，但是克鲁格不能看得很清楚，因为"蛤蟆"的头挡住了。巴图克和其他人都在不停地写，而克鲁格的不及格是不可避免了，一个徒作挣扎、让人沮丧的灾难，因为在过去的时光里他正在成长为一个大人，不像其他小孩一样，还在学那些简单但不知何意的死记下来的段

1　法语，我喝得酩酊大醉时的呜咽。

落。小心地、无声息地，巴图克离开他的座位把考卷交给监考者，绊了一跤，因为辛普费把脚伸到了外面；透过他离开位置后留下的空当，克鲁格清楚地偷看到了下一个题目的大纲，题目很快就会公布，但是帘子还是垂着。克鲁格找到一片干净的纸准备写下他的想法。两个老师把帘子拉开。展现出来的是坐在镜子前面的奥尔嘉，正在把首饰取下来，她刚从舞会回来，仍旧穿着樱桃红天鹅绒衣服，有力闪亮的臂肘伸向后面，像翅膀一样举起，她从脖子后面解下珠光闪烁的项圈。他知道她的脊背会在那一瞬间展露出来——她那水晶般的脊背——想到每个在教室里的人都会看到这尴尬的一幕，一种痛苦的感觉传遍他全身，他在考试纸上记下了她不可避免的、催人爱怜的、无意识的身体分解的过程。亮光一闪，咔嚓一声：她双手取下了美丽的头，没有看它一眼，小心地，小心地，亲爱的，脸上微露笑颜，想起了趣事（舞会上谁能猜到真正的项链已经被典当出去了？），她把那个漂亮的仿制品放到化妆间桌子的大理石台面上。他知道，所有其他东西也会取下来，戒指连同她的手指，铜色的拖鞋连同她的脚趾，乳房和文胸……他的爱怜和羞耻像潮水般涌来，像一头美洲狮那样在舞台上下徘徊，在那个冷漠的高个脱衣舞女郎亮出最后的姿势时，一阵可怕的内疚击醒了克鲁格。

六

"我们昨天见过,"房间说,"我是麦凯西莫夫家 dacha(乡间农舍)的空余卧室。这些是墙纸上的风车。""那好,"克鲁格说。在一间墙壁薄薄的、漫溢着松树气味的房子里的某个地方,一只炉子正在欢快地发出"噼啪"声,大卫正在说话,嗓音清脆——也许是在回答安娜·皮特陆乌娜的问题,也许是正和她在隔壁房间吃早餐。

从理论上讲,没有什么绝对的证据可以表明,一个人在早上醒来(再次在人格的马鞍里发现自我)不是一次绝无仅有的事件,不是一次纯粹的诞生。有一天,安波和他刚巧在讨论他们已经发明了威廉·莎士比亚全集的可能性问题,为了这个可能性的存在,得砸上几百万、几百万的钱让人相信这个骗局,用那些钱来封口无数个出版商、图书管理员、来自埃文河畔的斯特拉特福[1]的人们,因为为了要对那些三个世纪的文明中累积起来的关于那个诗人的参考材料负责,必须先要假定这些材料是伪造篡改过的,是由发明者硬性加进他们已经重新编辑的实际著作中去的东西;即使这样,还存在着一个障碍,一个麻烦,也许需要将其排除,就像是一副陷入困境的棋局可以通过起活一个从未被使用过的小卒来得到拯救。

当你醒来时,回顾你个人的生存状况,情况也差不多:那种回忆的结果本身只是一个非常简单的幻觉，就像是用一把画刷在平坦的表面画出深度和远景，但是，要是想创造出一种实在的现实、一种背后是确确实实的过去、一种逻辑上的联系、一种可以在掉下去的地方拾起生活的线条的现实，那么则需要比画刷更好的东西来创造。这样一种花招的微妙之处免不了是非常奇妙的，如果想到有如此之多的细节需要考虑，需要摆置，以表明记忆的行为的话。克鲁格立即知道他的妻子已经死了，他与他的小儿子已经匆匆来到乡间，从窗扉后往外望出去的景色（湿漉漉的没有树叶的树，灰色的大地，白色的天空，有着一间农舍的山丘在远处）不仅是这个地方特有的景致，而且也是要告诉他，大卫已经把窗帘拉上，没有唤醒他就已经出去了；他于是不假思索就走到房间的另一端，默默地看着长沙发上的东西——看看这个，看看那个——所有一切都让他相信，孩子在这里睡过。

在她去世的那个早上，她的亲戚们就来了。前一晚，安波告诉了他们她去世的消息。请注意，回忆这架机器可以很顺利地运转：一环紧扣另一环。他们（简单地说）来了，他们侵入了克鲁格的公寓。大卫快要学完他的维莱特舞了。他们大队人马到来：她姐姐维奥拉，维奥拉令人作呕的丈夫，一个大概是同父异母的兄弟及其妻子，两个远房表姐（因为有雾根本看不清楚），还有一个没有表情的老头，克鲁格从来没有见过。虚

---

1 Stratford-on-Avon，莎士比亚故乡。

荣，虚幻地增长了的虚荣。维奥拉一直不喜欢她妹妹；在过去的十二年里她们不常见面。她头上盖着脏得要命的厚面纱；面纱遮到她长着雀斑的鼻梁上，不再往下，透过黑紫色的面纱，还是可以看见她脸上的光芒，既肉感又僵硬。她长有浅黄胡子的丈夫轻柔地搀扶着她，尽管实际上这个爱装腔作势的讨厌家伙搂住她臂肘的那份关心只阻碍了她走路快捷的精彩的步伐。很快，她把他推在一边。当最后一次见到他时，他正盯住窗外停在路边的两辆黑色高级轿车，神色庄重，沉静。一位着黑色服装的、扑了粉的蓝色下巴的先生，他是火葬公司的代表，过来说，现在可以开始了。与此同时，克鲁格带着大卫从后门溜走了。

提着一个箱子——克劳蒂娜的眼泪弄湿了箱子，现在还没有干——克鲁格带着孩子来到最近的车站，旁边是一批昏昏欲睡的士兵，他们要去兵营，在车站等车。在被允许登上去湖区的火车前，政府人员检查了他的证件，查看了大卫的眼球。他们发现湖区旅馆已经关门，在外面溜达了一会儿后，一个乐呵呵的邮局工作人员开着他的黄色汽车把他们带到麦凯西莫夫家。于是我们又回到了本章开头。

这个地方让人感受到友善，公用的洗手间是唯一让你觉得被怠慢的地方，尤其是水龙头打开时，先是温吞水，然后冰冷冰冷。一根长长的白发嵌在一块廉价的杏仁肥皂里。最近一段时间，手纸不太容易搞到，扎在一根钩子上的报纸代替了手纸。在一木盆的底部漂浮着一个装有安全剃须刀片的信封，上面有 S. 弗洛伊德医生的头像。如果我在这儿住上一个星期，他想，这些异域的木头会因为与我的肌肤反复接触而被驯服、被洁净。他轻手轻脚地冲洗浴盆。淋浴用的橡皮管子"扑通"一声从龙头上掉了下来。两块浴巾与几只黑色的袜子一起挂在一根绳子上，那些袜子是已经洗过或者是要洗的。搁板上并排放着一瓶石蜡油，半满，和一只薄纸板做的灰色圆筒，卷手纸用的。上面还有两本通俗小说（《丢弃的玫瑰》和《顿河无战事》）。他不小心把肥皂掉到了地板上，捡起来时上面粘了很多银色的头发。

麦凯西莫夫一个人在餐厅里。这个肚子圆滚的老先生把一张书签夹入书中，站起来，态度和蔼地点点头，与克鲁格使劲地握手，似乎一个晚上的住宿是一次长长的充满风险的旅行。"你休息得怎么样（kak pochivali）？"他问道，然后把手伸向鸡冠花形状的保暖罩下面的咖啡壶，试试温度，皱起了眉头，神色不安。他满脸放光的红润的脸孔刮得很干净，就像是一个演员（那种老派的微笑）；一顶饰有流苏的无檐便帽恰好盖住了他秃顶的脑袋，他穿着一件暖和的棒形纽扣夹克。"我推荐这个，"他说，用小拇指指着。"我发现这是唯一一种不会让你肠子堵塞的奶酪。"

他是那样一种人，人们喜欢他不是因为他有耀眼的才华（这位退休经商者不具备这个），而是因为与其在一起的每一刻都让你体会到生活的滋味。有一些友谊像马戏、瀑布、图书馆，另外一些则可以与老式的晨衣相媲美。如果你把麦凯西莫夫的脑子掰开来，你会发现没有什么东西能吸引你：他的观点很保守，他的趣味没有什么特色；但是，不管怎样，这些平淡的东西却组成了一个美妙的舒适和谐的整体。

他的诚实不掺半点沙子，他就像钢铁和橡木一样可靠。当克鲁格有一次提到，"忠诚"这个词从发音和视觉上都让他想到了阳光下一块平铺的淡黄色丝绸上放着的一把金黄色叉子，麦凯西莫夫只是很死板地回答说，对他而言，"忠诚"只限于字典上的意思。他从沾沾自喜的庸俗中挽救下了常识，心中流过的只是一股细细的情感的潜流；他那颗荒芜的、没有鸟虫的，但枝条整齐的树，在一阵湿润的风——来自他天真地认为并不存在的地方——吹过时，只是轻微地晃动一下。别人的不幸会比他自己的不幸更让他心焦不安，如果他从前是一位大海上的船长的话，他会坚守职责，与他的船只一同下沉到海底，而不是一头冲向最后一只救生船，而且还振振有词。此时此刻，他振作精神，向克鲁格敞开心扉，他们交谈政治，消磨时间。

"送奶工，"他说，"今天早上告诉我，村子里各个地方都贴了海报，邀请大家尽情庆祝秩序的完全恢复。行动计划建议已经出来。我们被要求在假日里常去的地方、咖啡屋、俱乐部以及单位大厅聚集，唱一些集体歌曲，赞颂政府。每一个区的市民聚集处（ballonas）的主任已经被选了出来。当然，我们也在想那些不能唱歌的人，那些不属于任何单位的人，他们会做什么？"

"我梦到了他，"克鲁格说，"显然，这是我的那位老同学能够希望与我联系的唯一方式。"

"我知道，你们两个人在学校时不太喜欢对方？"

"嗯，这需要做一些解释。我当然是讨厌他，但问题是——他也是这样吗？我记得梦到一个很奇怪的事件。所有的灯突然都熄灭了——短路或者是别的什么的。"

"这种事有时会有。尝尝这个果酱。你儿子很喜欢。"

"我正在教室里读书，"克鲁格继续说道，"天知道为什么会在晚上断电。'蛤蟆'在断电前已经悄悄地溜了进来，此刻正在课桌里翻腾着什么——他把糖放在那里。就在这个时候，灯灭了。我回过身去，在一片漆黑中等着。突然我感到一个湿湿软软的东西搁在我的手背上。是'蛤蟆'的吻。在我能够抓住他前，他逃跑了。"

"很有点柔情绵绵，要我说的话，"麦凯西莫夫说道。

"但是令人恶心，"克鲁格紧接着说。

他在面包上涂黄油，开始讲述在校长办公室开会的细节。麦凯西莫夫坐了下来，沉思了一会，然后手伸过桌子，用一个面包猛击一个篮子，把它击到克鲁格的盘子旁，说道：

"我要告诉你一些事。你听了也许会气愤，称我是一个中间贩子，但是即使冒着让你不高兴的风险，我也要说，因为这件事非常重要，我不在乎你是否会雷霆大怒。Ia, sobstvenno, uzhe vchera khotel（我应该在昨天就提出这件事），但是，安娜认为你那时太累了。再往后拖就不好了。"

"说吧，"克鲁格说道，吃了一口面包，身子往前倾斜，因为果酱要掉下来了。

"我完全理解你拒绝和那些人来往。要是我，也会这么做的。他们会再次要你签那些东西，你会再次拒绝。这是毫无疑问的。"

"肯定是的，"克鲁格说。

"好，既然如此，那么接下来的事也是毫无疑问的。那就是，你在新政体里的处境。情况会很特别，我要指出的是，你还没有意识到这种情况的危险。换句话说，一旦埃克利斯失去了得到你的合作的希望，他们就会逮捕你。"

"无稽之谈，"克鲁格说。

"好吧。让我们把这样的假设称之为纯粹的无稽之谈。但是这种纯粹的无稽之谈正是巴图克统治极其自然、符合逻辑的地方。你得考虑考虑，我的朋友，你必须得准备一些防范措施，不管这样的危险是多么的不可能。"

"Yer un dah（蠢话，无稽之谈），"克鲁格说，"他会继续在黑暗中舔我的手。我无懈可击。坚如磐石——汹涌的海潮（volna）在退却时卷走的是瓦砾碎片。克鲁格这一磐石岿然不动。那两三个富裕国家（一个在地图上是蓝色的，另一个是浅棕色的），我们的'蛤蟆'渴望从它们那儿得到承认、贷款，还有其他一些这个弹孔累累的国家期望从其阔绰的邻居处得到的东西，不管是什么东西——这些国家对他和他的政府都将一概不予理睬，如果他……骚扰我的话。这是你要听到的我的雷霆大怒吗？"

"不是这么回事。你脑子中的实际政治太浪漫、太孩子气，整个是错误的。我们可以想想他会原谅你在以前的著作中表达的观点，我们也可以想想他会容忍一个出色的人物在这个国家中存在，从他自己制定的法律的角度来说，这不过是一个普通的人，就像这个国家的普通的公民一样。但是，另一方面，既然可以这么想想，我们也得假定，从他的角度来看，他会把你派上特别的用处。如果这个用处派不上——那么他就根本不会费心顾及国外的公共舆论，反过来，也不会有哪个国家会费心顾及你，如果它发现这个国家有利可图的话。"

"国外学界会抗议。他们会提供一大笔钱，称一称我有多重，值多少钱（拉），购买我的自由。"

"你尽可以开玩笑，但是我还是要知道——听着，亚当，你准备做什么？我是指，你肯定不能指望你还能够被允许讲课或者出版你的著作，或者是与国外学者和出版社保持联系，你指望得上吗？"

"我不能。Je resterai coi[1]。"

"我的法语很有限，"麦凯西莫夫冷冷地说。

"我会，"克鲁格说（开始感到非常乏味），"呆着不动，隐蔽起来。与此同时，我的那些精辟的思想会被炮制成一些闲书。老实说，我根本不在乎是在这所大学，还是那所大学。大

1　法语，我将保持沉默。

卫出去了吗？"

"但是，亲爱的伙伴，他们是不会让你安宁的。这是问题的关键。我，或者任何一个普通人都可以而且必须呆着不动，可是你不能。你是我们这个国家在现代时期产生的少数几个名人之一，还有——"

"还有谁是这个神秘的星系中闪亮的星星？"克鲁格询问道，跷起双腿，一只手舒舒服服地放到大腿和膝盖之间。

"好吧，唯一一个。正是这个原因，他们要让你尽可能发挥作用。他们会尽其所能，让你宣传他们的思想。风格，begonia（风采）当然是你的。仅仅是安排这些计划就会让巴图克满足不已。"

"而我则会保持又聋又哑。真的，我的亲爱的伙伴，这只是你的新闻报道。我要一个人呆一会儿。"

"'一个人'是一个错的语词，"麦凯西莫夫提高声音说，脸涨得通红。"你并不是一个人！你有一个孩子。"

"好了，好了，"克鲁格说，"让我们——"

"我们不会停下来。我警告你，我不会理睬你的恼怒。"

"那么，你要我做什么？"克鲁格叹了一口气，问道，给自己倒了一杯温咖啡。

"立即离开这个国家。"

炉子轻轻地发着"噼啪"声，一个方形的钟的白色木头表面上画着两朵矢车菊。窗子试图露出笑容。一束淡淡的阳光洒在远处的山丘上，对面斜坡上的一间小农舍和三棵松树留下没有棱角的轮廓，山丘先是似乎朝前移动，然后随着太阳光线的减弱，又再次回来了。

"我没有看到现在离开的必要，"克鲁格说，"如果他们纠缠得太紧，也许我会考虑——但是就现在来说，我要做的只是把我的'王'放在一边不动。"

麦凯西莫夫站起来，然后在另一把椅子里坐下。

"我知道，要让你意识到你现在的处境不是那么容易。亚当，请好好想一想：不管是今天，还是明天，还是任何时候，巴图克都不会让你出国。但是今天你可以出逃，伯任兹、马百勒，以及其他一些人都已经逃走了；明天就不可能了，边境正在查得越来越紧，等到你下定决心要走时，不会有一点缝隙留下了。"

"那么，你自己为什么不逃？"克鲁格不满地嘟哝。

"我的情况有点不同，"麦凯西莫夫平静地回答。"还有，你知道，安娜和我都太老了——此外，我是一个真正的普通人，对政府不构成任何危险。而你却像一头公牛一样强健，你的一举一动都会是犯法的。"

"即使我认为离开这个国家是英明之举，我也一点都不知道怎么去做这个事。"

"去找屠劳克——他知道，他会让你与一些必要的人联系的。这会让你花上一笔钱，但是你付得起。我也不知道怎么做，但我知道这事能够做，而且已经做过。想想在一个文明国家享有的安宁，工作的可能，你孩子会得到的教育。在你现在这个情况下——"

他制止了自己。在经历了前天晚上极其尴尬的晚饭后，他就已经告诫自己不要再提那个事了。这个奇怪的鳏夫似乎要极力避免这个话题。

"不，"克鲁格说，"不。我现在还没有准备要做这事（ne do tovo）。很感谢你为我着想（obo mne），但是，真的（pravo），你把危险夸大了。当然（koneshno），我会记住你的建议。让我们别再（bol'she）谈论这个话题了。大卫在干什么？"

"好吧，至少（po kraïneïmere）你知道我的想法是什么，"麦凯西莫夫说道，捡起那本克鲁格进来时他正在读的历史小说。"但是，这事并没有结束。我也会让安娜同你谈，不管你愿意与否。她也许更能说服你。我想大卫和她一起在厨房的花园里。我们是一点吃午饭。"

昨天晚上狂风大作，风雨交加；清晨寒冷，静谧，荒芜，被雨水浸透的灰色紫菀散乱得到处都是，水滴打在气味强烈的紫色白菜叶子上，留下点点水渍，叶子粗粗的纹路上幼虫已经咬出了一些难看的洞眼。大卫睡眼惺忪地坐在一辆手推车上，小个子老太太正试图在泥泞地上往前推车。"Ne mogoo（我推不动），"她笑着说道，一边把一缕银发拂到一边。大卫从车上滚落下来，克鲁格眼光从她身上移开，说他怀疑孩子没有穿外套就出来是不是会太冷，安娜·皮特陆乌娜回答说孩子身上穿着的白色套衫足够厚，足够暖和了。奥尔嘉不知怎么地从来就没有喜欢过安娜·皮特陆乌娜以及她的温柔和慈祥。

"我要带他去走一走，时间会很长，"克鲁格说，"你照看他肯定已经很久了。午餐在一点，对吗？"

他说了什么，用了什么词，这不重要；他尽量避开她无畏善良的眼睛，他感到他会对不起她，在这个干枯的世界的一片寂静中，他听到了他自己的一串渺小的声音。

她站着，看着他们，父亲和儿子手拉手走向路边。寂静无声，只听见她在黑色连衣裙皱巴巴的口袋里摸索钥匙和顶针的声音。

一簇簇散架的桉树花蕾在巧克力色的马路上到处都是。果子一个个破碎不堪，脏兮兮的，但是，即使非常干净、鲜艳欲滴，也不能吃。果酱是另外一回事。不，我说：不。尝与吃是一样的。马路穿过静静的潮湿的林子，林子里面的一些枫树还保留着色彩斑斓的叶子，但是白桦树却秃得差不多了。大卫滑了一跤，他尽力延长向前滑的动作，以便享受坐在泥泞地上的快乐。起来，起来。但是，他还是坐在那儿不动，脸上的表情先是假装惊愕，再是欢笑。他的头发又湿又热。起来。这真是一个梦，克鲁格想，这样的寂静，这样的晚秋里深深的荒唐，在离家百里之外的地方。为什么我们在这儿，不在别的地方？病快快的太阳试图再次激活白色的天空：有那么一两秒钟的时间，两个分别是 K^1 形状和 D^2 形状的魅影移动过来，踩在影影绰绰的高跷上，模仿人的步伐的样子，然后淡出了。一个

1　克鲁格的英文为 Krug。
2　大卫的英文为 David。

空瓶。如果你喜欢，你可以捡起那个司考得玛瓶子，狠狠地把它扔向树干。它会发出一声好听的碎裂声。但是瓶子只是不声不响地掉入了一簇铁锈色的树丛中，他还得自己蹚进去捡，因为这个地方对大卫穿的鞋子来说太湿了。再试一次。瓶子拒绝破碎。好吧，我自己来。前面有一块标牌，上面写着字：禁止打猎。向着这个牌子，他使劲地扔出那个绿色的伏特加瓶子。他的身材很是粗壮。大卫往后退了几步。瓶子像星星一样爆裂。

很快，他们来到一个空旷地带。那个闲坐在栅栏上的人是谁？他穿着长筒靴子，戴着鸭舌帽，但是看上去不像农民。他微笑着说道："早上好，教授。""早上好，"克鲁格回答，没有停下脚步。也许是给麦凯西莫夫提供猎物和果子的人。

马路右边的那些乡间别墅大多人去楼空。但是，有那么几间还是能看到一些度假生活的痕迹。在一个门廊前，搁着一只有着铜把的黑色箱子，堆着几捆包裹，躺着一辆脚踏板被扎捆起来的可怜兮兮的自行车，这些东西等着被运走，一个镇上孩子打扮的小孩在两棵见证过更好的日子的松树间，躺在吊床上摇晃，这是他最后一次摇晃，神色忧郁。再往前一点，两个脸上留有泪渍的老年妇女正忙着埋葬一只被安乐死的狗，埋在一起的还有一个用旧了的槌球，上面有一副年轻兴奋的牙齿咬过的印迹。在另一个花园里，一个花白胡子惠特曼[1]模样的人

---

1 指美国十九世纪诗人沃尔特·惠特曼（Walt Whitman，1819—1892），有留着大胡子的照片。

穿着一件毛料西装坐在一个画架前，尽管时间是早上十一点差十五分，一个平常的再不能平常的早上，但是一轮暗红的落日蔓延在他的画布上，上面有一些树和其他一些细致的画笔，他本该在前一天就画完的，但提前到来的黄昏让他只得作罢。在左边的松树林子里，在一张凳子上坐着一个腰板挺直的女孩，她正在快速说话（报复……炸弹……懦夫……哦，福科斯，如果我是一个男人的话……），举止紧张、困惑、不安，听她说话的是一个戴蓝色帽子的学生，他低头坐着，用一把细长的、扎得紧紧的雨伞的尖头拨弄着几张废纸、汽车票、松树针、一个玩具娃娃或者是一条鱼的眼睛，还有松软的泥土，那把雨伞是他那位脸色苍白的伙伴的。但是，除了这些以外，这个曾经欢声笑语的胜地现在一片荒凉，百叶窗都关上了，一辆破旧不堪的婴儿车横七竖八地扔在水沟里，那些个电话线杆，那些无臂无肢的落后者神色凄凉地呜咽着，与此同时一股血液冲向我们的头顶。

马路稍稍向下倾斜，然后村庄出现了，一边是雾蒙蒙的原野，另一边是马卢尔湖。小村子房屋简陋，屋顶爬满苔藓，送奶工提到的海报给村庄带来了些许文明的喜悦和城市生活的感觉。几个骨瘦如柴的农妇和她们肚子鼓出来的孩子聚集在村子会堂的前面，为了即将到来的节日人们正在给会堂点缀漂亮的装饰；从左边邮局和右边派出所的窗子里可以看见穿制服的人正井然有序地忙着，神情愉悦，聪颖的眼神充满期待。

突然间，一个刚刚装上的大喇叭冒出了声音，像是刚出生的婴儿的哭声，然后又哑了。

"那儿有一些玩具，"大卫说道，指着马路对面一间不大不小的商店，那是一个什么都卖的店，从食品杂货到俄罗斯毛皮靴子。

"好吧，"克鲁格说，"我们去看看有什么。"

但是，就在孩子急匆匆要一个人穿过马路时，一辆很大的黑色汽车从当地的高速路上出现，全速驶来，克鲁格冲过去，一把揪回大卫，汽车呼啸而过，留下一只被碾得不成模样的母鸡在马路上。

"你弄疼我了，"大卫说。

克鲁格感到膝盖一阵虚软，他让大卫快点过去，以免看到死去的鸡。

"多少次——"克鲁格说。

这部蓄意杀人车辆的模型（刚才那一幕留下的惊悸还在克鲁格的心口徘徊，尽管在这个时候，那辆车也许早已经到达或者是经过前面他们看见的地方，那儿有一个人在栅栏上休闲）立即被大卫看到，他从一堆价廉的玩具娃娃和罐头食品中拿起这个东西。模型满是灰尘，而且被划破了，但是有可以拆卸的轮子，他喜欢这个，在这个意想不到的地方看到这个东西，让他更加爱不释手。克鲁格问脸颊红通通的年轻店员要一瓶可以装在口袋里的白兰地（麦凯西莫夫夫妇是绝对禁酒主义者）。就在他要付酒和汽车玩具——大卫在柜台上来来回回地不停地玩——的钱时，"蛤蟆"带着鼻音的、被无限扩大的声音从外面冲入店里。店员站着聆听，一边满怀热情地把装扮村庄会堂的旗子插好，从门口望出去可以看见半片白色天空和那些旗子。

"……对那些相信我就像相信他们自己一样的人，"扬声器里的声音轰鸣着说，一个句子刚讲完。

可以想象接下去的掌声被演说者的手势打断了。

"从现在开始，"这头巨大无比的霸王龙继续说道，"通向极乐的道路展开了。弟兄们，你们会得到的，通过你们互相热烈交往，通过与和谐的大众构建一致的思想和情感；市民们，你们会得到的，通过铲除那些社会不会也不应该共有的傲慢的思想，年轻人，你们会得到的，只要你们能把自己的个体融入强大的国家中去，这样，只有这样，我们的目标才能达到。你们正在探索的个性将能够互相交流，你们不会是那蹲伏在牢狱之窗后面的非法者，每一个赤忱的灵魂将与这块土地上的另一个灵魂建立联系，是的，还有更多：你们中的每一个人都将在另一个市民的内心自我中建立自己的寓所，在心灵间振翼而飞，直到你不知道自己是彼得还是约翰，你们将与国家紧密拥抱，每一个人都会高兴地成为 krum karum[1]……"

演讲在一阵"咯咯"声中断了。接着是一种昏迷过去的寂静：显然村子里的喇叭状态不是太好。

"那个让人仰慕的声音，调子抑扬顿挫到都可以拿来像黄

---

1 krum 与 karum 两词发音相近，可理解为"紧密不分的"。

油一样涂面包了，"克鲁格评点。

他得到的回应有点出乎意外：那个店员给他递了一个眼色。

"真是有意思，"克鲁格说，"黑暗中的一抹亮光！"

但是，那个眼色是含有具体的意思的。克鲁格转过身来。一个埃克利斯士兵正站在他背后。

那个士兵只是来要一磅葵花籽。克鲁格和大卫看了看地板上一个角落里，有一间薄纸板做的房子，大卫蹲下去往窗子里瞧，但那只是画在上面的。他慢慢地站起来，还在看着那个小屋，一边无意识地把手伸到克鲁格的手里面。

他们离开商店，为了避免重复走回头路的单调，他们决定绕着湖走，再顺着一条蜿蜒穿过草地的小路，这条路绕过林子，然后回到麦凯西莫夫的农舍。

那个傻瓜是要救我吗？怎么救？从谁那里？对不起，我坚不可摧。当然，建议我蓄上胡子和跨过边境比起来，差不多一样傻。

在考虑政治事务以前——如果那些蠢话可以算作是政治言论的话——有一些事需要先解决一下。假如在两个星期左右的时间里，某个性急的仰慕者不把巴图克干掉的话。误解，也就是说，那个可怜虫倡导的精神食人主义。很想知道（至少有人想知道——这个问题没什么意义）那些个农民是如何理解刚才的雄辩的？也许，让他们模模糊糊地想到了教堂。首先，我要找到一个可以照料他的人，一个像图画书上那样的人，和善、聪明、极其干净。然后，我必须要为你做点事，我的爱。我们曾经遐想过，一辆机头是白色蒸汽机的医护火车载着你穿过很多个隧道到达大海边的一个山区。你在那儿会好起来。但是你不能写作，因为手指太虚弱。像月光一样虚弱的手指连一支白色的铅笔也握不住。图画很美，但是能在幕布上停留多久呢？我们期待看下一张幻灯片，但是操作幻灯的人什么也没有留下。我们是否应该延长分离的主题直到泪眼婆娑？我们是否可以说（小心翼翼地摆弄消过毒的白色象征物）火车是死亡，疗养院是天堂？或者我们是否可以让图画自己淡出，与淡出的其他印象混为一体？但是我们想要给你写信，即使你不能回复。我们是否可以写，歪歪扭扭、摇摇晃晃、一笔一画、慢慢悠悠（我们可以写上我们的名字，或者是两三个问候的词）地在一张永远不能寄出的明信片上写？这些难道不是很难解决的问题，因为我对于你的死没有足够准备？ 我的智力不能接受这样一个过程，即从物质的（实际上的）断裂转变成永恒的非物质的连续，显然这是违背规律的，同时我也不能接受累积无数的思想和感知、思想后的思想、感知后的感知产生的空洞和无意义，因为一瞬间所有的东西都会失去，然后是一阵黑色的恶心，接下去则是无限的虚无和空洞。引号结束。

"看，你能爬到那块石头的顶上吗？我觉得你不行。"

大卫快步穿过一块枯萎的草地，朝向一块形状像一头羊的巨石（一些冰川无意间留下的）。白兰地不好，但还能喝。他突然想起，有一个夏日，他从这几片草地里走过，身边是一位黑头发高个子女孩，厚厚的嘴唇，手臂上长着绒毛，在碰上奥尔嘉以前他追过她。

"好的，我在看着呢。太棒了。现在慢慢下来。"

但是大卫下不来了。克鲁格走到石头边，轻轻地把大卫抱下来。这个小东西。他们在旁边一块长得像绵羊的石头上坐了一会儿，看着一辆很长的火车货车没完没了地喘着粗气经过草地边，向湖边的车站开去。一只乌鸦振翅而过，翅膀发出的"哗哗"声让这块腐烂的草地和黯淡的天空更加惨不忍睹。

"你那样会把它弄丢的，还是让我把它放到口袋里吧。"

很快，他们又开始往前走，大卫很想知道他们到底还要走多久。还有一会儿。他们沿着林子的边上，然后转向一条泥泞的道路，这条路把他们带到了现在的住地。

一辆大车停在农庄的前面。一匹白色的老马转过肩看着他们。在门廊的门槛上肩并肩地坐着两人：一个是住在山上的农夫，另一个是给麦凯西莫夫干家务活的农夫的妻子。

"他们走了，"农夫说。

"我希望他们不是出去到马路上接我们去了，我们是从另一条路回来的。进去，大卫，洗一下你的手。"

"不，"农夫说，"他们是真的走了。他们被一辆警车带走了。"

说到这里，农夫妻子的嘴巴变利索了。那时她刚从山上下来不久，看见士兵们把那对老夫妇带走了。她很害怕，不敢靠近。她十月份以来的工钱还没给呢。她说，她要把屋子里的所有的果酱瓶子都拿走。

克鲁格走进屋子。四个人吃饭的桌子已经布置好了。大卫要他的玩具，他希望他父亲没有把它弄丢了。厨房的桌子上放着一块生肉。

克鲁格坐下来。农夫也走了进来，摸着他灰白的下巴。

"你能送我们到车站吗？"克鲁格想了一会儿问。

"我会有麻烦的，"农夫说。

"嘿，我会付你比警察要你干活付的更多的钱。"

"你不是警察，不能贿赂我，"这个诚实谨慎的农夫回答说。

"你是说，你拒绝？"

农夫没有说话。

"好吧，"克鲁格说，站起身来，"对不起，恐怕我还是要让你送我们。孩子累了，我不想扛着他，还有一个包。"

"你说多少钱？"农夫问。

克鲁格戴上他的眼镜，打开钱包。

"你需要在经过警局的时候停一下。"他加了一句话。

牙刷和睡衣很快就打包放好。大卫很平静地接受了突然间要走这个变化，只是提出要先吃点东西。那个好心的女人给了他一些饼干和苹果。外面下起了小雨。大卫的帽子找不到了，克鲁格给了他自己那顶宽檐黑帽，但大卫老是要把帽子拿下来，因为遮住了他的耳朵，他要听马蹄踩着泥浆地和大车轮子"嘎吱，嘎吱"的声音。

当他们走过两个小时前那个满脸胡子拉碴、眼睛闪亮的人坐过的生锈栅栏时，克鲁格注意到现在人不见了，但是有几只 rudobrustki 或者 ruddocks（一种旅鸫科鸟）在那儿，还有一块薄纸板钉在栅栏上，上面用墨水潦草地写着几个字（早已经被雨水弄得模糊了）：

Bon Voyage![1]

克鲁格问农夫这是怎么回事，农夫没有回过头来，回答说"现在"（代替"新政体"的一个委婉说法）有很多解释不了的事情发生，最好别那么认真对待。大卫拉了拉他父亲的袖子，想知道他们在说什么。克鲁格解释说，他们在讨论一些人的奇怪行为，他们在阴冷的十一月搞什么野餐。

"我还是最好直接送你们到车站，朋友，否则你们会错过一点四十的火车的，"农夫试探着说，但克鲁格让他在一间砖石房前停了下来，这是当地警察的总部所在处。克鲁格下了大车，走进一个办公间，一个络腮胡子年纪颇大的人在喝茶，他穿着制服，风纪扣松开，手里拿着一个蓝色茶碟，呷一口茶，用嘴吹一下。他说他一点儿都不知道这事。他说，那是城市宪兵，不是他这个部门逮捕的。他只能猜测他们已经作为政治犯被带到城里的某个监狱里去了。他建议克鲁格别再管闲事了，他应该感谢他的好命，他们被逮捕时，他恰好不在屋里。克鲁

1　法语，一路顺风。

格说，恰恰相反，他要尽他所能弄明白为什么两个受人尊敬的老年人，在乡间安安静静地住了很多年，与什么人都没有关系，却——那个警察打断了他，说一个教授现在最需要做的是（如果克鲁格曾是教授的话）闭上他的嘴，离开这个村庄。他手上拿的茶碟再次送到他胡子拉碴的嘴边。两个年轻的警察围过来，瞪着克鲁格。

他在那儿站了一会儿，看看墙壁，看看墙上的一幅海报——想到年老警察的尴尬境地，看看一个日历（很怪异地和气压表搁在一起）；想到了贿赂；最后断定他们真的是一无所知；耸了耸他宽厚的肩，他走了出来。

大卫不在大车上。

农夫转过头，看了看空空荡荡的位置，说刚才还在，也许是跟着克鲁格进到警局里面去了。克鲁格转身回去。那个警察不耐烦地看着，一脸狐疑，说他从窗口这里一直看着大车，根本就没有什么孩子在上面。克鲁格试着打开走廊里的另一个门，但门锁着。"住手，"警察一吼，来了脾气，"否则我们以扰乱公事为由，把你抓起来。"

"我要我的孩子，"克鲁格说（另一个克鲁格，嗓子里一阵痉挛，堵在那里出不来，心急如焚）。

"收起你的玩笑，"一个年轻警察说，"这不是幼儿园，这里没有孩子。"

克鲁格（现在是怒气冲冲，脸色惨白）一把推开他，走了出来。他清了清嗓子，使出全身力量喊大卫的名字。两个穿着破旧衣服的村民站在大车边看着他，然后互相看了看，接着其中一个转过身，朝一个方向遥望。"你们——？"克鲁格问。但是他们没有回答，再次互相看着对方。

我不能失去理智，亚当九世思忖——此时此刻出现了一系列的克鲁格：东冲一下，西撞一阵，如同一个被击得蒙头转向的瞎子，四处乱转；想象中攥紧拳头把一个薄纸板做的警局击成纸浆；冲过梦魇中出现的隧道；与奥尔嘉一起半身躲在一棵树后面看着大卫踮起脚尖绕着另一棵树走，他的整个身体做好了欢声大叫的准备；在一个复杂的地下城里搜寻，在那里的某个地方有一个孩子正在被一些经验丰富的手折磨，尖叫不断；抱着一个穿制服的畜生的靴子；在一堆掀翻在地的乱七八糟的家具中把那个畜生勒死；在一个黑漆漆的地窖里找到一具小小的骷髅。

有一点现在需要提到，在大卫左手第四个手指上戴着一个小孩用的搪瓷戒指。

他正准备再次向警察发起攻击，这时他注意到在警局砖石房子边上有一条狭窄的巷子，两边有很多枯萎的荨麻（那两个村民刚才就是朝这个地方眺望了一会），他进入巷子，脚下给一根圆木狠狠地绊了一下。

"小心，别把腿给折坏了，你还是要用它们的，"农夫笑嘻嘻地说。

巷子里，一个赤着脚，病怏怏，穿着打红色补丁的粉红色衬衫的小男孩正在抽打一个陀螺，大卫背着手在一旁观看。

"这简直不能容忍，"克鲁格说，"你永远永远不该像这样乱跑。闭嘴！是的，我要抓住你不放。走，走。"

两个村民中的一个轻轻地敲敲他的太阳穴，露出一副很有远见卓识的神态，他的同伴则点点头。在一扇打开的窗前，一个警察手拿一个吃了一半的苹果指着克鲁格的后背，但是被一个更为稳重的同事制止了。

大车继续往前走。克鲁格摸索着找他的手帕，没有找到，用手掌擦脸，他的手还在颤抖。

这个名字很好听的湖只是一片毫无特色的灰色水域，当大车走上沿着湖边通向车站的公路时，一阵微微的冷风像一双看不见的手拂起那匹老马纤细的银色鬃毛。

"我们回去后我的妈妈会回来吗？"大卫问。

七

一只绘有蓝色紫罗兰的刻花玻璃杯，一壶热潘趣酒放在安波的床头柜上。他的床（他正患严重的感冒）正上方的米色墙面上有一套三联版画。

第一幅画的是一位十六世纪的绅士把一本书递给一个下人，后者左手握住一根矛和一顶饰有月桂叶的帽子。请注意左边的一些细节（为什么？哦，"那是一个问题，"就像赫麦先生[1]引述 *le journal d'hier*[2] 说的那样；《第一对开本》[3]扉页上的人物像用一种低沉的声音回答了这个问题）。还请注意边上的几个字："ink, a drug[4]"。有个人闲得无事（安波尤其喜欢这个批注）在这些字母上加了序号，这样就可以拼写出 Grudinka 这个词，在好多种斯拉夫语中，它的意思是"熏肉"。

第二幅画上那个下人（现在穿着绅士的服装）正从绅士（他在一张桌子上写东西）的头上取下 shapska[5]。还是那个闲人在边上写着："Ham-let[6]，或者是 omelette au Lard[7]。"

最后，在第三幅上出现一条道路，一个旅人正在徒步（戴着偷来的帽子），还有一个路标："通向威科姆[8]"。

他的名字变化多端。他每时每刻都会变出一个替身。他的笔迹是由那些刚巧字迹同样的律师假冒的，他自己并不知道。在一五八二年十一月二十七日那个湿漉漉的早上，他是莎克思比亚，而她则是格拉夫腾神庙的惠特丽[9]。几天后他变成了莎格斯比亚，而她则成为埃文河畔的斯特拉特福的海瑟威[10]。他又是谁？威廉·X，有两条左边的胳膊和一个面具，很是狡黠。还有谁？那个说过（不止一次）上帝的光荣是把一个事物隐去，而人的光荣是把这个东西找到的人。但是，来自沃里克郡的他写了那些个剧是否属实，这可以从苹果干[11]的浓度和报春花[12]的淡色中得到最满意的证明。

现在有两个主题出现在我们面前：一个是用现在时演绎的莎剧，由安波在他的小巷子里一手操办，另一个是融合了过去、现在和未来的混合物，奥尔嘉让人难以置信的缺席则导致了极度的窘迫。自她死后这是他们首次见面，过去是，现在更是。克鲁格不想提到她，甚至不想询问有关她骨灰的事；安波也不知道要说什么，死亡让他感到极度遗憾。如果

1 Monsieur Homai，福楼拜《包法利夫人》中的一位人物。

2 法语，昨天的报刊。

3 *The First Folio*，1623 年出版，现代学者认为这是第一部莎士比亚剧本合集。

4 英文，墨水，一种药。

5 用拉丁字母转写的俄语，帽子。

6 英语，火腿片，也指 *Hamlet*（莎士比亚名剧《哈姆莱特》），作者用这个文字游戏暗指下文对这个剧本的颠覆阅读。

7 肥肉片摊鸡蛋，作者在原文上也玩了个文字游戏。

8 High Wycombe，英国白金汉郡的一个区。

9 Wately of Temple Grafton，据传为莎士比亚的妻子，真实性待考。

10 Hathaway of Stratford-on-Avon，与莎士比亚注册结婚的妻子。

11 applejohn，曾出现在莎士比亚的《亨利四世》中。

12 primrose，曾出现在莎士比亚的《哈姆莱特》中。

他能自由地活动一下，他也许会静静地（对于那些习惯于认为言词要高于行动的哲学家和诗人来说，他这么做则是走向不幸的失败）拥抱他那位大块头朋友，但又恰恰做不到，因为他们中的一个现在躺在床上不能动，而克鲁格则至少表现出有一半要躲着他的意思。他是一个不好相处的家伙。说说这个房间吧。说一下安波明亮的褐色的眼睛。热潘趣酒，有一点发烧。他的蓝色静脉特别明显的鼻子和毛茸茸的手腕上戴着的手镯。说一点。问问大卫的事。说说那些个可怕的彩排。

"大卫也让感冒击倒了（ist auk beterkeltet），但是，这不是我们为什么要回来（zueruk）的原因。你刚才说那些彩排（repetitia）什么（shto bish）的？"

安波满怀谢意地接上对方选择的题目。他或许想问："那么，为什么？"一会儿他就会知道原因的。他朦朦胧胧地察觉到在那个说不清的领域存在着情感的危险。所以，他还是想在工作时闲谈一下罢了。再说说他的房间吧。

太迟了。安波开始滔滔不绝地说了，比他平时说话喷涌的方式还要夸张。如果把他的话脱水缩干，安波作为国家剧院文学顾问给人的新印象大致如下：

"我们曾有的两个哈姆莱特演员，实际上，唯一值得尊敬的两个，已经乔装打扮离开了这个国家，据说现在在巴黎大受欢迎，但这两个人在路上差点杀了对方。我们面试的那些年轻人都不行，尽管有那么一两个在形体上还算符合角色的要求。

待会儿，我会说明这个原因，现在奥斯里克[1]和福丁布拉斯[2]这两个角色已经占有了比其他角色更重要的地位。女王怀孕了。雷欧提斯[3]天生就学不会怎么击剑。我已经整个失去了把这出戏搬上舞台的兴趣，因为现在这个荒唐的局面我无法改变。我现在唯一的可怜的目标是让演员们采用我自己的译本，而不是他们熟悉的那个糟透了的本子。另一方面，我这个多年前就开始的倾心之作还没有完全完成，为了一个纯粹偶然的因素就不得不要加快速度，这让我非常恼火，当然，与那些演员的行为相比这算不了什么，你常看到他们如释重负似的不自觉地回到以前的本子（科隆博格[4]的），叽里呱啦说上一气，真是可怕之极。魏恩，那个柔弱的、认为思想要比言词更重要的家伙，总是背着我让他们这么做。"

安波接下去解释为什么新政府会认为还值得咬牙去做一个大杂烩式的伊丽莎白时代的剧。他解释了该剧产生的依据。这个项目计划是魏恩谦恭上呈的，中心思想则是他从已过世的哈姆教授那里取经来的，来自这位教授的惊人之作《〈哈姆莱特〉的真正情节》。

"'铁与冰'"（教授写到）"——这是一种物质的结合，那

---

1 Osric，《哈姆莱特》剧中人物，朝臣。

2 Fortinbras，《哈姆莱特》剧中人物，挪威王子，与哈姆莱特一样为父复仇。

3 Laertes，《哈姆莱特》剧中人物，御前大臣波洛涅斯之子、奥菲利娅的哥哥。

4 Kronberg，源自 Kroneberg（科隆涅别尔格），《哈姆莱特》俄文译者。

个出奇地死板、生硬的鬼魂[1]处处提示的结论。福丁布拉斯（象征铁）现在就是从这种结合中诞生的。根据古老的舞台规定，要预示的东西总是要通过什么东西来体现：爆发一定要不惜一切代价得以展现。在《哈姆莱特》里，这种展现坚定地向观众表示，这是一个关于福丁布拉斯企图夺回哈姆莱特国王从他父亲手中抢去的土地的戏。这是冲突所在，这是情节。偷偷摸摸地把这样一个健康的、充满活力的、鲜明的北欧主题转换成一个性情多变如变色龙的、无能的丹麦人的故事，在现代舞台上，是对决定论和常识的侮辱。

"'不管莎士比亚还是基德[2]的意图是什么，有一点毫无疑问，即这个剧的主调和行为的主要动机是揭示丹麦社会和军事的腐败。想一想吧，军队里的士兵必定是既不惧雷电也不害怕寂寞，但现在却有一个士兵在那里说什么他的心病了，哪儿还有什么士气可言！有意无意地，《哈姆莱特》的作者创造了一个大众悲剧，也由此建立了一种社会高于个人的统治权。当然，这并不是说在这个剧里就没有具体的英雄。但是，他不是哈姆莱特。真正的英雄自然是福丁布拉斯，一个英气夺人的年轻骑士，俊美、健康、无可挑剔。在上帝的许可下，这位优秀的北欧青年获得了对丹麦的控制，这个可怜的国家在无能堕落的哈姆莱特国王和犹太－拉丁背景的克劳狄斯的暴政

1　指《哈姆莱特》中老国王的鬼魂。

2　Kyd，英国伊丽莎白时代剧作家，以复仇悲剧《西班牙的悲剧》闻名，可能是佚失剧本《哈姆莱特》的作者。

下曾受尽磨难。

"'就像所有颓废的民主政体一样，剧中每一个丹麦人都要忍受言词的过剩。如果国家要得到拯救，如果这个民族期望拥有一个具有活力的新政府，那么一切都需改变；普通大众的思想必定要排除空话、蠢话、诗歌那样高高在上的雅品[1]，让每一个人和动物都能懂的简单朴素的语言，verbum sine ornatu[2]，配上恰当的行动，重获力量。年轻的福丁布拉斯对丹麦王位拥有继承权和可以追溯到古代的认领权。某种黑暗的暴力或者不公正的行为，某种堕落的封建主义施展的把戏，某种像由夏洛克[3]那样的金融领域里的高利贷者挑动的行会行为，这些行为剥夺了他家族的正当要求的权利，这种罪行的阴影一直高高悬在黑暗的背景里，直到在结尾场景里，大众的正义才给整个剧烙下了深远的历史意义的封蜡。

"'三千克朗和一个多星期的时间并不足以征服波兰（至少在那个时候），但是事实证明，达到另一个目的却是绰绰有余。喝酒喝糊涂的克劳狄斯完全被福丁布拉斯的这个建议蒙骗了，实际上，他，福丁布拉斯率领一支征召来的军队在去波兰的路上完全是为了另一个目的而经过了克劳狄斯的领地（只是绕了个弯）。不，那些卑贱的波兰人用不着颤抖：征服不会发生，我们的英雄觊觎的不是他们的沼泽和森林。他并没有去那个

1　caviar，本意为鱼子酱，在《哈姆莱特》中指曲高和寡、不落俗套的作品。
2　拉丁语，不加修饰的语言。
3　Shylock，《威尼斯商人》中的犹太放贷人。

港口，福丁布拉斯，这个天才战士，他的目的是停下来守株待兔，"慢步前进[1]"（在派了一个士兵头目去迎接克劳狄斯后，他轻声地向他的军队说）只能是指一个意思：慢慢地隐藏起来，而敌人（丹麦国王）却以为你已经向着波兰进发了。

"'这个剧的情节很容易抓住，如果下面这个要素能够做到的话：艾尔西诺[2]城垛上的鬼魂不是哈姆莱特国王，他是被国王杀死的福丁布拉斯的父亲。受害者的鬼魂以谋杀者的鬼魂的面貌出现——这是多么绝妙的富有远见卓识的战略，将会怎样深深地激起我们强烈的赞赏！这个了不起的江湖骗子告诉我们的老哈姆莱特之死的故事非常雄辩，但也许远离真实，目的只是为了在国家内部造成 innerliche Unruhe[3]，减弱丹麦人的士气。灌入那个酣睡者耳朵里的毒药象征了破坏性的谣言被巧妙地注入，莎士比亚时代的普通观众不会不注意到这种象征的。因此，老福丁布拉斯，以敌人的鬼魂的面貌出现，安排好了他敌人儿子的死亡和他自己儿子的胜利。不，最后的"审判"并不纯粹出于偶然，那些"屠杀者"的行为并不是随意的，就像霍拉旭[4]这个记录者看到的那样，事实上，当我们年轻的英雄审视着尸体成堆的场景——腐败的丹麦剩下的唯一东西——时，他的粗嗓子喊出"杀呀！杀呀！这堆积的尸体"[5]，我们可

---

1 出自《哈姆莱特》第四幕第四场。
2 《哈姆莱特》剧本中老国王鬼魂出现的地方。
3 德语，内部的不安。
4 Horatio，《哈姆莱特》剧中人物，哈姆莱特的好友。
5 出自《哈姆莱特》第五幕第二场。

以听到一丝深深的满足（观众们也不禁感同身受）。我们可以很容易想象到，他会由衷地发出这么一声小辈对长辈的刺耳的感谢的感叹：呀，那个老家伙干得还真不错！

"'现在回到奥斯里克。刚才还能说会道的哈姆莱特在和一个小丑的头骨说话，现在则是轮到爱开死亡玩笑的头骨对哈姆莱特说话了。请注意这两个词并置在一起的效果：头骨－头壳；"顶着壳儿逃走了[1]。"奥斯里克（Osric）和郁利克（Yorick）[2]这两个词几乎是押韵的，区别在于这边的蛋黄（yolk[3]）在那边变成了骨头（os[4]）。这个穿着奇特的弄臣服饰的捎客故意混淆行话与外人说的话，他这样做正是在贩卖死亡，哈姆莱特刚刚在海上逃脱的死亡。那些加粗的排重的句子，那些华丽的暗讽的语言，这些都掩饰了一个深藏着的目的，一个勇敢但狡黠的主脑。谁是这些个礼仪的主人？他是年轻的福丁布拉斯最才华横溢的幕后策划者。'好了，说了这么多，足够可以让你知道我要如何忍受得了。"

对于小个子安波的抱怨，克鲁格忍不住要露出微笑。他评述说，这一切都会让人想到巴图克矫揉造作的风格。我是说这些复杂地搅和在一起的一派胡言。从强调艺术家的超然态度出发，安波说他不知道也不想知道（恰好说明了自己的态度）

---

1 出自《哈姆莱特》第五幕第四场。

2 《哈姆莱特》第五幕墓地一场中哈姆莱特拿在手上的骷髅的姓名。

3 发音与 Yorick 接近。

4 拉丁语，对应 Osric 词首的两个字母。

这个巴图克（Paduk[1]）或者是霸道克[2]——bref, la personne en question[3]到底是谁。接着，克鲁格向他说了去湖区的事，以及发生了什么。安波自然很是吃惊。他脑子里立即出现克鲁格和孩子在那空无一人的农舍的房间里打转的情景，房子里的两个钟（一个在餐厅，另一个在厨房）也许还在走，丝毫无损，孤单无依，在不见人影的地方依旧可怜兮兮地按照人的时间"滴答，滴答"走着。他想，不知道麦凯西莫夫是否已经收到他寄给他的那封措辞仔细的信，他在信上说了奥尔嘉的死讯和克鲁格迷茫不知所措的情况。我能说什么呢？牧师把维奥拉家的一个泪眼模糊的老人错当成了鳏夫，在他致悼词的当口（也就是那个健壮庞大的身体正在一堵厚墙后面怒火冲天的时候），他还不停地向那个人致意（他也频频地点头回应）。甚至连什么叔辈也不是，更不是她母亲的情人。

安波把脸朝向墙，眼泪夺眶而出。为了减轻一下伤感的氛围，克鲁格跟他说了他在美国旅行时碰到的一个有趣的人，那个人着迷似的要把《哈姆莱特》拍成电影。

我们会，他说，以鬼魂开始

那是一些裹着床单的猿

1　发音近似俄语 падать 一词，意为"倒塌"。
2　发音近似英语 paddock 一词，在莎士比亚时代意为"蛤蟆"，曾出现在《哈姆莱特》和《麦克白》中。
3　法语，简而言之，提到的这个人。

出没在战栗的罗马街道上。

还有被暴徒围住的夜晚……

然后出现：艾尔西诺的城墙和塔楼，飞龙和火红的铁架，墙上的瓦片在月光下像鱼鳞一样闪光，三角房顶上形成许多美人鱼的外皮，在没有色彩的天空中熠熠闪烁，黑色城堡前的平台上绿色的萤火虫像星星一样亮闪。哈姆莱特的第一次独白在杂草丛生、野花遍布的花园里进行。牛蒡和大蓟是主要的入侵者。一只"蛤蟆"张着嘴在呼吸，坐在过世国王最喜爱的花园里的座位上眨巴眼睛。当新国王在饮酒时，某个地方响起了炮声。按照梦境和银幕上常出现的情形，大炮被转换成了花园中的几段腐朽的树干，角度倾斜，像大炮一样朝着天空，一瞬间炮眼冒出的灰白色的烟在天空中形成浮动的"自我屠杀"的字眼。

"哈姆莱特在威登堡时经常迟到，误了 G. 布鲁诺的课，从来不用表，总是依靠霍拉旭走慢的钟表，说好他会在十一点到十二点间到达战场，但实际上要到午夜后才出现。

"月光悄无声息地跟在全身盔甲的鬼魂后面，他的肩甲和腿甲时不时地泛起一丝闪光。

"我们会看到哈姆莱特从地毯下拖起拉特曼的尸体，拖到地板上，拖上转弯的楼梯，藏在一个不太显眼的通道里，此后出现奇怪的光线效果，然后是手举火把的瑞士人被派来查找尸体。另外一个惊险的场景是：海水翻腾，海浪汹涌，这时哈姆莱特从海水里冒出来，穿越过装着丹麦黄油的成群的木桶，钻进甲板下面的舱铺，罗森斯吞[1] 和吉尔登格兰兹[2] 这两个可爱的姓名互换的好兄弟——'他们来治愈（哈姆莱特），等着自己的是死亡'——正在床上酣睡。随着绿色田间和斑斓的山丘景色在我们眼前一幕一幕闪过，更多的风景旖旎的画面会一个个出现。我们或许会看到，他说（他是一个不修边幅的人，一张鹰一般的脸，其学术生涯因为一桩不合时宜的风流韵事突然间中断了），R. 跟着 L. 在拉丁区穿行，年轻的波洛涅斯在大学剧场里扮演恺撒，哈姆莱特戴着手套的手拿着的头颅变成了活生生的弄臣的面容（经过审查官们的同意）；也许甚至连那个壮健的老国王也出现了，手提一把长柄战斧在冰面上飞驰，勇战波兰人。突然，他从裤子口袋里拿出一个小酒瓶，说道：'来一口'。他加了一句，从她的胸部来看，他原以为，她至少有十八岁了，但是，实际上，她还不到十五岁，这个小丫头！然后是奥菲利娅之死。伴随着李斯特的'葬礼曲'，她会抓住柳树挣扎——或者，另一个河边女仆的父亲会说'战扎'。一个小姑娘，一枝嫩柳。他建议，在这里来一个侧面镜头，表现波光粼粼的水面，突出'浮动的叶子'[3]。接下去，再回到她白色的小手，一只手握住一个花环，往前伸，试图把花环套在一个

1 2 原文分别为 Rosenstern 和 Guildenkrantz，指《哈姆莱特》剧中的两个人物，但是纳博科夫做了改动。剧中人物名字原为罗森格兰兹（Rosencrantz）和吉尔登斯吞（Guildenstern）。

3 phloating leaph，用 ph 替代 f，应为 floating leaf，旨在效仿莎士比亚玩文字游戏。

银色的长柄¹上面。现在到了最困难的地方，如何戏剧性地表现哑剧时代——pièce de résistance²——的小喜剧：出人意料地弄得全身湿透的惊险动作。那个长着鹰脸的人在洗手间里向克鲁格指出（香烟与痰盂之间），这个困难部分也许可以这样得到很好的解决：只拍她的影子，她漂下去的影子，一边往下漂，一边擦过长满一簇簇鲜花的河岸的草皮。怎么样？然后：在水面上浮动的花环。凳子上的苦行僧似的皮罩（他们坐在上面）是最后的遗存物，可以表明这个高度现代的、风格多样的普尔曼式车厢³与原始的马车间的基因联系：从燕麦到汽油。这个时候——只有在这个时候——我们看到了她，他说，看到了她仰躺在小溪中（拿一把桌子上的叉子搅拌搅拌可以最后变成莱茵河、第聂伯河、考顿吴德峡谷或者是新埃文河），浸湿肿大的棉服像一层朦朦胧胧的膜包裹着她，听到她梦幻似的哼着'嗨，喏呢喏呢⁴'或者是任何一首古老的赞歌。这然后转换成叮当的钟声，现在我们眼前出现一个自由自在的牧羊人，在一片沼泽地上，那儿长着 Orchis mascula⁵：一段一段的散拍节奏乐，洒满阳光的髯毛，五头羊，一只可爱的羊羔。这只羊羔，简而言之——真俊俏——是牧羊曲的主调。歌声迎来女王的牧

1　phallacious sliver, phallacious 来自 phallus 一词，意为"阴茎"。

2　法语，直译为抵抗，意译为身体扭动。

3　一种舒适的旅客列车车厢，得名于美国发明家普尔曼（G.M. Pullman，1831—1897）。

4　Hey non nonny nonny，《哈姆莱特》中的奥菲利娅疯了以后哼唱的一段曲子。

5　拉丁语，紫罗兰。

羊人，羊羔走向了小溪。"

克鲁格讲述的轶事起到了预期的效果。安波停止了抽泣。他凝神听着，很快露出了笑容，最后，他也进入了这段轶事的境界。是的，她被一个牧羊人发现了。事实上，她的名字与阿卡迪亚[1]一个多情的牧羊人有着渊源。或者很可能，她的名字是阿尔菲奥斯[2]的回文，只是"斯（s）"掉在了湿漉漉的草丛里了——河神阿尔菲俄斯[3]，追逐一个长腿仙女，直到阿耳特弥斯把她变成了一条小溪，而这当然正合他河神的本性（维尼派革湖[4]，约五八五，维柯出版社版）。或者，我们可以认为是来自希腊语翻译过来的一个老 Danske 蛇的名字，丽莱斯（Lithe），丽思萍（Lithping），薄嘴唇的（thin-lipped）奥菲利娅，阿姆莱特（哈姆莱特）的湿漉漉的梦，忘川（Lethe）里的美人鱼，一条罕见的水蛇，"科学"[5]的拉莎佳·丽思丽娜[6]（刚好可以配上你的漂亮的故事）。当他在忙着与德国女仆人打交道时，她一个人在家，坐在一个环形的窗户口，料峭春风吹得窗格"哔哔"响，她在天真地和奥斯里克打情骂俏。她的皮肤是如此的细腻，以致你只是看上一眼，一粒玫瑰色的痣就会

1　Arcadia，位于希腊，希腊神话中牧神潘的家乡，在诗歌中代表田园式的天堂。

2　3　原文分别为 Alpheios 和 Alpheus，都指希腊神话中的同一个河神。

4　Winnipeg Lake，暗指詹姆斯·乔伊斯的小说《芬尼根的守灵夜》（*Finnegans Wake*）。

5　Science，可能是 silence（静谧）的戏仿。

6　Russalka Letheana, Russalka 疑源自 rusalki，俄罗斯神话中的水泽仙女；Letheana 是 Lethe 的俄语变体。

出现。如同波提切利[1]风格的冷漠天使，她的鼻孔染有一丝粉色，上嘴唇也是染尽粉红——你知道的，嘴唇的边缘与皮肤合而为一的时候。事实证明，她也是一个厨房里干活的村姑——但是，一定是素食者的厨房。奥菲利娅，优秀的厨子。死于劳碌，闷声不响。美丽的奥菲利娅。第一对开本，做了校正但依旧存在一些错误的。"我的亲爱的伙伴"（我们或许会让哈姆莱特这么对霍拉旭说），"她像钉子一样坚硬，尽管她的身体是那么轻柔。还有柔滑：一束鳗鱼做的花朵。她是那种血色稀薄瞳色浅浅身材苗条可人纤细如蛇形般的少女，时而热情如火，歇斯底里，时而冰冷如霜，沮丧无救。以其魔鬼般的娇娆，她坚定地斩断了她雄心勃勃的父亲给她指明的道路。即使在已经变疯时，她依旧拿那个死去的人的指头取笑她的秘密。那个指头指向的是我。哦，当然，我爱她，就像四万个兄弟加起来的爱[2]，像小偷一样脸皮厚（陶土罐子，一棵柏树，指甲形的月亮），但是，我们都是 Lamord[3] 的学生，如果你知道我说的是什么的话。"他或许应该加上一句，在那场沉闷的演出中，他得了感冒，头昏眼花。水中女神粉红的鳃，冰冻的西瓜，l'aurore grelottant en robe rose et verte[4]。她肮脏的膝腿。

　　说到掉到一个德国学者的破旧帽子上的"词粪"，克

1　Botticelli，意大利文艺复兴时期画家。

2　《哈姆莱特》第五幕第一场中哈姆莱特知道奥菲利娅死后说的话。

3　可能来自法语 la mort，意为"死亡"。

4　法语，在玫瑰色和绿色的长裙上晨曦在颤抖。

鲁格建议也可以用哈姆莱特的名字加以搞定。他说，以"Telemachos"[1]为例，这指的是"来自远方的战斗"——而这恰是哈姆莱特关于战争的想法。把这个词修剪修剪，拿掉不需要的字母，那些都是次要的补充，然后这个词就变成了"Telmah"。现在，你再倒过去读。这就是一支妙笔与一个胆大无耻的思想私奔的结果，而倒过来的哈姆莱特则成为尤利西斯的儿子，杀死了他母亲的情人们。Worte[2], worte, worte。Warts[3], warts, warts。我最喜欢的评论者是 Tschischwitz[4]，一个满是辅音的疯人院——或者 soupir de petit chien[5]。

安波实际上还沉浸在那个女孩的情景中。在很快地注意到 Elsinore 是 Roseline 的回文时——这种可能性是有的，他又回到了奥菲利娅。他喜欢她，他说。与哈姆莱特眼中的她不同，这个女孩很有魅力，一种让人心碎的魅力：那双灰蓝色的媚眸，突然间的欢笑，玲珑整齐的牙齿，看你是不是在开她玩笑时的那神态。她的膝盖和小腿，尽管很匀称，但与她细细的胳膊和轻柔的胸部相比，则太壮实。她的手掌像一个湿润的星期天，她脖子上挂着一个十字架，那上面有一小点葡萄干肉，凝结但仍然透明的鸽子血泡，它们时刻都有被那条细长的金色

1　忒勒玛科斯，希腊神话中的希腊英雄奥德修斯和他妻子珀涅罗珀的儿子。
2　德语，词。
3　英语，疣，与 2 的 worte 发音相近，用来指 Telemachos 与 Hamlet 之间的联系。
4　德国人的姓名。
5　法语，小狗的叹气。

项链削掉的危险。还有，她清晨的呼吸，散发着早餐前的水仙花的香馥、早餐后炼乳的清香。她的肝脏有着特别的功能。她的耳垂没有任何饰物，只是曾经穿过一个小洞，挂一串小小的珊瑚——不是珍珠。她线条分明的臂肘，非常美丽的头发，精致的富有光泽的颧骨，说话时嘴唇边依稀可见的金黄色的汗毛（很惹人注意），所有这些让他（安波说让他想起了他的童年）想到了一个柔弱的爱沙尼亚女仆，在她蹲下去，腰身很低，为他拉上掉下来的袜子时，她的两个可怜地分叉开来的小小的乳房在衬衫里面惨兮兮地晃荡。

说到这儿，安波突然提高了声音，语气中露出不能掩饰的恼火。他说这么一个真正的奥菲利娅现在被另一个人替代了，那个无法忍受的格洛丽亚·贝尔毫斯，胖得无药可救，嘴巴像是扑克牌 A 上的红桃心，她被选上演这个角色。舞台布置者还拿来暖房里面的康乃馨和百合让她在那场"疯"戏中使用，对此他尤其愤怒不已。她和那个出品者，如同歌德，把奥菲利娅想象成一瓶罐装桃子一样："她整个人在甜蜜成熟的激情中飘浮，"约翰·沃尔夫冈·歌德，这个德国诗人、小说家、戏剧家和哲学家说。哦，可怕。

"还有，她父亲……我们都熟悉他，也热爱他，不是吗？要弄明白他是一个什么样的人，这是一件很简单的事：波洛涅斯，Pantolonius[1]，一个穿着垫肩长袍的慢条斯理的老糊涂，踱

1　疑是源自 Pantomine（古罗马哑剧），与 Polonius（波洛涅斯）放在一起起到拟声作用。

拉着一双用地毯质料做的拖鞋,眼镜塌陷在鼻子尖上,从一个房间蹒跚走到另一个房间,那模样看不出是男还是女,既像爹又像娘,一个拥有宦官那样舒适身体的阴阳人——可是,这个角色被另一个人替代了,一个高个僵硬的家伙,在《华尔兹世界》中演过梅特涅[1],他坚持要保持那个狡诈聪明的国务活动家的风格。哦,太可怕了。"

但是,更糟的还在后面呢。安波让他的朋友把一本书递给他——哦,红色的。对不起,另外一本红的。

"正如也许你已经注意到的那样,那个信使[2]提到过某个克劳迪奥给了他一些信件,那些信克劳迪奥'从他那里……得到,而他是(从船上)拿来的';在剧本里这个人在别的地方没再提起过。现在,让我们翻开伟大的哈姆教授的第二本书。他做了什么?就在这儿。他把这个克劳迪奥提了出来——请听。

"他是国王的弄臣,这一点很清楚,事实上,在德语原本中(*Bestrafter Brudermord*[3]),带来那个消息的是小丑范特斯莫[4]。到现在为止没有人费心跟循过这个原型线索,这一点让人很吃惊。另外一个同样是很明显的事实是,哈姆莱特曾闪烁其词地特别提到过要让那些水手把他的信送到国王的弄臣

1　Metternich,十九世纪奥地利外交大臣、首相,参与组织"神圣同盟",压制民主运动。

2　在《哈姆莱特》剧本中这个信使应是"伏提曼德",但他并没有提到"克劳迪奥"。

3　德语,《惩罚的自残》,是根据《哈姆莱特》情节改编的德语小说。

4　Phantasmo,源自德语,意为"幽灵"。

那里，因为哈姆莱特愚弄过国王。最后，我们知道，在那个时候，一个宫廷的弄臣常常会冠以主人的名字，只是在名字的末尾稍稍做点改变，这样整个情况就很清楚了。我们于是就有了这个有趣的意大利或者是意大利风格的弄臣，出没于这个北方的阴郁城堡中的厅房间，一个四十几岁的人，但是就像他在二十几岁时那样活力十足，二十几年前，他替代了郁利克。如果波洛涅斯是好消息的'父亲'，那么克劳迪奥就是坏消息的'叔叔'。他的性格比那个聪明好心的老人更加让人捉摸不透。他害怕拿着那封信直接面对国王，他灵巧的手指、好窥探的眼神早已经说明了自己的身份。他知道，他做不到这一点，也就是来到国王面前，告诉他这一句话，'你的啤酒酸了[1]'，在用词上含糊一下，变成'你的胡子翘起来了[2]'。因此，他想出了一个妙计，一个计谋，这与其说表明了他的道德勇气，还不如说是表现了他的智力。这是一个什么样的计谋？它要比'可怜的郁利克'绞尽脑汁想得出来的任何计谋还要深谋远虑。当水手们急匆匆地赶往这个让人向往不已的港口提供的快乐场所时，克劳迪奥，这个阴谋者，重新整齐地折好那封危险的信，然后轻轻松松地把它递给'另外一个信使'，剧本里的信使，这个不明真相的人把它交给了国王。"

但是够了，到此为止。我们现在来听听下面这些著名台词

1　2　原文分别为 your beer is sour 和 your beard is soar'd，beer 与 beard 发音相近，sour 与 soar'd 发音相近。

安波是怎么翻译的：

Ubit' il' ne ubit'? Vot est' oprosen.

Vto bude edler: v rasume tzerpieren

Ogneprashchi i strely zlovo roka —[1]

（或者，一个法国人也许会这么说：）

L'égorgerai-je ou non? Voici le vrai problème.

Est-il plus noble en soi de supporter quand même

Et les dards et le feu d'un accablant destin —[2]

是的，我还是在逗乐。现在我们来看真正的东西。

Tam nad ruch'om rostiot naklonno iva,

V vode iavliaia list'ev sedinu;

Guirliandy fantasticheskie sviv

Iz etikh list'ev — s primes'u romashek

Krapivy, lutikov —

（在小溪之旁，斜生着一株杨柳，

---

1 作者自造的语言，有些词近似俄语，大意为：是杀还是不杀？这是一个
真正的问题。不管怎样，忍受本身是要来得更加高贵？那些标枪和不能承
受的命运之火——

2 1中自造语的法语译文。

它的枝叶倒映在明镜一样的水流中，

编了几个奇异的花环，她来到这里，

用的是毛茛、荨麻、雏菊——）[1]

你看，我得选择我的评论者。

或者就是下面这段艰深的文字：

Ne dumaete-li vy, sudar', shto vot eto（关于受伤的鹿的歌），*da les per'ev na shliape, da dve kamchatye rozy na proreznykh bashmakakh, mogli by, kol'fortuna zadala by mne turku, zasluzhit' mne uchast'e v teatralnoi arteli; a, sudar'?*[2]

或者，我最喜欢的场景的开篇：

坐在那儿听安波的翻译，克鲁格不禁对今天这个奇怪的一天感到很是诧异。他设想，在未来的某一天，他会怎样来回忆这个特殊的时刻。他，克鲁格，坐在安波的床边。安波膝盖在床罩下面拱起来，正在读着从一沓纸里面拿出来的一首无韵诗的段落。克鲁格刚刚失去了他的妻子。一种新的政治秩序击晕了整个城市。他热爱的两个人已经被带走了，也许被处决了。但是，这个房间却很温暖、安静，安波深深地沉浸在《哈姆莱特》中。而克鲁格自己对这奇怪的一天很是

1　这一段自造语近俄语，来自《哈姆莱特》第四幕第七场王后说的一段话。括号中原文为纳博科夫英译，中文译文根据朱生豪译本稍作改动。

2　出自《哈姆莱特》第三幕第二场。这段近俄语的自造语大意为你不认为，主人，它（关于那只受伤的鹿的歌）的确是穿越过了森林，骑在一个微弱的东西之上，但是，两朵破碎纸片上的玫瑰，或者，如果我的运气好的话，一个土耳其人，会在剧场里倾听我的哀伤，不是吗，主人？

诓异。他聆听着那个雄浑的声音（安波的父亲曾是一个波斯商人），试图用一种简化的方式来理解他的反应。大地母亲在多年前曾孕育过一个英国人，他圆穹似的脑袋是语言的蜂巢；这个人只需对他惊人的词汇中的任何一个吹一口气，就能让那个词汇活起来，充胀起来，向外伸出触角，直到变成一个复杂的意象，有着跳动的脑子和连在一起的四肢。三个世纪以后，另外一个人，在另外一个国家，正试图把这些韵律和比喻变成另外一种语言。这个过程要花费无限量的功夫，至于这么做的必要性，没有什么真正的理由可循。这就有点像，一个人看到一棵橡树（我们把它称作"那个T"）在一块地上长起来，在绿色和褐色的地上落下一片独特的阴影，他开始在自己的花园里捣鼓起一个极其复杂的机器，机器本身与任何一棵树没有什么相像的地方，就像一个译者的灵感和语言与原作者的不一样，但是，经过天才般巧妙的组合，那些零件、灯光效果、催生微风的马达等组成在一起后，能够形成一片阴影，与"那个T"一模一样——同样的轮廓，同样的变化方式，在同样的位置上、在太阳光撒下的重影和单影里也起着同样的涟漪，而且是在一天中同样的时间段里。从现实情况看，如此费时费力（那些个头疼，那些个半夜获得的惊喜的胜利，但到早上清醒时却发现是灾难），简直是荒唐得要命，因为即便是最伟大的模仿杰作，实际上都预设了一种主动的思想限制，是不会那么顺服地转化成另一个人的天才。这种自杀性的限制和顺服能否通过相应的变通策略产生奇迹，通过成千上万的文字转换，通过词汇的构织者和见证者每一次柳暗花明之时感到的狂喜而得到补救？或者，干脆说，这不就是巴图克写字机器的夸张的、崇高的复制品吗？

"你喜欢吗，接受吗？"安波迫不及待地问。

"我认为很妙，"克鲁格说，皱起了眉。他站起来，在屋子里来回踱步。"有些句子还需润色，"他继续说，"还有，我不喜欢黄昏降临的颜色——我觉得'黄褐色'不是那么坚韧，不是那么无产阶级，但是也许你是对的。整个东西真的很好。"

他边说，边走到窗口，无意间朝院子里瞥了一眼，阳光和阴影充足（因为，奇怪的很，现在是下午时候，而不是晚上的什么时候）。

"我太高兴了，"安波说，"当然，有很多小地要修改。我想我还是要关注'laderod kappe'。"

"他的有些双关语——"克鲁格说，"哇，那有点奇怪。"

他注意到了院子里的情况。两个手风琴手正站在那儿，双方相差几步之远，他们都没在演奏——事实上，两个人都面露沮丧，神色紧张。几个厚下巴的小顽童侧着脸（有一个小家伙握住一根绳子，一头拴着一个玩具车）张大着嘴巴默默看着他们。

"在我的一生中，"克鲁格说，"还从没看到过两个风琴手在同一时刻出现在同一个院子里。"

"我也没有，"安波承认道，"我现在要给你看——"

"我在想发生了什么？"克鲁格说，"他们看上去是那么的不舒服，他们不在或者是不能演奏。"

"也许是其中一个撞入了另一个的节奏里了，"安波提出了一个想法，他拿出一张新的纸来。

"也许，"克鲁格说。

"也许，他们都害怕，一旦另一个开始演奏，他就会开始赛曲，把对方比下去。"

"也许，"克鲁格说，"但是不管怎样——这都是一幅奇怪的景象。风琴手通常是一致的象征，但是，我们在这儿却看到了离奇的两重性。他们不演奏，但是却都眼往上看。"

"我现在要开始，"安波说，"给你读——"

"我知道只有另外一种职业的人，"克鲁格说，"才把眼球往天上翻。那就是我们的牧师。"

"好了，亚当，坐下，听着。或者，我是让你感到厌烦了？"

"胡扯，"克鲁格说，走回他的椅子，"我只是想知道到底什么地方有问题？那些孩子好像也被他们的沉默搞得困惑不解。这整个场面有一点熟悉，有一些东西我还一下子弄不明白——有那么一点念头……"

"下面这一段对一个译者的最大的困难是，"安波说道，他喝了一口潘趣酒，舔一下他的厚嘴唇，后背朝他的那个大枕头那边调整一下。"最主要的困难在于——"

远处传来的门铃声打断了他。

"你是在等什么人吗？"克鲁格问。

“没有什么特别的人。也许是那些个演员来了，看看我是不是死了。他们会感到失望的。”

男佣的脚步声穿过走廊。然后又回来了。

“该死的，”安波说，“你能不能，亚当，……？”

“是的，当然，”克鲁格说，“你要我告诉他们你在睡觉？”

“还有，还没有刮过胡子，”安波说，“还要继续我的阅读呢。”

一位身着线条简单的贴身鸽灰色套装的漂亮女士和一位礼服笔挺、扣眼别着一枝红艳郁金香的男士并排站在门厅里。

“我们——”那位先生开口说道，开始在裤子口袋里摸索着什么，与此同时，身体开始扭动起来，似乎一阵痉挛袭来，或者是穿的衣服不合身。

“安波先生感冒在床上躺着，”克鲁格说，“他要我告诉——”

那位绅士鞠躬说道：“我完全明白，但是这个（他空着的一只手拿出一张名片）将会告诉你我的名字和身份。我得到了指令，你可以看出来。为了服从指令，我不得不立即从我自己作为主人的晚会上脱身而走。我，也正在举办一个晚会。毫无疑问，安波先生，如果那是他的名字的话，也会像我一样立马行动。这是我的秘书——事实上，比秘书还那个一点。”

“哦，好了，胡斯塔福，”那位女士说，推了他一把。“不用问，克鲁格教授对我们的关系没有兴趣。”

“我们的关系？”胡斯塔福说道，看着她，他的贵族神态的脸上露出一种滑稽的表情。“再说一遍。听起来真温馨。”

她低下浓密的睫毛，噘起嘴。

"我不是指你说的那个意思，你这个坏蛋。教授会认为Gott weiss was[1]。"

"这听起来，"胡斯塔福继续温情地说道，"像是客厅里某个蓝色沙发的弹性很好的弹簧。"

"好吧。你要是还这么赖下去，我就不理你了。"

"看来她是对我们生气了，"胡斯塔福叹息说，转身向克鲁格。"小心女人，就像莎士比亚说的那样！对了，我得执行我的任务了。带我到病人那儿去，教授。"

"等一下，"克鲁格说，"如果你们不是演员，如果这一切不是愚蠢的演戏——"

"哦，我知道你要说什么"胡斯塔福喉咙里兴奋地咕噜着；"这么一种文雅的行为是不是让你觉得奇怪？人们总是习惯于把这种事情与粗暴、阴沉、枪托、态度恶劣的士兵和满是泥浆的靴子——还有 und so weiter[2] 联系在一起。但是，上面知道安波先生是一个艺术家，一个诗人，有一颗敏感的心，于是想到在逮捕这件事上，可以来点别致且不同寻常的形式，一点高雅生活的气息、一束花、一位美丽女性的芳香，也许可以给要经受的苦难增加一点甜味。请注意，我穿着平民的衣服。古怪离奇是吗？但是——请想象，如果我的那些粗野的助手（他空着的那只手指向楼梯的方向）冲进来，开始翻箱倒柜，他会是什么样的心情？"

1　德语，天知道。

2　德语，其他的一些。

"把你带来的放在口袋里的那个丑陋的大家伙给教授看，胡斯塔福。"

"再说一遍？"

"我当然是指你的手枪，"女士冷冷地说。

"我说呢，"胡斯塔福说道，"我理解错了。不过，我们过后再说这事。你不用理会她，教授，她喜欢夸张。这武器其实真的没什么。平平常常的官方用的东西，号码184682，你见得多了。"

"我想，我已经听得足够多了，"克鲁格说，"我不相信枪这东西——不过没有关系。你可以把它放回去。我想知道的只是：你们是想现在就把他带走吗？"

"是呀，"胡斯塔福说。

"我一定要想出个办法去告这些混账闯私宅抓人。"克鲁格低声愤愤说道。"不能再这样下去了。那一对老夫妻对任何人都没有危害，两人身体都不太好。你们一定会后悔的。"

"我刚才突然想到，"胡斯塔福对他漂亮的同伴说道，他们正跟在克鲁格后面穿过寓舍的房间，"我们离开时，上校已经喝了好多烈酒，所以我怀疑我们回去时你的小姐妹还是不是原来那样。"

"我觉得他说的那两个水手和barbok（一种馅饼，中间有个洞，放融化的黄油）的故事非常好玩，"女士说，"你应该说给安波先生听，他是作家，也许可以把它放进他的下一本书中去。"

"那么，这样的话，你自己漂亮的嘴——"胡斯塔福又开始说道——但是，这时他们已经到达卧室门口，那位女士谦恭地站在后面，胡斯塔福又把手伸进裤子口袋，在那儿摸来摸去，随后跟着克鲁格走了进去。

男佣正在从床边移开一张 mida（包着外皮的小桌子）。安波手上拿着镜子正在查看他的小舌。

"这个傻瓜到这里来逮捕你了，"克鲁格用英语说。

胡斯塔福一直在门口朝安波微笑，突然皱起了眉头，颇为怀疑地斜眼看着克鲁格。

"但是，这肯定是一个错误，"安波说，"为什么会有人要来抓我？"

"Heraus, Mensch, marsch[1]，"胡斯塔福对男佣说，等后者离开房间后：

"我们不是在教室里，教授，"他说，转向克鲁格，"所以请用大家都听得懂的语言。找个时候也许我要请你教我丹麦语或者荷兰语，但是，现在这个时候，我有公务在身，这事我同巴肖芬小姐和你们一样感到反感。所以，我必须请你们注意这个事实，尽管我不反对来一点小小的取笑——"

"等一下，等一下，"安波大声说道。"我知道是怎么回事了。这是因为昨天外面的大喇叭响的时候，我没有把窗户打开。但是这我可以解释……我的医生可以证明我病了。亚当，

---

1 德语，出去，人类，前进。

没什么事，不用着急。"

从客厅传过来悠闲的手指随意触动冰冷的钢琴键的声音，安波的男佣又回来了，手上拿着几件衣服。他的脸色是那种小牛肉的颜色，眼光避开胡斯塔福。看到主人惊讶地叫起来，他解释道客厅里的那位女士要他给安波穿上衣服，否则他就要被枪毙。

"但是，这太荒唐了！"安波喊道，"我不能就这么胡乱穿上衣服。我必须得先冲个澡，我得刮胡子。"

"你要去的那个安静的好地方有一个理发师，"胡斯塔福善意地说道。"来吧，起来，你真的不能太不服从了。"

（如果我回答"不"又会怎样？）

"我拒绝你们看着我穿衣服，"安波说。

"我们没在看，"胡斯塔福说。

克鲁格离开房间，走过钢琴来到书房。巴肖芬小姐从钢琴凳上站起来，身子灵巧地从后面追上克鲁格。

"Ich will etwas sagen[1]，"她说道，手轻轻地碰到他的袖口。"刚才，我们在说话时，我得出一个印象，你认为胡斯塔福和我是那种很荒诞的年轻人。但那只是他的行为，你知道，总是开 witze（玩笑），逗弄我，可是，真的，我不是你或许会认为的那种女孩。"

"这些零碎东西，"克鲁格摸着他走过的一个邻近的书架，

1　德语，我有话要说。

说道，"没有什么特殊的价值，但他把它们当成宝贝似的，如果你已经把一个瓷器猫头鹰——我没有看见这个东西——顺便搁入你的包里——"

"教授，我们不是贼，"她敛声静气地说。他的心肯定是石头做的，见她站在这儿他就没有一点儿为自己恶毒的想法感到羞耻？眼前的女孩金发碧眼，臀部紧致，两只乳房匀称，贴着衬衫边褶微微起伏，白色丝绸衬衫微湿。

他朝电话走去，拨海德龙的号码。海德龙不在家。他同其妹妹说话。随后他发现一直坐在胡斯塔福的帽子上。那个女孩又向他走来，打开她的白包给他看，不管是有真正价值的还是倾注了许多感情的东西，她一件都没有拿过。

"你还可以搜查我，"她很坚决地说，一边解开外套。"只是不要弄痒我，"这个天真无邪、汗涔涔的、说德语的女孩补充说道。

他回到了卧房。在靠近窗户的地方，胡斯塔福正在翻动一本百科词典，找寻 M 或者 V 打头的令人激动的词语。安波已快穿戴好了，手上拿着一条黄色的领带。

"Et voilà ... et me voici ....[1]"他说道，声音带着婴儿般的哭声。"Un pauvre bonhomme qu'on traîne en prison[2]。哦，我一点儿都不想去！亚当，就不能想点办法吗？Je suis soufrant, je suis

---

1 法语，好啦……我在这儿了……
2 法语，一个可怜的人儿，要被带往监狱。

en détresse[1]。如果他们要折磨我的话，我就承认我一直在准备搞
coup d'état[2]。"

那个男佣，他的名字是或者曾经是伊凡，他的牙齿在打
颤，眼睛半闭着，帮助他可怜的主人穿上外套。

"我能进来了吗？"巴肖芬小姐问道，声音如音乐般动听。
慢慢地，她踱步进来，腰身一扭一扭的。

"把你的眼睛张得大大的，安波先生，"胡斯塔福叫喊道，
"向这位女士表示感谢和赞赏，她的出现让你这个房间大放
光彩。"

"你真是不可救药，"巴肖芬小姐低语道，眼角露出一丝
笑意。

"坐下，亲爱的。坐在床上。请坐，安波先生。请坐，教
授。请安静一会儿。诗歌和哲学需要沉思，而美人和力量——
你的房间很温暖，安波先生。好了，如果我没有，没有弄错的
话，你们两个不想让外面的那些人把你们给毙了，那么我请你
们现在离开这个房间，巴肖芬小姐和我还要在这儿呆上一会
儿，说上一点愉快的公事。我太需要这个了。"

"不，Liebling[3]，不，"巴肖芬小姐说，"我们走吧。我讨厌
这个地方。我们可以在家里做那事，甜心。"

"我觉得这地方真漂亮，"胡斯塔福不满地咕哝。

1　法语，我真受不了，我真痛苦。

2　法语，政变。

3　德语，亲爱的。

"Il est saoul, [1]" 安波说。

"事实上，这些镜子，这些小地毯，无处不让你感受到东方的味道，我真是无法抗拒。"

"Il est complètement saoul, [2]" 安波说道，他开始哭泣起来。

美丽的巴肖芬小姐紧紧地拽住她男朋友的胳膊，经过好一阵哄劝后，他才把安波送到等着他们的黑色警车上。他们走后，伊凡发疯似的，从阁楼上找出一辆老旧自行车，扛到楼下，骑走了。克鲁格锁上寓舍门，慢慢走回家。

---

1 法语，他醉了。
2 法语，他完全醉了。

八

天色已晚，城市依旧很亮堂，真是奇怪：这段时间是这个城市特有的"色彩天"。在第一次霜降以后，这样的天便接踵而来，恰好来访巴图克格勒的外国游客一个个都很兴高采烈。最近一段时间，雨水留下的泥泞如此肥沃，让人看了直流口水。街道一边的房子的前门廊沐浴在琥珀色的阳光中，每一个细节，哦，每一个细节都显露出来；有一些展示出镶嵌的马赛克图案，比如，市区的主要银行大楼门前镶嵌的图案中，龙舌兰科的花团簇拥着天使撒拉弗。大街上油漆未干的蓝色长凳上，一些小孩已经在上面用手指写出下面这些字来：荣耀属于巴图克——显然，这样一种玩耍黏性物质的方式，既安全又很好玩，不会被警察揪耳朵，而警察脸上的牵强笑容则表明了他无所适从的窘境。无云的天空中飘着一只宝石红的玩具气球。满身肮脏的烟囱清扫工和满身面粉的面包学徒们正在露天咖啡屋里称兄道弟，他们自古以来的宿仇在苹果酒和石榴果汁酒中烟消云散。一个男人的橡胶套鞋和一只拆下来的血迹斑斑的衣服袖口扔在人行道的中间，过路者都远远地避开，并没有因此放慢脚步或者看上一眼，或者是走下人行道踩到泥浆里、再跨上人行道，以示对这两个东西的注意。一家廉价玩具店的玻璃被一粒子弹穿过，呈辐射状裂开，克鲁格经过时，一个士兵出来，拿着一个干净的纸袋，开始往里面塞套鞋和袖口。你把障碍物拿走，蚂蚁会继续其直线爬行。安波从不穿有可拆卸袖口的衣服，也不会有胆量从一辆行驶着的车上跳下来，逃跑，大口喘气，再跑，弯腰躲避，就像这个不幸的人所做的那样。这事真是让人受不了。我必须得醒来了。受我的噩梦的牵连的人正变得越来越多，克鲁格边走边想，步履缓慢，黑色大衣，黑色帽子，没有扣上扣子的大衣随风摆动，宽檐绒帽则拿在手中。

习惯造成的弱点。一位从前的 —— 一个非常 ancien régime[1]式的老党派——的官员逃脱了逮捕，或者换言之，比这更糟糕——从普里高姆巷四号奢华但灰尘满地的公寓里面溜出来后，在克鲁格住的这个地方出了故障的电梯里面安上他的窝。尽管电梯门上写着"已坏"，但亚当·克鲁格这个奇怪的像机器一样直线思维的人还是照样要往里面走，他会碰到一张恫吓着的脸，以及那个被惊扰的避难者的白色山羊胡子。但是，世俗的客套很快会替代惊吓。老先生花了不少工夫把他的蜗居弄成了一个不错的房间。他穿着整洁，胡子修得齐整，自我感觉良好地——当然可以原谅——要向你展示一些他的资产，如一个酒精灯，一个裤子熨斗。他曾是一位男爵。

克鲁格没有礼貌地拒绝了递上来的咖啡，脚步沉重地走向自己的寓舍。海德龙在大卫的房间里等他。他得知克鲁格来过电，

---

1 法语，旧制度。

马上就过来了。大卫不愿他们离开他的房间，威胁说，如果他们走开的话，他就从床上下来。克劳蒂娜给孩子拿来晚饭，但他拒绝吃。在克鲁格和海德龙从儿童房出来后进入的书房里，可以模糊地听到他与那个女人争吵的声音。

他们讨论了可以做什么事情：策划一个行动，但很清楚不光是这个行动，其实是任何行动都不会有用。两个人都想知道为什么那些没什么政治用处的人都会被抓走；当然，实际上他们也许已经猜出答案来了，一个简单的答案，半个小时后会给予他们。

"顺便说一下，十二点我们将会有另一个会议，"海德龙说，"恐怕，你还是会成为上客。"

"不会是我，"克鲁格说，"我不会去那儿。"

海德龙小心地把他烟斗里黑色的东西刮到他胳膊旁边的铜色烟灰缸里。

"我必须得回去了，"他叹了声气，说道。"那些中国代表要来吃晚饭。"

他说的是一批外国物理学家和数学家，他们被邀请来参加一个会议，但会议在最后一刻被取消了。其中一些最不重要的代表没有接到通知，一路赶来白跑一趟。

在门口，就要离开时，他看了看手上拿的帽子，说道：

"我希望她没有受到痛苦……我——"

克鲁格摇摇头，快速把门打开。

门外楼梯上的场景让人惊愕。胡斯塔福这回穿着全套制服，彻底的沮丧写满肿胀的脸，他正坐在楼梯上。四个士兵以各种姿势靠着墙组成了一座警戒浮雕。海德龙立即被包围住，被出示了逮捕证。其中一个士兵把克鲁格推在一边。这时发生了小小的扭打，胡斯塔福一脚没有站住，重重地从楼梯上滚了下去，他顺势把海德龙也拖了下去。克鲁格试图跟着士兵们下楼，但被制止了。楼梯上滚动的声音小下去了。可以想象这个时候男爵正蜷缩在他那个非同一般的躲藏地的黑暗处，心中怎么也不能相信他怎么就没被抓走？

九

把你的手窝成杯状，亲爱的，然后小心翼翼、颤颤巍巍，迈着一个高龄老人的步子（尽管还不到十五岁），你穿过门廊；停下；用臂肘轻轻地把玻璃门打开，走过华丽罩布盖着的大钢琴，经过一个又一个康乃馨香气弥漫的房间，你发现你的姑姑在一间 chambre violette[1] 里——

我想我要让整个场景再重复一遍。是的，从开头开始。当你从石头阶梯走上门廊来时，你的眼睛一直没有离开过你窝成杯状的手，还有两个大拇指间的一丝粉色的光线。哦，你手上拿着什么？来吧，亲爱的。你穿着条纹（淡白色和浅蓝色）无袖针织衫，深蓝色的女童子军短裙，一双孤儿院里常见的邋遢的黑袜子，一双沾满草绿斑点的老旧网球鞋。阳光从门廊的柱子间洒进来，形成几何图形，触摸到你红褐色的波波头，你胖胖的脖子，还有你晒黑的胳膊上接种牛痘的印迹。你走得很慢，慢慢地走过凉爽、亮堂的客厅，然后进入一间地毯、椅子和窗帘是紫色和蓝色的房间。从几面不同的镜子里，你看到窝成杯状的手和低下的头向你走来，你的一举一动在你的背后被映照出来。你的姑姑，一个世俗人物，正在写一封信。

"看，"你说。

慢慢地，像一朵正在绽开的玫瑰似的，你打开你的手。那里，六只毛茸茸的脚紧紧地粘住你大拇指的指球，灰鼠色的身体前端微微弯曲，短小的、红色的、眼状斑纹的后翅膀奇怪地从倾斜的前翅膀下突出来，长长的、大理石花纹的前翅膀露出深深的槽口——

我想我要你第三次重复你的动作，但是，从后往前——从手上窝着那只天蛾回到你发现它的果园里。

现在你再走一次你已经走过的路（手掌打开了），躺在客厅镶木细工地板上和平卧的老虎身上（伸开四肢，目光炯炯，在钢琴旁）的阳光，现在猛地向你扑来，爬上你淡色柔软的外套衣褶，正对着你的脸横照过来，于是，一切都能看得真切（堆积在一起，一层又一层，在空中，互相扭在一起，向外伸，眼睛贪婪地看着年轻的 radabarbára [光彩照人的女人]），它鲜艳的颜色，热情的斑眼，火热的脸颊，像后翅膀那样火红，那只天蛾还是紧紧地粘在你的手上，你边走向花园，边看着它，在园子里你把它轻轻地放到一棵苹果树下葱绿的草地上，这样可以远离你小妹妹那一双晶亮的眼睛。

那个时候我在哪儿？一个十八岁的学生，坐在远隔千里的一个车站的凳子上，捧着一本书（《沉思录》，我猜想），不认识你，你也不认识我。不一会儿，我合上书，坐上那种叫做公共汽车的火车，去往乡村的一个地方，年轻的海德龙在那儿度夏。那是在山上的几间出租房，俯瞰河流，对岸是冷

1　法语，紫罗兰房间。

杉树和桤木灌丛，郁郁葱葱，遮盖了你姑姑家的庄园。

现在，出现在我们眼前的是另一个人，不知来自何处——à pas de loup[1]，一个高个子男孩，长着一点点黑胡子和其他一些青春期里有的扎眼的不舒服的东西。不是我，不是海德龙。那年夏天，我们俩光顾着下棋了。这个男孩是你的表哥，当我和我的同伴在研究塔拉萨[2]的著名棋局时，他会在就餐时，想尽办法恶劣地逗弄你，把你弄哭，然后，借口说要道歉，偷偷地跟着你到阁楼上——你正躲在那儿大哭个不停，他则会吻你湿透的眼睛，热乎乎的脖子和乱蓬蓬的头发，并且试图伸到你的胳肢窝里，因为尽管年龄不大，但你已经长成一个丰腴的女孩了，不幸的是，这个男孩尽管容貌帅气、身体结实、欲望强烈，但一年以后却死于肺结核。

这以后，你二十岁，我二十三岁，我们在一次圣诞晚会上相遇，发现在那个夏天，五年以前，我们曾经做过邻居——五年浪费了！在那一刻，惊讶中的你（惊愕于命运的谬误）把一只手放到嘴边，瞪圆着的眼睛看着我，喃喃道："那就是我住过的地方！"——刹那间，闪过一个镜头，我记得，在果园旁边有一条绿色的巷子，一个茁壮的年轻女孩小心地捧着一只毛茸茸的迷路的雏鸟，但是，是不是真的就是你，再怎么猜想也很难确定或否定了。

来自一封丈夫酒后写给天堂中的他妻子的信的碎想。

1　法语，悄悄地。
2　Tarrash，十九世纪著名棋手。

十

他处理掉了她的皮衣，她的所有的照片，她用过的一块巨
大的英国海绵和剩下的薰衣草肥皂，她的雨伞，餐巾环，还
有一个小小的瓷器猫头鹰，那是她给安波买的，一直没有给
他——但是说过一定要给他的。当（十五年前）他的父母亲在
一次火车事故中双双遇难后，他曾在他的 *Mirokonzepsia*[1] 一书
中写了第三章（在后来的版本中是第二章）来减轻他的痛苦和
恐惧，在那一章里他直视死亡，把它称作是一只狗，是令人憎
恶的东西。他猛地耸了耸壮实的肩膀，就这一下，他甩掉了死
亡这个怪兽的圣洁的负担，接着，是重重的一击，灰尘四起，
那些厚厚的、陈旧的草垫、地毯还有其它一些东西纷纷跳起、
落下，于是他感受到了一种令人惊骇的解脱。但是，现在他还
能这么做吗？

她的衣服、袜子、帽子和鞋子都慈悲地随着克劳蒂娜一同
不见了。在海德龙被逮捕后不久，克劳蒂娜受到了警察的恐
吓，离开了。他打电话给几家中介公司，想找个训练有素的人
来代替她，没有哪一家公司可以提供帮助；但是克劳蒂娜走后
几天，门铃响了，楼道上站着一位年轻的姑娘，提着一个手提
包，她来要求提供服务。"就叫我，"她很有意思地说，"玛利
亚特吧。"她曾是住在楼上三十号寓所的著名艺术家的保姆和

模特；但是现在他和他的妻子被强迫要求离开这个地方，他们和另外两个画家去了一个遥远的条件更为恶劣的监狱。玛利亚特从楼上拿下来另外一个手提包，不声不响地就走进了儿童房隔壁的房间。她给克鲁格看了公共卫生部的推荐信，介绍的情况很好；她有两条非常好看的腿，一张白净、清秀，不是特别的漂亮，但还是能吸引人的娃娃脸，嘴唇总是干枯、口渴的样子，总是分开着，黑色的眼睛看上去有点奇怪，没有光泽，瞳孔与虹膜的颜色混在一起，瞳孔要比常人的更往上一点，乌黑的睫毛投下斜斜的阴影。半透明的、毫无血色的脸颊上没有一点化过妆的痕迹。克鲁格依稀记得在什么地方见过她，也许是在楼梯上。灰姑娘，衣服邋遢，在梦中云游，每次从前一天晚上的晚会上回来时脸色总是白如象牙，累得说不出话来。总的来说，她让人有点不舒服，她波浪状的棕色头发有一股栗子味，但是，大卫喜欢她，所以就让她留下做吧。

1　用拉丁字母转写的俄语，《世界观》。

十一

在他生日的这一天，克鲁格接到一个电话，说国家领导人想要接见他，火冒三丈的哲学家还没有把电话搁下，门就被撞开了——就像是在舞台上常见的那些贴身男仆，在他们假定的主人（在幕间被他们侮辱也许是殴打过）还没有拍手时，就直挺挺地闯了进来一样—— 一个衣冠楚楚的侍从副官，脚后跟咔嗒并拢站在门口，向他敬礼。一辆王宫用的黑色的巨型豪华轿车随后到来，让人想到是去参加一次盛大的葬礼，这个时候，克鲁格的恼火已经转变成了一种乖戾的好奇。他应该是西装革履的，但现在他穿着卧室里用的拖鞋，两个身材高大的看门人（和可怜巴巴的阳台上的女像柱一样，这两个人也是巴图克从王宫里继承下来的）盯着他那双心不在焉的脚看，克鲁格趿拉着鞋上了大理石台阶。从这时起，他的身边围上来一批又一批穿着制服的粗汉，他们不说话，也不做手势，但这种无形的压力死死缠着他，逼迫着他跟着他们一会儿朝这个方向，一会儿又朝那个方向。他被带着走进一间等候室，与一般的等候室不同，给你看的不是常见的杂志，而是各种需要技巧的游戏（比如，一个玻璃做的小装置，小小的光亮的孤单的可以移动的玻璃球，一定要被弄进一个没有眼睛的小丑的眼眶里）。很快，进来了两个戴着面罩的人，把他全身上上下下搜查了一遍。然后，其中一个退到一个屏风后面，而另外一个则拿出了一个标着 H_2SO_4 的小瓶子，把它藏到克鲁格左边的胳肢窝下。他让克鲁格以一种"自然的姿态"站着，然后叫了一声他的同伴。同伴走过来，满脸热切的微笑，他立即就找到了那个东西：同伴说他是透过 kwazinka（屏风之间的缝隙）看见了他放东西的地方。两人开始争吵，很快就吵得不可开交，直到来了一个 zemberl（宫中内侍）制止了他们。这位一脸严肃的老先生发现了克鲁格不得体的穿着，接下来便是在偌大的空气沉闷的宫中的一阵疯找。克鲁格身边开始出现一小堆各种鞋子的收藏品——几只脏兮兮的无带轻柔舞鞋，一只细小的女孩穿的拖鞋，上面缀饰的松鼠皮毛被虫蛀了，一些血迹斑斑的保暖防水套鞋，棕色的鞋子，黑色的鞋子，甚至还有一双中筒的冰刀靴。只有最后这双适合克鲁格的脚，又是一阵时间过去了，来了不少帮手，找了不少工具，终于把鞋底那些锈迹斑斑但品位高雅的弯形装饰物去掉了。

然后，内侍把克鲁格引见给了 ministr dvortza（内政部长），名叫冯·安伯特，有德国血统。安伯特立即宣布说自己久仰克鲁格的天才之名。他的思想是 *Mirokonzepsia* 塑造而成的，他说。此外，他的一个表弟曾是克鲁格教授的学生—— 一个著名的内科医生——是他亲戚吗？不是。部长又说了几分钟的恭维话（他说话方式很是奇怪，在说什么东西以前总是会先发出一声小小的快速的鼾声），然后他拉着克鲁格的胳膊，他们沿着一个长长的通道走去，一边是门，另一边是一溜淡青色和菠菜绿的挂毯，像是在一个亚热带森林里没完没了地穿行。访客不得不跟着参观各个不同的房间，他的引导者会轻轻地打开一扇门，然后虔敬地、轻声轻语地把他的注意引向这个或那个有趣的东西。第一个参观的房间里有一张显示这个国家地形的地图，由铜材料制作，城镇和乡村由各种颜色的珍贵的和较为珍贵的石头代表。在下一个房间里，一位年轻的打字员正在钻研一些文件，她的注意力是如此集中，而部长进门时又是如此悄无声息，以至于他在她的背后打了一声鼾后，那位女打字员被惊吓得大叫起来。接下来看的是一间教室：二十几个棕色皮肤的亚美尼亚和西西里小伙子伏在玫瑰木课桌上认真地写着，他们的 eunig，一个头发染过的、眼睛充满血丝的胖老头坐在他们前面，正在涂染指甲，一边闭着嘴打哈欠。最有意思的是在一间完全空荡荡的房间里，一些已经绝迹的家具在棕色的地板上留下了几块蜜黄色印迹：冯·安伯特在那儿流连，也让克鲁格在那儿徘徊踱步，他无声地指着一个真空吸尘器，然后来回走几步，眼睛一会儿看这，一会儿看那，似乎是在扫视一个古老礼拜堂里的神圣宝物。

但是，比这更让人好奇的东西是一个很大的口腔一样的东西。很特别，一个明亮的空间，里面有类似实验室里的规整的桌椅，以及看上去像是一个特别巨大和复杂的收音机一样的东西。从这个东西里不间断地发出捶击的声音，就像是非洲鼓的声音，三个身穿白衣的医生正忙着检查每一分钟的打击次数，而两个凶神恶煞的巴图克卫兵则通过分别计数在监管着医生们。一位漂亮的护士在一个角落读《丢弃的玫瑰》。巴图克的私人医生，一个块头巨大的娃娃脸正在一面投影屏幕后呼呼大睡。"砰，砰，砰"，机器发着声音，每隔一段时间，有一次额外的收缩，稍稍打乱了节奏。

心脏的主人——医生们正在聆听着其放大的跳动——在五十英尺以外的书房里。他的贴身卫兵们全部是皮装，且全副武装，他们仔细地检查了克鲁格和冯·安伯特的证件。后面这位先生忘了带有他出生证明的照片影印件，因此被挡在外面，尽管他态度和蔼，但还是有点不满。克鲁格走了进去。

巴图克穿着土灰色衣服，身上的红斑、脚上的囊肿都被遮住了，手背在后面站在那儿，后背朝着读者。他就这样站在一扇阴冷的法式窗户面前。白色的天空中飘浮着破絮般的云块，窗玻璃微微地响动。这个房间——真有意思——以前是一个舞厅。很多灰泥装饰给墙壁带来了生气。为数不多的几把椅子散乱地坐落在空旷的空间里，椅子是烫金的。暖气装置也是烫金的。一个巨大写字台把房间的一个角落隔离开来。

"我来了，"克鲁格说。

巴图克转过身来，走向写字台，并没有看一眼来访者。他坐进一把皮制扶手椅里。克鲁格的左脚开始生疼起来，他想在桌边找一把椅子，但没有找到，于是回头看着那些烫金椅子。他的接待者发现了：这时响起了"咔嚓"一声，写字台旁边的一个机关打开了盖，一把与巴图克的扶手椅一样的椅子从洞里跳了出来。

"蛤蟆"的面貌几乎没有什么改变，只是他的每一个看得见的器官变得更加扩张、更加粗糙了。在他高低不平的泛蓝的修整过的头顶上有一簇毛发梳理得非常整齐，而且分到两边。他皮肤上斑点的颜色比以往更深了，胖嘟嘟的鼻子上以及两侧长着很多黑色粉刺，阻塞了粗大的毛孔，人们不仅要想，是什么样的毅力制止了他把这些黑粉刺去掉。他的上嘴唇因为长了一道疤而变形了。一小片有孔胶布贴在他的下巴的一边，一块大一些的脏胶布转过来贴在脖子上，下面是一块放歪的棉垫，就在他仿军装外衣僵硬的领子上面。总之，他看上去有点太面目可憎，无法令人相信是真的，所以，还是让我们来摁一下门铃（一个铜制的鹰）吧，请一个殡仪师来给他美妆一下。好了，现在，皮肤完全清洁干净了，现出杏仁蛋白饼的光滑的颜色。头上戴上了一个富有光泽的假发套，假发是赭色和金黄色艺术地混在一起的颜色。难看的疤块涂上粉色涂料后不见了。的确，现在这确实已是一张令人羡慕的脸孔了，如果我们能够帮他把眼睛闭上的话。但是，不管花多大力气去压他的眼睑，他的眼睛还是一下子就张开了。我从来没有注意过他的眼睛，也许，他的眼睛已经变了。

那是一双被遗忘的玻璃鱼缸里的鱼的眼睛，浑浊、空洞无物，此外，与高大的克鲁格在一个房间里，让这个可怜人陷入一种忧郁的尴尬之中。

"你要见我？你有什么麻烦吗？你的实情是什么？人们总是要见我，谈他们的麻烦和实情。我厌烦了，这个世界厌烦了，我们都厌烦了。世界的麻烦就是我的麻烦。我告诉他们告诉我他们的麻烦。你需要什么？"

巴图克用一种缓慢的、没有声调的咕哝腔完成了这个小小的演说。说完以后，他低下头，看着他的手。手指上还剩下的那些指甲像纤细的线条嵌入在黄色的肉里。

"好吧，"克鲁格说，"如果你这样说的话，dragotzennyĭ（我的宝贝），我想，我需要一杯喝的。"

电话发出谨慎的响声。巴图克去接电话。他听着，脸颊抽动了一下。然后，他把话筒递给克鲁格，他顺手握住，说，"是的。"

"教授，"电话说，"这只是一个建议。一般不称呼国家领导人'我的宝贝'。"

"我知道了，"克鲁格说，舒展一下一条腿。"顺便说一下，你能送一些白兰地来吗？等一下——"

他看着巴图克，询问他的意思，巴图克做出一种有点像教士和高卢人做的那种无力和愤慨的姿势，举起双手，然后又放下。

"一杯白兰地和一杯牛奶，"克鲁格说，放下电话。

"二十五年多了，Mugakrad[1]，"沉默了一会儿，巴图克说。

1　第五章提到巴图克喜好把别人的名字做回文游戏，这里他用回文的方式说出克鲁格（Adam Krug）的姓名。

"你就像以前一样，但是这个世界还是往前走了。Gumakrad[1]，可怜的，Gumradka[2]。"

"是的，"克鲁格说，"两个人可以来聊聊过去的时光，回想回想老师的名字和他们的一些癖好——有意思的是，多年来都保持不变，还有什么比一种习惯性的怪癖更有意思？说吧，我的宝贝，说吧，先生，这些我太熟悉了，真的，我们还真有比雪球和墨渍更重要的事情可说。"

"你会后悔的，"巴图克说。

克鲁格敲了敲他这边的桌子。然后，用手指触摸一把长长的象牙裁纸刀。

电话又响了。巴图克接听。

"你不应该动这儿的刀，"他对克鲁格说，边把电话放回去，边叹了口气。"你为什么要见我？"

"不是我，是你。"

"那么——我为什么要见你？你知道吗，疯子亚当？"

"因为，"克鲁格说，"我是唯一一个在跷跷板的另一端、可以把你的那一端翘起来的人。"

门上响起手指关节清脆的敲门声，内侍端着一个叮当响的盘子迈步进来，他熟练地给两个朋友送上喝的东西，并递给克鲁格一封信。克鲁格呷了一口酒，读信。"教授，"信上说，"这还不是正确的姿态。你应该记住，尽管关于学校记忆的这

---

1 2 第五章提到巴图克喜好把别人的名字做回文游戏，这里他用回文的方式说出克鲁格（Adam Krug）的姓名。

座短窄和脆弱的桥梁把两边连在一起，但是权力和尊严的深渊把它们远远隔开，即使是一个伟大的哲学家（也就是你——是的，先生）也不能期望能够去测量这中间的距离。你不能沉溺于这种放肆的亲昵中。我们必须再次提醒你。我们恳求你。希望你的鞋子不是太硌脚，谨致以良好祝愿。"

"原来如此，"克鲁格说。

巴图克用杀过菌的牛奶滋润了他的嘴唇，声音沙哑地说：

"现在让我来告诉你。他们过来对我说：为什么这个智者可以闲着？为什么他不为国家服务？我回答说：我不知道。他们也很困惑。"

"他们是谁？"克鲁格冷冷地问。

"朋友，法律的朋友，法律制定者的朋友。还有乡村兄弟会的，城市俱乐部的，还有大地方分会。为什么会是这样，为什么他不和我们在一起？我只是在重复他们的询问。"

"见你的鬼去吧，"克鲁格说。

门轻轻地开了，一只胖灰鹦鹉嘴里衔着一张便条走了进来。迈着笨拙灰白的双腿，它摇摇摆摆地走向桌子，它的脚爪发出指甲没有修剪过的狗在清漆地板上弄出的那种声音。巴图克从椅子里跳出来，快步走向那只老鸟，像踢足球那样一脚把它踢出门外。然后"砰"地一下把门关上。电话发疯似的响了起来。他拔掉电话线，把整个电话放进抽屉里。

"好了，现在可以告诉我答案了，"他说。

"这正是你欠我的，"克鲁格说，"首先，我要知道你为什么逮捕我那四个朋友。是想在我身边造成真空？让我在真空中发抖？"

"国家是你真正的朋友。"

"我知道了。"

从长长的窗户里进来的灰色光线。拖船悲哀的呜咽声。

"这真是一幅漂亮的画面——你是魔王[1]，而我是男婴，紧紧趴在那个无可争辩的骑手身上，穿透神秘的雾，啪！"

"我们所需要的只是一小部分，带手柄的部分。"

"没有，"克鲁格说，一拳击在桌子上。

"我请你谨慎。墙上都是伪装的洞，每一个里面都有一杆枪对准着你。对不起，说话时请不要做手势。今天他们都很易受惊吓。是天气的缘故。灰色的阴郁。"

"如果，"克鲁格说，"你不能让我和我的朋友宁静生活，那么让他们和我出国。这会省下你很多麻烦。"

"你到底反对政府的什么？"

"我对你的政府根本不感一点儿兴趣。我憎恶的是你那种让我感兴趣的企图。让我一人独处吧。"

"'独处'是语言中最卑鄙的词。没有人可以独处。当一个有机体中的一个细胞说'让我独处'，那么结果就是癌。"

"他们被关在哪个或哪几个监狱里？"

"对不起，你说什么？"

---

1 Erlkönig，日耳曼民间传说中的鬼怪，长胡子并戴金色王冠的巨人，专做戏谑坏事，对孩子尤其厉害。

"安波在哪儿，比方说？"

"你想知道的太多了。这些纯粹是无聊的技术问题，对你这样头脑的人没有一点儿好处。现在——"

不，事情实际上并不是这样进行的。首先，在接见时，巴图克多数时间是沉默不语的。他说的也只是一些简短的客套。是的，他确实是敲过桌子（他们都敲过），克鲁格自己也敲桌子，表示回复。除此，两个人都没有表现出紧张的样子。如果从上往下拍照的话，他们两个在照片上都会很像中国人，木偶似的，外表柔弱，但是在他们衣服下面很可能是坚硬的木质模型——他们一个趴在一缕灰色的光照着的写字台上，另一个斜朝着台子坐着，跷着二郎腿，上面一只脚的脚趾一会儿朝上，一会儿朝下——一些秘密的观察者（比如，一些具有人形的神）从上往下看人的脑袋形状，肯定会乐不可支。巴图克简短地问克鲁格他的寓舍是否够暖和（当然，要不是没有煤炭短缺的话，没有人期望会有什么革命发生），克鲁格回答说是的，还可以。那么，他想要牛奶和萝卜时有碰到问题吗？是的，有一点。他在一张日历纸上记下克鲁格的回答。他知晓克鲁格丧妻后表示悲伤。马丁·克鲁格教授是他的什么亲戚吗？他的妻子那边有什么亲戚吗？克鲁格给他提供了一些必要的数据。巴图克身子靠回到椅子里，用他的六边形铅笔的橡皮一端轻扣他的鼻子。一会儿，随着他思索的变化，他改变了拿铅笔的位置：现在，他握住铅笔的一端，水平放置着，在一只手的拇指和食指之间转动，似乎对这个艾伯哈特·法贝 No.2$\frac{3}{8}$ 德国造铅笔的消失和重现的过程很感兴趣。这个动作并不复杂，但是，演员还必须得非常小心，不要做过头，就像格拉夫[1]在某个地方说过的"恶意的做作"。这个时候，克鲁格在一小口一小口地喝他的白兰地，一边轻柔地摇动着玻璃杯。突然，巴图克身体朝前倾向写字台，一个抽屉弹了出来，一张饰有缎带的打字纸稿出现在眼前，他把它递给克鲁格。

"我必须戴上我的眼镜，"克鲁格说。

他把眼镜拿到脸前，通过远处的窗户透进来的光线看那份纸稿。左镜片上的中间有一处模糊的螺旋状的雾块，很像一个幽灵的拇指的印迹。他朝镜片上哈气，用他的手帕擦拭，这当口巴图克给他解释事情的缘由。克鲁格将被任命为大学校长，替代阿卒罗斯。他的薪金会比他的前任高出三倍，阿卒罗斯的薪金是五千克伦。此外，他还会配有一辆小汽车，一辆自行车和一台笔迹装置。在大学开学的那一天，克鲁格会非常友善地做一个公开的演讲。他的讲话将以新的版本重新发表，与政治行动保持一致，做一些修改。另外，还会有奖金、学术休假、彩票和一头奶牛——很多东西。

"这个，我猜想，就是讲话稿，"克鲁格谨慎地问道。

巴图克说道，为了不让克鲁格费心去写那个东西，他的讲话稿已经由专家们准备好了。

"我们希望你会喜欢，就像我们一样。"

1　Reinier de Graaf (1641—1673)，荷兰解剖学家。

"那么，这，"克鲁格重复道，"就是讲话稿。"

"是的，"巴图克说，"现在，你慢慢读吧，仔细一点。哦，顺便说一下，有一个字需要改一下。我看看是不是已经改了。请给我看——"

他伸出手从克鲁格那里拿打字稿，胳膊把牛奶打翻了。杯里剩下的牛奶在台子上形成肾脏形状的一摊。

"是的，"巴图克说道，把稿子还给克鲁格，"已经改过了。"

他忙着把各种东西从台子上拿走（一个铜制老鹰，一支铅笔，一张托马斯·庚斯伯罗[1]《蓝色的男孩》的图画明信片，一个镶在镜框里的《阿陀布朗迪尼的婚礼》[2]复制品，画中那位新郎不得不抛弃那些半裸体的、戴着花环的漂亮女仆，只是为了那位满身裹起来的、神态笨拙的新娘），然后用一张已经打湿的纸胡乱地擦了几下牛奶。克鲁格 sotto voce[3] 开始读：

"女士们，先生们！公民们，士兵们，妻子们和母亲们！兄弟们和姐妹们！革命把一些问题（zadachi）带到了我们的眼前，这是一些前所未有的困难的问题，具有极大的重要性和世界性（mirovovo mashtaba）意义。我们的领袖已经采取了最为坚决的革命措施，以唤起广大被压迫者和被剥削者的无限的英雄气概。在最短（kratchaïsbiï）的时间（srok）里，政府已经建立了中央机构，为这个国家提供最重要的产品，它们将以固定

---

1 Thomas Gainsborough（1727—1788），英国画家。

2 公元前一世纪罗马壁画。

3 拉丁语，压低声音。

的价格，玩乐 [1] 的方式进行分配。对不起——有计划 [2] 的方式。妻子们，士兵们和母亲们！反动派这个九头蛇 [3] 还会抬起它的头……！"

"这不对，那东西不止有一个头，是吧？"

"记下来，"巴图克咬着牙齿说，"在边上注明一下，好了，麻烦你再往下读。"

"'就像我们一个古老的谚语说的那样，"丑妇最可信"，但是，很显然，不能把这句话用到敌人正在散布的"丑陋的谣言"上来。比方说，有一个谣言说什么我们的知识分子中的精华反对现在的政体。'

"'掼奶油' [4] 难道不是更合适？我是说，从这个比喻的——"

"记下来，记下来，这些细节没有关系。"

"'不对！一句话，不对！那些怒不可遏、大发雷霆、大声斥责、咬牙切齿、恶言恶语像倾盆大雨（potok）一样不间断地泼向我们的人，并不是直接说我们的坏话，而只是"含沙射影"。这个"含沙射影"太蠢了。根本不是反对，相反，我们这些教授、作家和哲学家等等，满腔热情和满身学识地支持这个政体。

"'不，先生们；不，叛徒们，你们那些最"明确的"语

---

1 2 原文分别为 playful 和 planful，拼写相似。

3 hydra，源自希腊神话，相传割去九头中的任意一头，会生出两个头。

4 whipped cream，字面意思也可以理解为"被鞭打的精华"。

言，你们那些宣言，那些笔记不能削弱这些事实。你们也许可以恶意曲解我们最好的教授和思想家支持这个政体这个事实，但你们不能篡改这个事实，他们是支持这个政体的。我们非常高兴，也非常自豪和广大群众一起迈步向前。黑暗中的物质重新知道了如何使用眼睛，并且敲掉了曾经架在那个所谓的思想的长鼻子上的玫瑰色眼镜。不管从前我曾经想过什么、写过什么，有一件事情现在对于我是清楚的：不管它们属于谁，两双看着一只靴子的眼睛看的是同一只靴子，因为在两双眼睛里反映的是同样的靴子；更进一步说，喉管是思想的位置所在，因此，思想的活动就是一种漱口。'

"有意思，有意思，最后一句话听起来是从我的一部著作中的断章取义拿来的。意思完全颠倒了，那个家伙完全没有弄明白我的话的意思。我是在批判那个旧的——"

"请读下去，请。"

"'换言之，我很高兴，也很自豪要负责领导的新教育部和新大学，它们将要开启一个能动生活的时代。结果是，一种伟大的和美好的简单化将替代过去那个堕落时代邪恶的优雅。首先，我们要讲授和学习的是，柏拉图的梦想在我们国家领袖的手上成真了——'

"这纯粹是蠢话连篇。我拒绝再读下去。把它拿走。"

他把稿子扔给巴图克，后者坐在那里，眼睛闭着。

"别匆忙做决定，疯子亚当。回家去。掂量一下。别，别再说了。他们的怒火压抑不了多久了。请，请，走吧。"

这次接见，当然，就这样结束了。就这样？或者还有其他的方式？克鲁格真的就看了那份准备好的讲话稿？还有，如果看了，那么稿子是否真的就那么愚蠢？他看了，就是真的那么愚蠢。那个病态的暴君或者是国家总统或者是独裁者，或者不管他是谁——那个叫巴图克的人，另外一个称呼是"蛤蟆"——确实把一份打印得整整齐齐的神秘稿子递给了我最心仪的人物。这个扮演接受者的演员应该被告知，慢慢地、慢慢地拿过那份稿子（请让下颌一侧的肌肉一直保持动的状态），不能看着他的手，而是应该眼睛直视那位给予者：简单来说，先是看着给他稿子的那个人，然后，低下眼睛看给予的礼物。但是，两个人都很笨拙，脾气又暴躁，因此，那些监视心脏的专家在某个时刻互相点头示意，严肃地交换了意见（当牛奶被打翻的时候），他们并不是在演戏。新大学将被安排在三个月以后开学，届时，开学典礼将是一次规模庞大，满城皆知的事件，出席者包括来自国外的一批记者，一些无知的、收受了额外报酬的、带着可以放在大腿上无声打字的打字机的通讯员，还有灵魂如无花果干一样廉价的摄像师。这个国家的伟大的思想家将身着鲜红的罩袍（咔嚓）出现在国家的象征和领导人身边（咔嚓，咔嚓，咔嚓，咔嚓，咔嚓，咔嚓），用雷鸣般的声音宣布，国家比任何一个凡人都要伟大和英明。

十二

脑子里想着那场闹剧似的接见，他心想不知道要多久下一个节目会登场。到目前为止，他还是相信，只要他保持低调，不会有什么有危害的事会发生。也真奇怪，到了月底，支票像往常一样寄给了他，尽管这个时候大学已经不存在了，至少对于外面来说是这样。在幕后，还有无穷无尽的、一次又一次的会议，一堆一堆的行政活动，一个又一个各种力量的重新组合，但是，他拒绝参加这些会议，同时也拒绝接待阿卒罗斯和亚历山大接连不断地派到他这里来的各种代表团和特别使者。他给自己的理由是，当参议院里的人想尽了各种诱惑的办法后，他们或许会让他安静一会，因为一方面不敢逮捕他，同时也不情愿让他舒舒服服地去流放，另一方面政府还是抱着一种顽固的，虽然是那么可怜的期望——也许最后他会服软。未来呈现的灰暗与他现在处于鳏夫这个状态的灰色心情正好相配，假使没有朋友要担忧，没有孩子要精心呵护，他也许会伴着黄灯静心做一些研究：比如，他一直希望能多知道一点奥瑞纳时期的文化，还有一个西班牙贵族和他的女儿在奥尔塔米拉岩窟里发现的那些奇怪的肖像（也许尼安德特半人——巴图克和他的同党的直系祖先——给奥瑞纳人当过奴隶）。或者，他还可以研究一下神秘的维多利亚时代的通灵术（这种事件从一些牧师、神经质的女士和曾经在印度目睹过通灵术的退役上校那里得到过报告），比方说，有一个叫斯道里[1]太太的女人做了一个神奇的梦，关于她兄弟死亡的梦。从她的梦中，我们看到她的兄弟在一个漆黑的晚上沿着铁路往前走，走了十六英里后，他有点累了（谁又不会累？），他坐下来，脱下靴子，听着蟋蟀的叫声打起了瞌睡，这时一辆火车隆隆地开了过来。七十六节装羊的车厢（与"数羊入睡"形成有趣的戏仿）开了过去，竟然丝毫未碰到他，但是这时候车厢外挂的一个凸出物过来，砸到了他的后脑勺，立即就让他一命呜呼。我们也许还可以研究一下可爱的彼迪小姐"入睡表象"（仅仅是表象？）的问题，她有一次做了一个噩梦，醒来后，梦中的魔鬼还清晰可见，她坐起来查看魔鬼紧紧抓住床侧栏杆的手，但是魔鬼隐身进了壁炉上方的装饰物里去了。滑稽，但我就是忍不住，他心想，一边离开扶手椅，走到房间另一头去整理他乱七八糟的褐色晨衣，随着晨衣在卧榻上铺平，有一端看上去很像是一个中世纪人的脸。

他看了看一些零散的东西，那是他零零碎碎收集起来准备写一篇文章用的，但是他从来就没有写过，也不会再去写了，因为他已经忘了要写的主要观点和组合成这篇文章的密码。比如，一些莎草纸书，是一个叫做莱茵德的人从几个阿拉伯人那里买来的（他们说是从靠近拉美西姆的一个废墟堆里发现的），

---

1 Storie，与"故事"（story）发音相同。

这些莎草纸书声称可以解开"所有的秘密，所有的谜"，但是（就像彼迪小姐的魔鬼一样），后来发现那只是一本课本，里面的空页上，一些公元前十七世纪的不知名的埃及农民曾经在上面做过一些很初级的计算。一份剪报上提到国家级的昆虫学家已经退休，并且成为森林协会的顾问，人们不禁要想到这是不是对于死亡的文雅的东方式的委婉说法？在另一张纸上，他抄下了一首著名美国诗歌里的几段

一个奇怪的景致——这些羞报的熊，
这些胆怯的武士般的捕鲸者

现在，大潮已经到来，
渔船抛下缆绳

我的地图里没有这个地方
真正的地方从来不在地图里
这可爱的光亮，并没有照亮我，
所有的可爱都是痛苦[1]

还有，当然，那有关来自俄亥俄的蜂蜜猎寻者的甜蜜滋味的死

1　出自十九世纪美国作家麦尔维尔的小说《白鲸》中的第五、六、十二、三十七章。

亡 [1]（从我的性情出发，我将保留我的叙述风格，我曾经用这种风格在图拉 [2] 给一屋子我的俄国朋友讲述过那个故事）。

特露格尼尼 [3]，这个最后一位塔斯马尼亚人死于一八七七年，但是这位最后的克鲁格尼尼 [4] 却不能记起这与以下事实有什么关系，即，那些在公元一世纪时可食用的加利利鱼 [5] 主要是丽鱼科鱼和鲃属科鱼，尽管在拉斐尔的《神奇的一网鱼》中，我们在这个年轻画家想象出来的不知是什么地方的河塘里发现了这两种样本的鱼，显然它们都属于灰鲻鱼家族，从来就没有在淡水里看到过。说到同一个时期的罗马斗兽大会（有野兽的表演），我们发现，演出舞台上画有一些别具一格的岩石（后来成为"浪漫主义"风景画中的装饰物）和可有可无的树林，而舞台的下面是地窖，里面充满尿臊味，奥菲士 [6] 在利爪寒光闪现的真狮子和熊之间，但是这个奥菲士是由一个罪犯来饰演的，演出以一头熊杀死了奥菲士结束，提图斯 [7] 或者尼

---

1 出自《白鲸》第七十八章，原句为："只有一个更加甜蜜的结局能够被回想起来——那个来自俄亥俄的蜂蜜猎寻者的甜蜜滋味的死亡，那个人想要在一棵空心树的丫杈处掏蜜，他看到了多得超过想象的蜜巢，但因为身体太靠前了一点，掉了进去，被蜂蜜淹死了。"

2 Thula，美国田纳西州一地名。

3 Truganini，澳大利亚塔斯马尼亚岛最后一个土著人。

4 Kruganini，戏仿 Truganini（特露格尼尼）。

5 指《圣经》里记载的耶稣用五片面包和两条鱼来赈济大众的神奇事迹。拉斐尔在《神奇的一网鱼》画作中描述了类似的故事。

6 Orpheus，希腊神话中的神，一个诗人和歌手，善弹竖琴，弹奏时猛兽俯首。

7 Titus（79—81），罗马皇帝，以残暴统治闻名。

禄[1]或者巴图克在那里快乐无比地观看，据说，"艺术"就是这样通过"人的兴趣"把这种快乐表现出来。

最近的星星是半人马座α[2]。太阳大概在九千三百万英里之远。我们的太阳系来自一个螺旋形星云。德·西特[3]，一个悠闲的人，曾经估算过"无边的但有限的"宇宙直径在一亿光年左右，质量大约在一千的六次幂的一千的五次幂克左右。我们可以很容易想象在公元三千年，人们会对这样天真的胡扯嗤之以鼻，然后再用他们自己的胡想来代替。

"罗马是没有人能够毁灭的，即使是野兽般的德意志以及其蓝眼睛的青年也灭不了罗马，但内战正在摧毁罗马。"克鲁葵易斯[4]真的让我非常羡慕，他真的是看见过贺拉斯的Blandinian手稿（于一五五六年被毁掉了，发生在靠近根特的位于布兰庚伯赫的圣彼得本笃会修道院被暴民洗劫之后）。哦，乘坐那个庞大的四轮马车沿着亚壁古道[5]的长途旅行，那会是什么样的感觉？同样的赤蛱蝶停在同样的大鳍蓟的头上扇动翅膀。

我羡慕的人生：长寿，安宁的时代，安定的国家，寂

1　Nero（54—68），罗马皇帝，因残酷而声名狼藉。

2　Alpha Centauri，即南门二。

3　De Sitter（1872—1934），荷兰数学家、物理学家、天文学家。

4　Cruguius（1678—1754），荷兰计量学家。

5　the Appian Way，公元前312年古罗马建造的大路，由罗马通向布朗迪西恩（今称布林迪西），全长约366英里。

静的声誉，沉默的满足：易瓦赫·阿森[1]，挪威语文学家，一八一三——一八九六，发明了一种语言。我们现在有太多的 homo civis[2]，太少的 sapiens[3]。

利文斯通医生[4]提到过，有一次在和一个布须曼人[5]谈了一阵关于神的话题后，他发现这个蛮人以为他是在说一个叫做萨考米的当地头领。蚂蚁生活在一个气味定形的宇宙中，一个化学构型的世界。

古老的琐罗亚斯德[6]关于日出的图案，波斯尖拱的原型。罗马天主教讲述的那些血腥恐怖的墨西哥牺牲祭礼上的场景，或者是那个骗子预言者萨曼纳加[7]说的关于"福摩萨"的那些事——九岁以下的"福摩萨"男孩的心脏在他的命令下被放在祭坛上火烧——全是苍白、生涩的十八世纪欧洲制造的骗局。

他把笔记扔进写字台的抽屉里。它们死了，没有用了。他胳膊支在台子上，身子在扶手椅里轻微晃动，慢慢地抓挠头盖上粗糙的头发（就像巴尔扎克的头发一样，他不知在什么地方对此做过笔记）。一种阴郁的情绪袭上心头：浑身空虚，他永远不会再写书了，他太老了，无法低头再重新建造这个世界，

1　Ivar Aasen（1813—1896），挪威语文学家，词典编撰家，诗人。

2　拉丁语，市民。

3　拉丁语，睿智者。

4　Dr Livingstone（1813—1873），苏格兰公理会传教士，曾在非洲探险。

5　Bushman，非洲纳米比亚和博茨瓦纳等地的居民。

6　Zoroastrian，曾在波斯地区流行。

7　Psalmanazar（1679—1763），法国人，编造谎言，声称来自"福摩萨"（旧时西方人对中国台湾的称呼），会说当地语言。

在她死的时候，这个世界已经塌陷了。

他打了一个呵欠，心想什么样的脊椎动物先开始打呵欠的，而且，是不是可以这样设想，从进化的角度讲，这样一个单调的痉挛似的动作第一次发出了表示疲倦的信号。也许，如果我有一支新钢笔，而不是这支破笔，或者是一把全新的，比如，放在一个细腰花瓶里的二十支削好的铅笔，一令象牙一样润滑的纸，而不是这些，让我来瞧瞧，满是皱褶的纸，有十三张之多（在第一张上面，大卫画了一个有两只眼睛的长长的脑袋），我或许就会开始写我要写的、不知道是什么的东西，不知道，除了模模糊糊知道那是一个鞋子形状的轮廓；我感觉到了一种纤毛虫的颤抖在我焦躁不安的骨头里；当你正试图记起什么，或者试图理解什么或者找到什么，还有，也许你的膀胱很充盈，你的神经紧张，你会感到一种 shchekotiki（就像我们在孩提时常说的），半刺半痒的感觉，但总的来说，这样一种混合的感觉并不是不好（如果不是太长的话），而且当你最后找到一块拼图，刚好可以填上，这时还会产生一种小小的高潮或者是"petit éternuement intérieur[1]"。

打完呵欠时，他思忖到，像他这样的一个人，体格是太壮了，身体是太健康了：要是他干瘪一点，肌肉松弛一点，疾病常缠身一点，也许他的心态会更加平静一点。闵豪生男爵[2]式的

---

1 法语，体内小小的喷嚏。

2 Baron Munchausen，十八世纪德国男爵，以讲述一些离奇夸张的冒险经历而闻名。

夸张的故事。但是，每一个原子是自由的：它想怎么跳动就怎么跳动，一会儿快，一会儿慢，什么时候吸收、什么时候散发能量，它自作主张。在一些旧小说中，男性人物使用的一些办法也许还管点用：把脑门贴在冰冷舒适的窗玻璃上。他就这么站着，可怜的感应者。正在融化的一片片的雪，灰色的早晨。

几分钟后（如果他的表没有错的话），应该要去幼儿园接大卫了。从隔壁房里传来的慢腾腾的声音和半心半意的捶击声表明玛利亚特正忙着表达她对条理的模糊概念。他听到她那双两边镶着脏皮毛的拖鞋"踢踏""踢踏"的声音。她干家务活时身上总是几乎什么也不穿，只套上一件半透明的睡袍，而且已经磨损的褶边连膝盖都没有遮到，这让人很是难受。Femineum lucet per bombycina corpus[1]。可爱的脚踝：她曾经获得过一个舞蹈奖项，她说。一个谎言，我猜想，就像她说的大多数事一样；尽管转而一想，她倒确实有一把西班牙扇子和一副响板在她的房间里。神不知鬼不觉地，他曾经匆匆地朝她房间里瞥过几眼，那时候她正带着大卫在外面，没有什么特别原因（或者是他要找什么东西？不）。房间里散发着她浓烈的头发味和 Sanglot（一种廉价的香水）味；一些薄透的脏衣物杂七杂八地堆放在地板上，床头柜上放着一个玻璃杯，插着一枝棕粉红色的玫瑰，还有一张她肺部和脊柱的巨幅 X 光照片。她的厨艺糟透了，他不得不每天要从街角一家口味不错的餐厅给他

1　拉丁语，穿着丝绸的发亮的女体。

们三个外带一餐，以便能饱餐一顿，至于早餐和晚餐就只能依靠鸡蛋、燕麦粥和各种腌制食物凑合了。

又看了一眼表（甚至听了一下），他决定到外面去走一走，散散心。他发现灰姑娘在大卫的房间里：她停下手中的活，拿起了一本大卫看的动物书，正津津有味地读着，身子斜靠在床上，半坐半躺，一只脚伸在外面，赤裸的脚踝搁在一把椅子的后背上，拖鞋已经脱下，脚趾在活动。

"我自己去接大卫，"他说，眼睛移开她显露出的棕粉色的阴影。

"什么？"（这个可怜的孩子并没有让她费神改变姿势——只是停下脚趾抽动，抬起她无神的眼睛。）

他又重复了他的话。

"哦，好的，"她说，眼睛又回到了书上。

"还有，请，请穿上衣服，"克鲁格离开房间时，又加了一句。

应该再找一个，他想，一边走上街道；一个完全不同的，年纪大一点的，穿衣服的。他明白，这纯粹是习惯的缘故，经常给三十号的黑胡子艺术家做裸体模特的结果。事实上，在夏天的时候，她说过，他们在家里都不穿衣服——他，她，还有艺术家的妻子（从革命前展出的各种油画中，可以看出她有一个让人印象深刻的身体，身上有无数的肚脐眼，有些人看了直皱眉，另外一些人则惊讶不已）。

幼儿园是一间敞亮的小房子，由他以前的一个学生，一个叫做克拉拉·兹克丝佳的女人和她弟弟米龙在经营。孩子们从他们这里能够得到的最大的快乐来自一组衬上衬垫的复杂隧道，里面的空间刚好可以让一个人手脚并用爬着行进，但此外还有薄纸板做的砖头，一些机械火车和小人书，还有一只好动活泼的粗毛狗，名叫巴索。这个地方是奥尔嘉一年前发现的，大卫的年纪到这个幼儿园有点太大，但他非常喜欢在那个隧道里爬来爬去。为了避免与其他家长打招呼，克鲁格在门口停下来，大门后是一个小花园（现在全是一些水坑），有一些给来访者坐的凳子。大卫是第一个从粉刷得色彩花哨的木头房子里跑出来的。

"玛利亚特为什么不来？"

"反而是我来了？戴上你的帽子。"

"你和她可以一块儿来的。"

"你是不是没有套鞋了？"

"嗯——嗯。"

"好，把你的手给我。如果你再到那些水坑去……"

"如果我是不小心（nechaianno）踩到的呢？"

"我会看得出来的。来，raduga moia（我的彩虹），把你的手给我，我们要走了。"

"比利今天拿来了一根肉骨头。哇——肉骨头。我也要拿一根来。"

"是黑黑的比利还是那个戴眼镜的小家伙？"

"那个戴眼镜的。他说我妈妈死了。看，看，一个扫烟囱的女人。"

（这是最近才出现的事，因为一些不明不白的国家经济的变化、裂变、变裂或者滑变——但是，却让孩子兴奋不已。）克鲁格没有说什么。大卫继续说：

"那是你的错，不是我的。我左脚的鞋子都是水，爸爸！"

"是的。"

"我左脚的鞋子都是水。"

"是的。对不起。我们走快一点。你说说怎么回答的？"

"什么时候？"

"比利跟你说你妈妈的蠢话的时候？"

"没说什么。我应该说什么呢？"

"但是，你知道他说的是很愚蠢的话。"

"是的吧。"

"因为即使她真的死了，对于你和我来说，她也没有死。"

"是的，但是她没死，不是吗？"

"不是我们说的那种死。一根肉骨头对你和我算不了什么，但对巴索却是天大的事。"

"爸爸，它对着那根骨头狂吠。它趴在那儿，用爪子扒住骨头，狂吠。兹克小姐说它有骨头时，我们不能碰它或者跟它说话。"

"Raduga moia!"

他们现在到了普里高姆巷。一个满脸胡子的人又在克鲁格家门前值班了，克鲁格知道他是一个暗探，每天中午准时出现。有时他兜售苹果，有时装扮成邮递员的样子。天很冷的时候，他会站在一家裁缝店的玻璃窗后，像一具假人模特；克鲁格曾经为了自娱长时间盯着他看，弄得那可怜的人儿窘促不安。今天他在查看房子的正面，在一个小本子上记着什么。

"在记雨点呢，检查员？"

那个人抬起头，脚步移动，脚趾踢到了马路牙子上。克鲁格笑了。

"昨天，"大卫说，"我们经过时，那个人朝玛利亚特眨眼睛。"

克鲁格又一次笑了起来。

"你知道吗，爸爸？我觉得她和他在电话里聊天。每次你出去的时候，她总是打电话。"

克鲁格大声笑了起来。他猜想，这个古怪的女孩子喜欢和不少人打情骂俏。有两天下午她不在家里，大概就是找情人们去了，那些花花公子、运动健将、斗牛士。这会让她走火入魔吗？她到底是什么人——一个用人？一个被收养的孩子？如果都不是，那么是什么？什么都不是。我完全清楚，克鲁格思忖，一边止住了大笑，她只是和一个又矮又胖的女性朋友一块儿去看电影而已——她是这么说的——我没有什么理由不相信她；假如我真的认为她是那种人，那么我该早把她解雇了：因为她会把病菌带给孩子。奥尔嘉准会那么做的。

上个月，楼里面的电梯被整个移走了。来了一些人，在那个不幸的男爵的小屋门上贴上封条，然后把它搬上货车，小屋原封不动，丝毫未损。里面的那只鸟儿吓得竟然未动一下翅膀。或者，他原本也是一个间谍？

"不用，不用按铃。我有钥匙。"

"玛利亚特！"大卫大声叫喊道。

"我想她出去买东西了，"克鲁格说着走向洗手间。

她站在浴缸旁，正在用肥皂抹后背，一只手在背上曲里拐弯地运动着，或者至少是在她后背上一些凹进去的、狭窄的、闪着水珠光亮的地方，她那只甩在肩膀后面的手在抹着肥皂。她的头发用一块头巾那样的东西高高扎着。从镜子里可以看到她褐色的腋窝和晃动的浅色乳头。"马上就来，"她声调拉长地回应。

克鲁格重重地把门关上，一副厌恶的样子。他大步走向孩子的房间，帮大卫换上鞋子。当安格利斯克俱乐部的人送来一块肉饼和一个米粉布丁时，她还在洗手间里，晃动着年轻的臀部。送餐的人走后，她从洗手间里出来了，甩动着头发，接着跑进她的房间，套上黑色连衣裙，一分钟后又跑了出来，开始布置餐桌。到晚饭结束时，报纸来了，还有下午的邮件。会有什么样的新闻呢？

十三

　　政府一直给他寄送很多印刷品，尽是宣传取得的成绩和目标这样的内容。在他的邮箱里有电话账单和他的牙医给他的圣诞节贺卡，同时他还常看到一些油印件，内容如下：

　　亲爱的公民，根据宪法第五二一条，以下四个自由是全体国民所拥有的：（一）言论自由，（二）出版自由，（三）集会自由，（四）游行自由。快速的印刷机器，充足的纸张供应，宽敞的集会大厅和宽阔的街道由人民支配，通过这个方式自由可以得到保障。那么，我们应该怎么来理解前两个自由呢？对我们这个国家的公民而言，报纸是一个集体组织者，其职责在于帮助读者完成分配给他们的各项任务。而在一些别的国家，报纸纯粹是商业行为，公司把印刷出来的东西卖给读者（因此，有必要通过充满噱头的标题和耸人听闻的故事来尽量吸引公众），我们的报刊的主要目的是提供一些信息，让每一个公民在错综复杂的国内和国际问题面前拥有一个清晰的认知，由此，指引读者的行为和情感走向必要的方向。在别的国家里，我们看到不计其数的相互倾轧。每一份报纸都极尽其所能，耍尽花招，这样一种纷扰杂乱的局面在普通人的头脑里造成混乱不堪的结果；但在我们这个真正的民主国家里，一个统一的报界担负起了为国家提供正确的政治教育的责任。我们报纸上的文章不是出自个别人的怪诞的念头，而是为读者精心准备的成熟的启迪，反过来，读者也以同样认真、严肃和专注的态度接受报纸。

我们报刊的另一个重要的特色是当地通讯员之间的自愿合作——信件，建议，讨论，批评，等等。因此，我们认为我们的公民拥有免费获得报刊的权利，这是在任何其他地方不曾有闻的。是的，在其他国家，到处都在说"自由"，但是事实上，资金的缺乏却让很多人无缘印刷物。一个百万富翁和一个工人显然并不会享有同样的机会。

我们的报刊是国家的财产。因此，不会为了商业的目的经办报纸。在资本主义的报纸上，甚至是一则广告都会影响其政治倾向：当然，在我们这里，这是根本不可能的。

我们的报纸由政府和公共组织出版，绝对是独立于任何个人的、私人的和商业的利益。独立，就其本质而言，是自由的同义词，这是显而易见的。

我们的报纸完全地、绝对地独立于上述利益的影响，因为它们与报纸所属的和服务的人民（而不是任何其他的主人）的利益相连。因此，我们的国家并不是在理论上，而是在实际上享有言论的自由。同样，这也是显然的。

其他国家的宪法也提及各种各样的"自由"。但是，现实中，那些"自由"是极其有限的。纸张的缺乏限制了出版的自由；没有暖气的大厅让人们不能自由聚集，在交通管制的借口下，警察驱散示威和游行者。

通常，其他国家的报纸为资本家服务，他们或者是有自己的报刊机构，或者是在其他报纸上获取了一个栏目。比如，近来，一个叫做包尔布莱尔[1]的记者被一个商人以几千美元的价格售卖给另一个商人。

在另一方面，当五十万美国纺织工人上街游行时，报纸却在报道有关国王、女王、电影和剧院的事。在那个时段，在所有的资本主义报纸上出现的最受欢迎的图片是两只稀有的闪动着 vsemi tzvetami radugi（七彩颜色）的蝴蝶的照片。但是，有关纺织工人罢工的却只字不见！

就像我们的领袖曾经说过的那样："工人们知道在所谓的'民主'国家里的'言论自由'是一句空话。"在我们自己的国家里，在现实和由巴图克宪法授予公民的权利之间没有任何矛盾，因为我们有足够的纸张供应，诸多优秀的印刷出版社，宽敞温暖的公共大厅，以及环境优美的场所和公园。

我们欢迎咨询和建议。只要申请，图片和详细介绍小册子免费邮寄。

1　Ballplayer，意为"打球的人"。

（我要把它保存下来，克鲁格想，我要把它经过特殊处理，使其得以留存到未来，给自由的幽默作家们带来永恒的快乐。是的，我要把它保存下来。）

至于新闻，在《埃克利斯》或者《暮钟》或者其他政府控制的日报里，什么也没有。但是，社论倒是写得极富气度：

> 我们相信，唯一的真正的艺术是遵纪的艺术。所有的其他艺术，在我们这个完美国度里，只是顺从最高号角声的变体。我们热爱我们所属的集体，甚于热爱我们自己，我们更加热爱我们的领袖，他是我们这个时代的象征。我们拥护完全的一体化，平衡和融合国家的三套程序：生产、执行和思想。我们拥护在同胞公民中建立一个利益的共同体。我们拥护在爱人和被爱者之间树立强有力的和谐关系。

（克鲁格在读着这些段落的时候，经历了一阵眩晕，一种"斯巴达人"式的触及身体的感觉：鞭子和棍棒，音乐，以及夜晚的恐怖。他略微知道文章的作者—— 一个卑微的老人，多年前曾用"潘克拉特·塔兹古丁"的笔名编辑过一本集体迫害的杂志。）

另外一篇严肃的文章——真奇怪，这些报纸都变得如此深沉。

"一个从来就不属于共济会或者兄弟会、俱乐部、工会或者诸如此类的组织的人是一个不正常的危险的人。当然，有一些组织曾经臭名昭著，如今被废除了，但是对于一个人来说，即使是隶属于一个政治上不正确的组织也要胜于什么组织都不属于。作为每一个公民都需真诚地赞赏和看齐的典型，我们应该提到我们的一个邻居，他坦诚说，在这个世界上没有什么，即使是最紧张的侦探故事，或者是年轻妻子的丰腴胴体，再或者是每一个年轻人都曾做过的将来某一天成为领导人的白日梦，所有这些都不能媲美每个星期与同伴友好相聚，在鼓舞欢庆——同时也是共享使命——的气氛中同唱一首歌得到的快乐。"

近来，参议院的选举占据了报纸的大量篇幅。一个三十人的名单，由巴图克掌控的特殊委员会拟定，在整个国家里传阅，选民们需要在这中间选出七位。这同一个委员会还确定了"backergrupps"，也就是一些个名字得到了特殊代表的支持，那些代表叫做"magaphonshchiki"（用大喇叭做武器的"支持者"），他们在街角为他们的候选人鼓吹呐喊，由此产生一种激烈的竞选的假象。整个选举混乱不堪，谁胜谁败无甚重要，报纸努力要做的是造成一种紧张激动的局面，每日发布特殊社论，告知这个区或那个区的斗争结果。有意思的是，在最激动人心的时刻，一些农业或工业领域的工人队伍就像是昆虫在某种非正常的氛围里纷纷开始交媾一样，会向其他领域的队伍提出挑战，宣布进行"生产竞赛"，以表示对选举的庆祝。因此，这些"选举"产生的一个直接结果并不是参议院人员组成的任何变化，而是一些产品产量"报表曲线"的直线上升，一派热情似火的气象，尽管也让人精疲力竭；制造的产品有：收割机，奶油焦糖（亮丽的外包装，上面是裸体女孩在肩膀上抹香皂的图片），kolbendeckelschrauben（活塞栓），nietwippen（撬杠机），blechtafel（铁皮），krakhmalchiki（上过浆的男用衣领，男童也可用），glockenmetall（铜钟），geschützbronze（铜炮），blasebalgen（风箱）以及其他一些实用的小装置。

关于工厂工人或集体食堂菜农的各种会议记录，专门为解决记账问题而写的短小文章，警告文告，各种专业协会活动的新闻，以及文字发音清脆、排列成楼梯形状的（每一行的酬金也附带提高了三倍）献给巴图克的诗歌的详细报道完全替代了快乐和轻浮时期常见的谋杀案、婚讯和拳击比赛。似乎是世界的一边被击了一下后陷入瘫痪，而另一边则露出了怀疑的——稍稍愚蠢的——微笑。

十四

　　他从未沉溺于追寻真正的实体，唯一，绝对，悬挂在宇宙的圣诞树上的钻石。透过一排排监狱的铁窗，一个有限的人去窥视无形的虹彩，他总是能够感到一丝淡淡的嘲笑。即使这个**东西**能够被捕捉住，那么为什么他或者是任何一个人，就此事而言，希望这个东西会失去它的鬓毛，它的面罩，它的镜子，成为没有任何修饰的赤裸裸的本体？

　　另一方面，如果（就像一些更有智慧的晚近数学家们认为的那样）物质世界可以说是由计量单位组成（各种各样的应力，由电子组成的日落），它们在物理范围之外的阴影地带里像 mouches volantes[1] 一样移动着，那么，当然可以说，局限于计量可计量的物质意味着最令人蒙羞的徒劳。你，把你和你的条尺、磅秤一块拿走吧！因为没有你的规则，在一个没有事先安排的科学的撒纸屑追逐游戏[2]中，赤脚的物质的确快过光。

　　我们因此可以想象透过一个三棱镜或者监狱，彩虹是八色的天体波，在那里，透明脑袋的天体演化学学者持续不断地互相穿过各自振动着的真空，而在这周围，各种参照系与斐兹杰惹[3]收缩效应一同跳动。然后，我们狠狠地摇晃一下望远镜万花筒（宇宙是什么，不就是一个装有各种细小彩色玻璃碎片的容器吗？通过镜子的组合，这些碎片在被旋转时以对称的方式出现——注意：是在被旋转的时候），然后把那该死的东西扔掉。

我们中有多少人曾是重新开始——或认为他们是在重新开始！之后，他们审视自己的成果。请看："哭柳"赫拉克利特[4]闪现在门口，"灰烟"巴门尼德[5]正从烟囱里出来，毕达哥拉斯[6]（早已经在烟囱里面了）正在一块磨得发亮的地板上画窗架的影子，苍蝇在地板上玩耍（我停下来了，你嗡嗡飞过，然后，我嗡嗡飞起，你又停下来；再然后，啪—啪—啪，于是我们都飞起来了）。

长长的夏日。奥尔嘉弹钢琴。音乐，井井有条。

克鲁格的问题，克鲁格寻思，是在其长长的盛年时期，他极其成功地、巧妙地拆分了他人的体系，并且因为其表现出的顽童般的幽默感和讨人喜欢的见识而名声响亮，但实际上，他是一个可悲的大傻子，那种所谓的"见识"最后被证明只是一步一步地自我退缩去迎合笑吟吟的疯狂。

一直以来，他都被称为是他这个时代最著名的哲学家之一，但是他知道没有人能够真正定义他的哲学的特色是什么，或者

1　法语，飞动的苍蝇。

2　paper chase，指"大兔"越野追逐（假扮兔子者在前面边跑边撒纸屑，假扮猎犬者在后跟踪追赶的户外活动）。

3　George Francis FitzGerald（1851—1901），爱尔兰物理学家，发现振荡电流产生电磁波，提出运动物体速度接近光速时物体运动方向产生收缩的相对论概念。

4　Heraclitus，古希腊哲学家，认为一切都在流动变化中，"人不能两次走进同一条河流"。

5　Parmenides，古希腊哲学家，认为思想与存在是同一的，无生灭的。

6　Pythagoras，古希腊哲学家、数学家，认为数是万物的本原。

"著名"到底是指什么，或者什么叫"他的时代"，或者那些其他的名人又是谁？当国外一些作家被称为是他的门徒时，他却在他们的作品中怎么也找不到任何与批评家们说的——没有经过他的同意——风格与思想的相似之处，因此最后他开始把自己（生气勃勃的天然未加雕饰的克鲁格）视为一个幻觉，抑或是这种幻觉的一个制造者之一，一大批文雅之士（还有不少附庸风雅的人）都高度欣赏这种幻觉。这与小说中会经常出现的现象异曲同工，小说作者和他肯定的小说人物，常会强调主人公是一个"伟大的艺术家"或"伟大的诗人"，但是拿不出任何证据（主人公的绘画展示，具体的诗歌举例）；的确，小心为妙，还是不要出示这样的证据，因为任何例子都达不到读者的期待和想象。克鲁格一方面思索着是谁把他吹捧起来的，是谁把他投射到名利的屏幕上去的，另一方面，奇怪的是，他又情不自禁地感到他当之无愧，他的的确确是要比身边的大多数人伟大、聪明；但是，他同样也清楚，人们在他身上看到的——也许他们并没有意识到这点，并不是一些值得肯定的东西的正面性的扩张，而是一种无声的冰封爆炸（似乎是在炸弹爆炸的瞬间，掀起的气浪凝固了），一些碎片优雅地在半空中凝滞。

当这样一种头脑——如此擅长"创造性的毁灭"——对自己说，就像一个被误导的可怜的哲学家（哦，那个被压扁的难受的"我"，那个隐藏在我思中的靡菲斯特 [1]）会说的那样："现

1　Mephisto，《浮士德》中的恶魔。

在我已经扫清了道路，现在我要开始建造，古代哲学的神灵将不会来侵扰"——一个普遍的结果是一些老生常谈，它们是从人造湖里捞出来的，而此前又是为了这个目的特地被放入湖中。克鲁格希望找寻出来的不单单属于未描述的种、属、科、类，而是某种代表崭新的纲的东西。

现在，让我们来弄清这个问题。要解决的问题中什么更重要："外在"问题（空间，时间，物质，外面的未知事物）还是"内在"问题（生命，思想，爱，内部的未知事物）或者是（又一次）它们间的接触点（死亡）？因为我们都认同这一点，难道不是吗，作为问题的问题确实存在，即使这个世界来自"有"的虚无中的无中生有。或者，是不是可以说"外在"和"内在"也是幻觉，一座大山可以说是代表了千万个美梦，而希望和恐惧则可以很容易被描述成冰盖和海湾？

回答！哦，多么精致的景致：一个逻辑学家在荆棘丛中和思想的陷阱中小心翼翼地择路而行，在一棵树上或一个悬崖上刻上标记（这个地方我经过了，这条尼罗河有人来过了），往回看（"换言之"），谨慎地探一脚泥泞的沼泽地（现在，让我们继续——）；在一个暗喻或者是一个简单的例子（让我们假设一个电梯——）基地处卸下一车的旅行者；坚持往前，克服万难，最后胜利地到达他做过标记的第一棵树！

然后，克鲁格想到，最重要的是，我是意象的奴隶。我们总说这个东西像另一个东西，而我们真正渴望做的是描述一个不像地球上任何一个东西的东西。某些想象掺入"时间"观后变得面目全非，因此我们开始相信在无限的过去和永恒的未知之间实际上存在着永远移动着的闪光的裂纹（认知点）。我们并不能真正测定时间，因为在巴黎的展示盒里并没有捕捉到金秒，但老实说，你难道不觉得几个小时的长度比起几英里的长度更容易确切地想象？

现在，女士们，先生们，我们要说到死亡的问题。也许可以这么说，真理和实践都表明，寻求完美的知识等于是让时间和空间里的某一点与其他每个点相汇：死亡要么是瞬间获取完美的知识（类似于，比方说，圆形地牢的石头和青藤的瞬间分解，以前，囚徒只能透过两个视觉上融为一体的小孔，向外看以获得一丝满足，而现在，随着墙的消失，他可以观察整个圆形的地形），或者说是绝对的虚无，nichto[1]。

而这，克鲁格嗤笑，就是你所说的全新的思想的门类！再多来几条鱼吧。

谁能够相信他强大的大脑会变得如此无序？以前，每当他拿起一本书的时候，那些划线的重要段落，他在页边快速做的笔记几乎都会自然而然地汇聚到一起，于是一篇新的文章、一个新的章节成竹在胸——但现在他连从积灰的厚地毯上捡起因力乏而掉落的沉甸甸的铅笔都几无可能。

1　用拉丁字母转写的俄语，虚无。

十五

第四天，他在一堆旧纸堆里搜寻，翻出一份他在华盛顿哲学学会做过的亨利·道尔讲座的复印件。他重读了一段他援引的针对物质概念极富争议的文字："当一个躯体全身变得甜蜜和白色时，这种白色和甜蜜的运动在各个地方重复并且混合在……"（Da mi basia mille[1]。）

第五天，他步行到司法部，要求面谈他朋友的被捕之事，但后来得知这个地方已经被改成了一家旅馆，而那个他以为是一个高官的人只是一个侍者领班。

第八天，他教给大卫看如何用两根交叉的手指指尖触摸一粒面包屑，在接触的过程中可以产生一种镜子效应（触摸到第二粒面包屑的感觉），这时，玛利亚特在一边饶有兴趣地看着，赤裸的前臂和肘部搁在他的肩膀上，不停地扭动着身子，棕色的头发把他的太阳穴蹭摩得痒痒，一边用一根织毛衣的棒针擦摩她的大腿。

第十天，一个叫做弗克斯的学生试图要见他，但他不同意，部分原因是他从来就不愿意在他的办公室（现在，根本不存在了）外费心做与学术有关的事，但是，最主要的原因是他有理由相信这个弗克斯很可能是政府派来的间谍。

第十二天的晚上，他梦到他正在悄悄地享有玛利亚特，她坐在他的腿上，脸上露出一点痛苦的表情，这是在排演一出戏，她被安排演他的女儿。

第十三天的晚上，他醉了。

第十五天，一个不熟悉的声音在电话里通知他，布兰奇·海德龙，他朋友的姐姐，已经被偷偷地送到国外，现在布达弗科，很安全，似乎在欧洲中部的某个地方。

第十七天，他收到了一封奇怪的信：

"里奇[2]先生，我在国外的一个代理得到你的两个朋友，伯伍兹和马百勒太太传来的消息，你想购买屠劳克的杰作《逃跑》的复制品。如果你愿意费心在星期一、星期二或者星期五下午五点左右来我店（'布里卡不拉卡'，迪姆兰普[3]街十四号），我将乐意与你讨论这个可能性——"一块很大的墨渍遮抹了句子的后半部分。信的署名是"彼得·奎斯特，古董商"。

他花了很长时间研究城市的地图，发现这条街在地图的西北角。他放下放大镜，取下眼镜。一会儿，他又戴上眼镜，拿起放大镜，嘴里发出小小的疑虑声——在这种情况下他常常这样，试着找到一条能够把他带到那里的公共汽车路线（红线标志）。是的，这可以做到。不知怎么的，忽然间，他脑子里出现奥尔嘉看着镜子里的自己时抬起她左眉的神态。

1　拉丁语，给我一千个吻。出自古罗马诗人卡图卢斯《诗集》第五首、给蕾丝比亚（Lesbia）的情诗。该句诗句在纳博科夫《洛丽塔》中也有引用。

2　Rich，意为"富有的"。

3　Dimmerlamp，意为"昏暗的灯"。

所有的人都是这样的吗？就好比头脑中的牢房被典狱长的孩子打开了大门，一张脸，一个短语，一片风景，一个气泡，突然间从过往的记忆中浮出，而实际上脑子里想的却完全是另外的事情，所有的人都有过这样的情形吗？这种情形也发生在进入梦乡之前的瞬间，你以为你在想着的东西实际上根本不是你想的东西。或者是这样一种情况：两辆思想的客车，一辆赶上了另一辆。

外面，糙裂的空气中已有了一丝春天的味道，尽管年头才刚刚开始。

一可笑的新法律这样规定，每一个坐公共汽车的乘客不仅需要出示护照，而且还要给售票员看一张签上名、标上号码的照片。检查照片、签名和号码与护照上是否一致是一个很长的过程。此外，还有另一个规定，如果出现没有付准确车票价钱的情况（票价是每英里 $17\frac{1}{3}$ 分），多余的钱只能到一个遥远的邮局去取回，而且条件是不能超过下车后三十三个小时。苦不堪言的售票员要盖章，写收据，这导致了更长的耽搁，还有——出自同样的规定，汽车只能停在不少于三个人下车的站点，于是时间耽搁之外又加上一片混乱。但奇怪的是，尽管有这么多的措施，这些日子里公共汽车上还是挤满了人。

克鲁格最终还是到达了目的地：他贿赂了两个年轻人（每个人十个克伦），凑足必要的三个人一起下了车，下车的地方正好是他的目的地。他的两个伙伴（他们老实承认，他们把这样的事当作了生计）下车后立马又跳上了另一辆正在行进中的有轨电车（这里面的规章还要更加复杂）。

　　他出来的时候，天已经黑了。这条弯曲的小街与它的名字还真相衬。他有些激动，但又没有把握，惴惴不安。他看到了逃离巴图克格勒，进入一个陌生的国度的可能，就像是回到了他的过去，因为他自己的国家在过去曾经是自由的国度。假如空间和时间可以融为一体的话，那么逃离和返回则也可以互换。过去特有的时光（其时未被珍惜的幸福，她富有光泽的头发，给孩子读拟人动物故事书的声音）看来似乎可以用一个国家的生活替代，或者至少可以仿效——他的孩子可以在安全、自由、和平的国度里长大成人（一片星星点点躺满人的长海滩，一个阳光宝贝和身着丝绸的拉丁美人—— 一则美国的广告，不知在什么地方看到过，不知怎么地回忆起来了）。我的上帝，他心想，que j'ai été veule[1]，几个月前就该这么做了，那个可怜的好友说的是对的。街上似乎有很多书店和灯光黯淡的酒吧。到了。花鸟图画，旧书，一只斑点花纹的瓷器猫。他进到了店里。

　　店主彼得·奎斯特是一个中年人，棕色的皮肤，扁平鼻子，修剪过的黑色胡子和波浪式的黑色头发。他穿着简单整洁的蓝白条纹夏装。克鲁格进来时，他正和一个脖子上披着老派灰色羽毛披巾的年老女士道别。她很认真地瞧了一眼克鲁格，然后放下 voilette[2]，闪身出去。

1　法语，我曾经如此软弱。
2　法语，面纱。

"知道是谁吗？"奎斯特问。

克鲁格摇摇头。

"见过已故总统的遗孀吗？"

"是的，"克鲁格说，"见过。"

"他的姐姐呢——见过她吗？"

"我想没有。"

"嗯，那就是他的姐姐，"奎斯特漫不经心地说。克鲁格擤了一下鼻子，趁擦鼻子的时候扫了一眼店里面的东西：满眼都是书。高高一堆的阿歇特书店[1]出版的图书（莫里哀的著作和诸如此类的书），肮脏的纸，快散架的封面，在一个角落里腐烂。一本十九世纪早期讲述昆虫世界的图书中有一幅漂亮插图，上面是一只单眼天蛾和它的绿皮毛虫，毛毛虫依附在一根细枝上，弓起脖子。一张已经褪色的大幅照片（一八九四）上有十二三个穿紧身衣、留络腮胡的人，戴着假肢（有几人的两条胳膊和一条腿都是假肢），另一张色彩鲜艳的密西西比河平底船的绘画，两张东西镶嵌在画框里。

"嗯，"奎斯特说，"非常高兴见到你。"

握手。

"是屠劳克给了我你的地址，"古董商态度和悦地说，他和克鲁格在商店靠里的两把扶手椅上坐了下来。"在我们说到任何安排以前，请恕我直言：在我的一生中，我一直在做偷渡的

1　Librairie Hachette，1826 年由法国人路易·阿歇特创建。

事——毒品，钻石，名画杰作……现在——则是人。我做这一切只是为了满足我个人利欲熏心，但是我做得很好。"

"是的，"克鲁格说，"是的，我知道。前段时间，我曾到处打听屠劳克的下落，但是他有事外出了。"

"对，就在被捕以前他收到了你那封雄辩有力的信。"

"是的，"克鲁格说，"是的。这么说，他已经被逮捕了。这我不知道。"

"我与那些人都保持着联系，"奎斯特解释道，略微向前躬一下身子。

"告诉我，"克鲁格说，"你有任何我的朋友——麦凯西莫夫夫妇，安波，海德龙的消息吗？"

"什么也没有，当然，我可以很容易想象出，他们肯定会发觉监狱那一套制度是多么让人生厌。请允许我拥抱你，教授。"

他身子向前，用一种老派方式在克鲁格的肩膀上吻了一下。眼泪从克鲁格的眼睛里涌出来。奎斯特下意识地咳嗽了一声，继续说道：

"但是，请不要忘记，我只是一个商人，而且心无旁骛，所以，这些不必要的情感……不在我眼里。是的，我想要救你，但是我做此事也为了钱。你需要付我两千克伦。"

"这不多，"克鲁格说。

"不管怎么，"奎斯特冷冷地说，"需要有一个勇士把我战栗的顾客带过边境，这笔钱用以支付他是足够了。"

他站起来，取过一盒土耳其香烟，递给克鲁格一支（他不要），点上，在一个做烟灰缸用的粉紫色的贝壳里仔细地摆放尚在燃烧的火柴头，使其继续燃烧下去。火柴头蠕动着，变黑了。

"不好意思，"他说，"刚才有点感情用事。看到这块疤了吗？"

他把手背给克鲁格看。

"这，"他说，"是我四年前在匈牙利的一次决斗中落下的。我们用的是骑兵马刀。我受了好几处伤，但还是杀死了我的对手。他是一个很了不起的人，头脑聪明，心地温柔，但是他开了个不幸的玩笑，把我的小妹妹说成是'cette petite Phryné qui se croit Ophélie[1]'，你知道的，那个浪漫小东西曾试图要在他的游泳池里淹死自己。"

他抽着烟，静静地。

"这么说，没有办法把他们从那里弄出来吗？"克鲁格问。

"从哪儿？哦，我知道了。不。我的组织是一个不同的类型。在我们的专业术语中我们称为 fruntgenz（边境鹅），而不是 turmbrokhen（越狱者）。那么，你愿意付我说的数？Bene[2]。如果我问你把你现在所有的钱都拿出来，你还会愿意吗？"

"当然，"克鲁格说，"任何一个外国大学都会酬报我的。"

奎斯特笑了起来，开始专心致志地从一个盛放药片的小瓶子里忸怩做作地取出一小块棉球。

"你知道吗？"他说，露出一副假笑。"如果我是一个密

---

1 法语，那个自以为是奥菲利娅的小芙莉妮。

2 意大利语，好。

探，当然我不是，这个时候我会在心中这么想：马当卡（假设这是你在间谍部门的绰号）急着要离开这个国家，不在乎要花多少钱。"

"天哪，你说得真对，"克鲁格说。

"另外，你还要给我一份特殊的礼物，"奎斯特继续说道，"那就是，你所有的图书，你的手稿，你写的每一页东西。在你离开这个国家的时候，你会像蚯蚓一样赤身裸体。"

"太好了，"克鲁格说，"我会把废纸篓里的东西都给你留下来的。"

"好的，"奎斯特说，"如果是这样的话，那么，就这么多。"

"你什么时候能安排？"克鲁格问。

"安排什么？"

"我的出逃。"

"哦，那个。嗯——你很急吗？"

"是的。非常非常急。我要把我的孩子弄出去。"

"孩子？"

"是的，一个八岁的男孩。"

"是的。当然，你有一个孩子。"

奇怪的停顿。奎斯特的脸上慢慢地浮现一层暗红色。他低下头，用一双柔软的手咂摸嘴巴和脸颊。真是一帮傻瓜！只有他能升职了。

"我的顾客，"奎斯特说，"要走上大约二十英里的路，穿过蓝莓林和蔓越橘沼泽地。剩下的时间他们要卧伏在卡车的底层，每时每刻经受颠簸。食物很少，而且粗糙。在连续十个小时或更长的时间里，正常的生理需求都不能得到满足。你的体质是可以的，你能忍受。自然，带着你的孩子是完全不可能的。"

"哦，我认为他会像一只老鼠一样安静的，"克鲁格说，"我可以背着他，我能走多远就可以背他多远。"

"总有一天，"奎斯特喃喃道，"你连背他到火车站的几英里路都走不到。"

"对不起，你说什么？"

"我说：总有一天，从这里到火车站的距离你都背不动。当然，这不是问题的关键。你能想象有多么危险吗？"

"能估摸一点。但是，我决不能把我的孩子留下来。"

又一次停顿。奎斯特把一小块棉花卷到火柴头上，伸到左耳里面挖起来。他颇为满意地查看着从耳朵里挖出来的宝物。

"那好，"他说，"我会搞定怎么做的。当然，我们得保持联系。"

"我们不能确定一个会面时间吗？"克鲁格提议，一边从椅子里起来，找他的帽子。"我是说你也许事先需要一点钱。是的，我明白。交易在私下进行。谢谢。"

"不用谢，"奎斯特说，"下个星期的某一天怎么样？星期二可以吗？下午五点左右？"

"很好。"

"你能费心到尼普顿桥找我吗？对，靠近第二十个灯杆。"

"当然可以。"

"乐意为你服务。我想说，我们这次短小的交谈应该把事情都弄得非常清楚了。很遗憾，你不能久留。"

"想到回去要这么长的路，"克鲁格说，"就让我发抖。要花上几个小时的时间。"

"哦，不过我可以告诉你一条更短一点的路，"奎斯特说，"等一下。一条很短、很好走的捷径。"

他走到螺旋向上的楼梯下，抬头向上喊道：

"麦克！"

没有回答。他等了一下，一会儿脸朝上，一会儿又朝向克鲁格——并没有真正看着他：眨巴着眼，听着。

"麦克！"

还是没有回答，过了一会儿，奎斯特决定上楼去，自己去拿他要的东西。

克鲁格扫视着书架上一些乱七八糟的东西：一个锈迹斑斑的旧自行车车铃，一把棕色的网球拍子，一个象牙笔架，上面有一些细小的水晶洞眼。他眯缝起眼睛，闭上一只眼，他看见朱红色的落日和一座黑色的桥。Gruss aus Padukbad[1]。

奎斯特哼着小曲快步从楼梯上下来，手上拿着一串钥匙。他从中挑选出最闪亮的一把，打开楼梯下的一扇秘门，默默地指向一个长长的通道。通道里灯光黯淡的墙上贴着一些过时的招贴画，还有弯曲的管道。

1　德语，来自巴图克堡的问候。

"哇，太谢谢了，"克鲁格说。

奎斯特已经在他后面关上了门。克鲁格走进通道，他的外衣敞开，双手插在裤子口袋里。他的影子伴随着他，就像是一个黑人侍者提着一堆包包。

很快，他来到另一扇门前，门由粗糙的木板随便拼凑在一起。他推开门，一脚跨进了自己住的公寓的后院。第二天早上，他下楼去查看这个出口，发现这个地方现在掩藏得非常巧妙，一部分与支撑院墙的木板连在一起，另一部分与一间破旧厕所的门混杂在一起。离这个地方不远的砖块地上，那个被安排在这儿的可怜的侦探和一个蹩脚的手风琴演奏者坐着玩chemin de fer[1]，一张脏兮兮的黑桃九搁在他们脚下的灰地上。他感到烦躁不安，焦急难耐，脑子里想象着一个铁路月台，他瞥了一眼纸牌和一些橘子皮，这些橘子皮给轨道间的煤灰带来了些许生气，轨道上停着一辆普尔曼客车，在夏日烟云中等待着他，但是不一会儿后，将会驶出车站，远远地、远远地进入薄雾笼罩、宛如仙境的卡罗来州[2]。火车经过暮色渐浓的沼泽地，像是悬挂在夜晚的天穹中，随后穿越电报线网，像布纹纸上的水印一样贞洁，火车在滑动，如同一簇透明的细胞在劳累了的眼睛上浮动，乘客头上淡柠檬色的灯光即将神秘地跨过玻璃窗里青绿色的景致。

---

1 法语，一种纸牌游戏，原意为铁路。
2 the Carolinas，指美国南卡罗来纳州和北卡罗来纳州。

十六

　　三把椅子，一竖排排在一起。同样的主意。

　　"什么？"

　　"火车头的排障器。"

　　放在第一把椅子腿旁的中国象棋棋盘代表排障器。最后一把椅子是观察车厢。

　　"我知道了。好了，现在，火车驾驶员必须要上床睡觉了。"

　　"快点，爸爸。上车。火车要开动了！"

　　"不，亲爱的——"

　　"哦，求你了。坐下来，就一会儿。"

　　"不，亲爱的——我告诉你了。"

　　"但是，只是一会儿。哦，爸爸！玛利亚特不想来，你也不想来。没有人愿意在我的超级火车上与我一起旅行。"

　　"不是现在。现在是该——"

　　准备上床，上学——睡觉时间，吃饭时间，洗澡时间，不仅仅是"时间"，而是该起来了，该出去了，该回家了，该熄灯了，该去死了。

　　如此疯狂地爱一个小家伙，思想家克鲁格心想，该是多么大的痛苦！这个小东西是那么的不可思议（对我们而言，比灰白橄榄园中最初的思想家们看来更加不可思议），两个神秘的人或是不计其数的神秘组成的个体的产物，同时，这也是一个选择的问题，一个碰巧的问题，一个纯粹是魔法的问题；就这样，神秘一个一个积聚起来，意识充盈其间，成为世界上唯一真实的东西，是最不可思议的神秘。

他看见了一两岁时蹒跚学步的大卫，坐在码头海关办公室边上一个年轮清晰的树桩上。

他看见大卫骑着一辆自行车，在灿烂的连翘花丛和纤细光滑的桦树间穿行，沿着一条标明"自行车不通行"的小路骑去。他看见他在游泳池的边上，俯身躺着，穿着湿漉漉的黑色短裤，一个肩胛高高抬起，一只手向外伸出，溅起的晶莹的水花灌满了一艘玩具驱逐艇。他看见他在街边一家光鲜闪亮的店里，店内一边卖面霜，另一边卖冰激凌，大卫坐在高高的柜台上，伸长脖子朝向压嘴糖浆瓶。他看见他扔出一个球，手腕一翻动作特别，他还没有见过别人有这么扔球的。他看见他长成了一个青年，正在穿过洒满阳光的校园。他看见他身穿奇装异服（如同赛马骑师服，只是鞋子和袜子不同），美国球赛运动员穿的那种服装。他看见他正在学习飞行。他看见他，两岁时，坐在夜壶上扭动着身子，嘴里低声唱着什么，在他屋里的地板上，连同已被磨损的夜壶从一个地方跳到另一个地方。他看见了四十岁的大卫。

在与奎斯特敲定见面的那一天傍晚，他来到桥上；他在那儿察看，想到拿这个地方作为见面地点有可能比较危险，因为有士兵在那儿；但是士兵们早就不见了，桥被遗弃了，奎斯特什么时候都可以到桥上来。克鲁格只有一只手套，他也忘了戴眼镜，没法再看一下奎斯特给他的便条，上面有口令、地址、简略地图，以及解开克鲁格一生的密码的答案。但是，这些都没有关系。头顶上近在咫尺的天空乌云翻腾，灰色、半透明、形状不规则的、硕大的雪花慢悠悠地、垂直地降落下来；当雪花落到库尔河黑色的水面时，它只是在上面漂浮，而不是立即融化，这有点奇怪。更往前一点，在云的那一端，天空突然亮堂起来，河也看得真切，它们在朝着桥上的人微笑，远处群山的边缘升起一抹珍珠母贝色的光芒，河流，微笑着的悲哀，以及河边楼房傍晚亮起的第一处灯光就是来自那个地方，只是时间不同。看着雪花落在黑黝黝美丽的河面上，克鲁格心中争辩道，雪花和河水两者其中必定有一个不是真的，要么雪花不是真的，要么河水不是真的，或者河水是真的，而雪花只是由一种不溶于水的特殊材料做成的。为了解决这个问题，他从桥上扔下那只孤零零无伴手套，但是没有不正常的事发生：手套干脆利落一头扎进波光粼粼的水面，沉入水下，不见了。

在河的南岸（他是从那儿过来的），朝上游的方向，他能够看见巴图克粉色的宫殿，哥特式教堂铜制的圆顶和一棵公共花园里没有叶子的树。在河的另一边，矗立着几排旧住宅楼，过了这些楼就是医院（看不见，但他知道在那儿，因为他心痛），她就是在那儿死去的。他斜坐在一张石头凳子上，观望河水，脑子里想着这些东西，一艘拖船拖着一艘驳船出现在远处，与此同时，最后一片雪花（头上的云块似乎正在融入已经发亮的天空中）落到了他的下嘴唇上：普通的湿软的雪花，他心想，但是刚才落到河面上的雪花也许是不同的。拖船稳稳地驶来。在要驶进桥底下时，外面有两圈绯红色的巨大的黑色的轮船烟囱被拉向了后面，两个船工紧拽绳子，用尽全力往后拖拉；其中一个是中国人，这个城里大多数在河上干活的人，还有大多数洗衣工都是中国人。在驳船的后面，晾晒着五颜六色的衬衫，还可以看见船上一些种在花盆里的天竺葵，还有，很胖很胖的奥尔嘉身着那件他不喜欢的黄色衬衣，双手叉腰，抬头看克鲁格，驳船进入拱桥下，不见了。

他醒了（四肢摊开，躺在扶手椅子里），立刻意识到一件非同寻常的事已经发生了。这与做梦或者是未被打扰的安静，抑或他感到的身体的异样不适（局部充血）没有任何关系，或者与他能够想起的与他的房间的样子（灯影下，灰尘遍地，凌乱不堪）没有任何关系，与一天的什么时间也无任何关系（早上八点四十分，早早吃过早饭后他睡着了）。已经发生的事情是，他知道他又能够写作了。

他来到洗手间，冲了一个冷水澡，像是回到了他曾经当过童子军的时代，文思如泉涌，舒舒服服地穿着干净的睡衣和晨服，钢笔吸满墨水，但是这时他想起现在是大卫上床的时间，他决定先对付大卫，以免过后被打扰。过道里，三把椅子还是一竖排搁在那里，大卫躺在床上，一部纤维制的磨砂的大书封面上放着一张纸，铅笔在上面来回快速地移动着，发出不是太刺耳的声音，"嚓嚓，咝咝"，继而变成"嚯嚯"声。慢慢地，纸页上出现封面略微凹凸的形状，接着，魔术般地、精确地——与铅笔移动的方向没有关系（正巧偏斜），拓印出了几个瘦长的白色的字母"ATLAS"（地图册）。你不禁要想到一个人的一生是否也可以这样拓印——

铅笔发出"噼啪"一声，大卫试图固定已经松动的笔芯，想用铅笔的木头部分做依托，继续他的拓印过程，但是铅芯断了。

"好了，"克鲁格说，他急着要回去写作，"该熄灯了。"

"旅行故事还没开始，"大卫说。

已经连续几个晚上，克鲁格和他一起讲这个故事，在故事中大卫要去往一个遥远的国家，途中要经历很多冒险（上次说到，我们蹲伏在一副雪橇底下，敛声屏息，身上覆盖的是羊皮毯子和装土豆用的空袋子）。

"不，今晚不讲了，"克鲁格说，"太晚了，我很忙。"

"不晚，"大卫突然坐起来，嚷道，眼神炯炯，拳头狠击地图册。

克鲁格拿走书，俯下身给了他一个吻，道晚安。大卫猛地转向墙壁。

"随你便，"克鲁格说，"不过，你最好还是说声晚安（pokoǐnoǐ nochi），因为我不会再回来了。"

大卫把床单蒙住头，闷闷不乐。克鲁格轻声咳嗽一声，起身关掉了灯。

"我不要睡觉，"大卫声音沉闷地说。

"那就随你，"克鲁格说，尽量模仿奥尔嘉教育他时悦耳的声音。

黑暗中的停歇。

"Pokoĭnoĭ nochi, dushka（小东西），"克鲁格从门口对他说。寂静。他告诉自己——有点生气——十分钟后他要再回来，重新一点一点地经历这个过程。如同以往一样，这只是整个晚上要经历的仪式的第一次排练。但是，当然，睡眠也许能解决问题。他关上门，在通道里转身时撞上了玛利亚特。"哎，你去哪儿啊？"他厉声问道，膝盖撞到了大卫放在那儿的一张椅子上。

在这个关于无限意识的初步报告中，做某些重要的概括是免不了的。我们可以看不见，但不能说我们就不能讨论视力问题。在这样的讨论过程中，我们获得的知识必定与真理有一定的关系，就像走在阳光照耀的花园小道上，视觉压力在眼帘上造成的孔雀黑点一样。

哦，是的，重要的是蛋白而不是蛋黄，叹息一声，读者会如是说；connu, mon vieux[1]！同样的老一套的了无生气的诡辩，同样的老旧的布满灰尘的蒸馏器——思想驰骋向前，像一个骑在扫把上的巫婆！但是，你错了，你这个好找茬的傻瓜。

请不要理睬我的抨击（只是出于本性），并请关注以下一点：我们能够通过试图想象无止尽的年月，黑色丝绒无尽的褶

---

1 法语，知道了吧，老兄。

缝（把干燥的丝绒塞进你的嘴巴），总之，朝着我们出生前的岁月无限延长的过去，使我们自己进入一种绝望无助的恐惧状态吗？我们不能。为什么？原因很简单，我们早已经历了永恒，已经有过不存在的经历，而且已经发现这种 néant[1] 没什么可怕的。现在我们企图（没有成功）做的是填满我们已经安全跨越的深渊，而用来填的东西则是从前一个深渊中借来的恐惧，这前一个深渊本身是从无尽的过去中借来的。由此，我们是生活在一只正在由里向外翻的袜子里面，而我们自己并不确切知道我们的意识对应于这个过程的哪个阶段。

一旦重新上路，他开始以一种有点病态（如果可以看见他的内心的话）的兴致投入写作。他曾经受过伤，裂缝曾经豁开，但是此时此刻，还是有一阵二流的灵感涌流，一些难得的意象使得他顺流而下。约一个小时后，他停了下来，重读了已经写下的四页半纸的东西。思绪现在清楚了。在一个很干练的句子里，他还不经意地提及了几种宗教（不要忘记"那个绝妙的犹太教派，它曾想象一位年轻温和的拉比死在罗马十字架上，而现在这个梦想已传遍了所有北方的土地"），但是他只是把它们比之为鬼魅和精灵，一笔带过。那一块自由自在、满天星斗的哲学天空在他面前，但是他想到他要先去喝上一杯。手上拿着打开笔帽的钢笔，他一步一蹭地走向餐厅。又是她。

"他睡着了吗？"他问道，声音含混，没有转过头来，一

1　法语，虚无。

边俯下身去拿餐具柜下面的白兰地。

"应该是，"她回答。

他起开瓶盖，往一个绿色高脚玻璃瓶杯倒了一点。

"谢谢你，"她说。

他忍不住眼睛朝她瞥去。她坐在桌旁，正在缝补一只袜子。她穿着黑色连衣裙，黑色拖鞋，对照之下，她裸露的脖子和双腿显得非同一般的白。

她停下手中的活，抬眼看他，头歪着，前额上有一些细细的皱纹。

"不是吗？"她说。

"酒不能给你，""汽水，如果你愿意的话。我想冰盒里有一些。"

"你这个可恶的男人，"她说，垂下她不是很整齐的眼睫毛，重新跷起双腿。"你这个可怖的男人。今晚我感到很爽。"

"爽什么？"他问道，重重地把餐柜门关上。

"就是爽。全身爽。"

"晚安，"他说，"别呆得太晚。"

"你写作的时候我可以坐在你房间里吗？"

"当然不行。"

他转身要走，但是她在后面叫住了他：

"你的笔在柜子上。"

见鬼，他拿着杯子回来，拿起钢笔。

"我一个人时，"她说，"我坐着，这样做，像一只蟋蟀。

听，你听。"

"听什么？"

"你没有听见吗？"

她坐在那儿，嘴唇分开，稍稍移动着合紧的大腿，发出细微的声音，柔和，似嘴唇发出的声音，间或有"咝咝"声，似乎她在摩擦两只手的手掌，但她的手并没有动。

"'唧唧'的像一只可怜的蟋蟀，"她说。

"我不巧有点耳背，"克鲁格说道，慢慢地走回他的房间。

他心想，他应该去看看大卫是不是睡着了。哦，他应该是睡着了，因为不然的话，他应该听见他父亲的脚步声，会叫他的。克鲁格不想再次走过餐厅敞开的门，于是他告诉自己，大卫至少差不多已经睡着了，贸然闯入会打搅他的，不管你是不是好意。有一点不太清楚，他为什么要对自己如此禁欲，而实际上，他完全可以在那个 puella[1]（为了她们的富有弹性的小腹，比他年轻的罗马人乐意付给那些叙利亚奴隶两万或更多的迪纳里厄斯[2]）的帮助下，美妙地排解自己生理上的紧绷与不适。也许，是一些微妙的婚姻上的顾虑或者是整个事情的浓郁的悲哀束缚住了他。不幸的是，他写作的冲动这时突然消失殆尽，他陷入不知所措之中。他没有困意，晚饭后他已经睡过了。喝了那点白兰地只是更让他难受了。他是那种人高马大、全身汗毛颇多的人，长着一张有点像贝多芬那样的脸。他在十一月失去

1　拉丁语，女孩。

2　dinarii，古罗马的小银币。

210

了妻子。他曾经是教哲学的。他非常有男子气概。他的名字叫亚当·克鲁格。

他重读了一遍他写下的东西，删去了骑在扫把上的巫婆这个句子，开始在房间里来回踱步，双手插在睡衣口袋里。那只叫格雷瓜尔的猫从椅子底下向上凝视。暖气装置在"咕咕"地响。厚重的墨蓝色窗帘后，街道寂静无声。慢慢地，他的思绪开始回到神秘的轨道上来。胡桃钳夹碎一个又一个空果子，终于夹到一个满是肉脯的果子。一阵细微的声音，像是从遥远之地传来的欢呼声的回音，头脑中出现一个新的精灵的影子。

手指甲在刮、敲门。

"怎么回事？你要什么？"

没有回答。一片寂静。然后是一声酒窝的甜笑。接着又是寂静。

他打开门。她站在那儿，穿着睡袍。乌黑的眼睛慢慢地眨着，又合上，眼神朦胧、诡异。她胳膊下挟着一个枕头，手上拿着一个闹钟。她深深地叹了一口气。

"求你了，请让我进来，"苍白的脸，五官有点像狐猴，嘴巴噘起，一副恳求的模样。"我很害怕，我真的不能一个人呆着。我有感觉，可怕的事就要发生了。我能睡在这里吗？求你了。"

她蹑手蹑脚地穿过房间，小心翼翼地把那只圆脸闹钟放到床头柜上。床头灯的光线渗透进她轻薄的衣服，衬出她桃红色的侧影。

"可以吗？"她轻声问。"我只需要很小一块地方。"

克鲁格转过身去，他站在书架旁，手压在书上，一本古代拉丁诗人的书，小牛皮的封面起了卷角。Brevis lux. Da mi basia mille[1]。他慢慢地用拳头捶书本。

当他再次看着她时，她已经把枕头放到睡衣里面，摇动着，发出无声的笑声。她拍拍怀孕状的肚子。但是克鲁格没有笑。

她的眉头皱起来，枕头和一些桃花花瓣掉在她的踝关节之间。

"你一点都不喜欢我吗？"她说。

如果，他心想，我的心能够被听见，就像巴图克的心一样，那么它强有力的震动会把死人都震醒。但还是让死人睡去吧。

她继续着她的动作，一下倒入做床用的沙发上，身子俯仰，灯光透亮：富有光泽的棕色头发和红红的耳朵。葱白的年轻的大腿等待着一个老者的手的抚摸。

他坐在她的旁边；脸色阴郁，牙关紧咬，他接受了她千篇一律的邀请，但是他刚一摸，她就坐了起来，抬起并转动她雪白的散发着栗子味的裸露的胳膊，打着呵欠。

"我想，我现在该走了，"她说。

克鲁格没说什么，他坐在那儿，愠怒、沉闷得难以忍受，

---

1 拉丁语，朦胧的光线。给我一千个吻。出自卡图卢斯《诗集》第五首。

欲望膨胀欲爆，可怜的人。

她叹了口气，膝盖靠着床单，露出肩膀，看着半透明的皮肤上黑色胎记旁她的一些伴侣留下的牙印。

"你要我离开吗？"

他摇摇头。

"我们做爱吗，如果我留在这里？"

他的手挤压着她纤弱的胯部，似乎他是在把她从树上抱下来。

"你知道的太少，或者是太多太多，"他说，"如果是太少，那么快点走吧，把自己锁起来，千万别再走近我，因为你看到的会是野兽一样的爆发，你会伤得很厉害。我警告你。我差不多是你年纪的三倍，而且是一头悲伤凶猛的动物。再有，我不爱你。"

她低头看他痛苦的感官。窃笑起来。

"哦，你不爱我？"

Mea puella, puella mea. 我火辣的、庸俗的、无比娇弱的小女孩。这是一个我握着手柄慢慢放下的细颈花瓶。这是一只粉色的蛾子，依附在——

一阵震耳欲聋的响声（门铃声，大声敲门声）打断了这些文集序言式的遐想。

"哦，求你了，快，"她快速说道，身子蠕动着靠近他，"我们快一点，我们还有一点时间做，他们很快就闯进来了，求你了。"

他粗鲁地推开了她，从地上一把抓起他的衣服。

"这是你最后的机——会，"她叫喊道，细声细气，声音像是一圈一圈的水波向外荡漾，又宛如一个又一个振荡着的问号。

他的睡衣有点像僧侣穿的衣袍，此时被胡乱卷在一起，拿在手上，他飞一样穿过走道，玛利亚特紧跟在后面，驼着背的克鲁格打开敲得不耐烦的门。

一个戴着手套，持有手枪的年轻女人，两个来自童子旅的愣头小伙：不修边幅，胡子拉碴，皮肤上布满脓包，穿着格子棉衬衫，松松垮垮的样子。

"嘿，琳达，"玛利亚特说。

"嘿，小玛利，"那个女人说道。她肩上随意披着埃克利斯士兵穿的厚重长大衣，一顶压扁的军帽也是随随便便地扣在她梳理整齐的金发上。克鲁格一下子认出了她。

"我的未婚夫在外面车里等着，"她微笑着吻了一下玛利亚特，对她解释道。"教授现在可以跟我们走，这样就可以。在我们带他去的地方，他会有一些消毒过的得体的统一制服。"

"这么说，终于轮到我了？"克鲁格问。

"你怎么样，小玛利？把教授带到那儿后，我们可以去参加一个晚会。可以吗？"

"很好，"玛利亚特说，然后压低声音问道："能和那些帅哥玩吗？"

"没问题，没问题，亲爱的，你会有更多的机会的。事实是，我会给你一个大大的惊喜。你们，小伙子们，快动起来。儿童房在那儿。"

"不，你们不能，"克鲁格说着，挡住了通道。

"让他们过去，教授，他们在履行职责。他们不会拿走你的任何东西。"

"让开，博士，我们在履行我们的职责。"

客厅半掩着的门上响起了几下规矩的敲门声，脊背轻柔地靠着门的琳达猛一下打开了门，一个身材高大、宽肩膀、身穿潇洒的类似警察制服的男人，迈着重量级摔跤选手豪迈的步伐走了进来。他黑色的眉毛茂密如灌木丛，下巴方正宽大，牙齿洁白无瑕。

"麦克，"琳达说，"这位是我的小妹。从一所着火的寄宿学校里逃了出来。玛利亚特，这是我未婚夫的最好的朋友。我希望你们两个人能相处得来。"

"当然，我希望如此，"高大健硕的麦克说，声音低沉浑厚。露出牙齿，伸出手掌，硕大无比的牛排，可以让五个人享用。

"我也当然非常高兴见到胡斯塔福的朋友，"玛利亚特故作正经地说。

麦克和琳达互相眨巴着眼睛交换微笑。

"对不起，亲爱的，我们没有把事情说清楚。我说的未婚夫不是胡斯塔福，不，肯定不是他。可怜的胡斯塔福现在只是一个抽象符号。"

（"你们不能过去，"克鲁格咕哝着说，把那两个年轻人堵在一边。）

"发生了什么？"玛利亚特问。

"哦，是这样的，他们不得不扭断了他的脖子。你知道吗，他是一个 schlapp（失败者）。"

"一个在其短短的一生中倒是抓捕了不少头面人物的失败者，"麦克插话道，语气慷慨，大度，像是他这种性格的人说的话。

"这是他的，"琳达拿枪给她小妹看，似乎告诉了她一个机密。

"那个手电筒也是？"

"不，那是麦克的。"

"哇！"玛利亚特叫道，极其崇敬地触摸着那个硕大的套着皮套的东西。

两个年轻人中的一个被克鲁格推了一下，撞到雨伞架上。

"嘿，嘿，你是不是可以停止这样推推搡搡的，多不像样！"麦克说道，把克鲁格拉向后面（可怜的克鲁格被拽得跟跟跄跄的）。两个年轻人立即冲向儿童房。

"他们会吓到他的，"喘着粗气的克鲁格嘟哝，试图从麦克的手中挣脱出来。"快让我过去。玛利亚特，帮我一个忙。"他发疯似的朝她做手势，快过去，到儿童房去，看看我的孩子，我的孩子，我的孩子——

玛利亚特看着她的姐姐，吃吃地笑着。麦克突然伸出生铁般的爪子，给了克鲁格一记狠利的手刀，这一击恰到好处，显示出极强的 savoir-faire[1]，准确地打到了克鲁格右臂的内侧，立马手臂就不能动了。麦克又趁势以同样的方式对付了克鲁格的左臂。不能动弹的双手交缠在一起，向下垂沉，克鲁格一下瘫坐在走道里三把椅子中的一把里（此时此刻，椅子已是歪七扭八，失去了原来的意义）。

"麦克这方面真是在行，"琳达夸奖道。

"是的，真的。"玛利亚特说。

这两个姐妹有一段时间没有见面了，她们不停地亲昵地笑着，眨巴着眼睛，像孩子似的轻轻地抚摸着对方。

"这个胸针真不错，"妹妹说。

"三块五，"琳达说，下巴上多出了一个褶。

"我需要去穿上我黑色的蕾丝内裤和西班牙舞裙吗？"玛利亚特问。

"哦，你穿着这一身皱巴巴的睡衣我觉得很好看啊，不是吗？麦克？"

"是的，"麦克说。

"你不会着凉的，车里面有一件貂皮外套。"

儿童房的门被突然撞开（然后又被关上了），大卫的声音刹那间传了过来：奇怪的是，这孩子并没有哭叫着求助，而是似乎想要和那两个突然闯入的来访者讲理。也许，他根本就没有睡着。那种认真、冷静、细弱的声音远比最痛苦的呻吟更加

---

1 法语，本领。

怵耳惊心。

克鲁格扭动着他的手指——麻木的感觉慢慢地消失了。镇静，镇静，尽可能地镇静；他又一次恳求玛利亚特。

"没有人知道他要我做什么吗？"玛利亚特问。

"听着，"麦克对亚当说，"要么你照我们告诉你的做，要么你拒绝。但是，如果你拒绝的话，你的麻烦就大了，明白吗？起来！"

"好的，"克鲁格说，"我会起来的。下一步是什么？"

"Marsh vniz（下楼）！"

就在这个时候，大卫开始哭喊起来。琳达嘴里发出"啧，啧"的声音（"那两个笨蛋终于下手了"），麦克看着她，寻求指示。克鲁格摇晃着扑向儿童房。与此同时，脸色发青的大卫，这个小东西，从房间里跑了出来，但立即被抓住了。"我要我的爸爸，"他拼命哭喊着，只听见声音，看不到人影。开着门的洗手间里，玛利亚特哼着小曲，正在往嘴唇上涂抹。克鲁格拼命要接近他的孩子。一个恶棍使劲把大卫按在床上，另一个家伙则想用劲抓住大卫疯狂地又踢又蹬的脚。

"松开他，merzavtzy（畜生）！"克鲁格喊叫道。

"他们只是想让他安静下来，"麦克说道，他又一次控制了局面。

"大卫，宝贝，"克鲁格说，"没关系的，他们不会伤你的。"

仍旧被两个龇牙咧嘴的年轻人按住的大卫抓到了克鲁格睡衣的一角。

这只小手必须要松开。

"好了，好了，让我来吧，先生们。别碰他。我的宝贝——"

麦克——他已经受够了——狠狠地朝着克鲁格的胫骨踢了一脚，克鲁格滚到了门外。

他们把我的小人撕成了两半。

"听着，你这个畜生，"他说道，半跪着，同时紧紧抓住通道里的衣柜（麦克正抓住他睡衣的前领，往外拖他），"我不会让我的孩子留给你们折磨。让他跟我走，我到哪儿，他也到哪儿。"

洗手间马桶的冲水声。那两个姐妹加入到了这几个男人的行列，了无兴致地观望着。

"我亲爱的，"琳达说道，"我们非常明白这是你的孩子，或者说，至少是你已故妻子的孩子，不是一只瓷做的小猫头鹰或此类东西，但是我们的职责是把你带走，别的就不关我们的事了。"

"快点，我们快点走吧，"玛利亚特恳求道，"已经太晚了。"

"让我给沙穆（参议院的议员）打个电话，"克鲁格说道，"很简单，就一个电话。"

"哦，走吧，"玛利亚特重复道。

"现在的问题是，"麦克说道，"你是自己安安静静地走呢，还是需要我把你给肢解了，然后把你滚下楼梯去，就像我们在拉高丹滚圆木一样？"

"是的，"忽然间，克鲁格决定了怎么做。"是的。圆木。是的。我们走吧。快点到那儿。不管怎样，解决问题的方法很简单！"

"把灯关掉，玛利亚特，"琳达说，"否则我们要被控告说偷了这个人的电。"

"十分钟后我就会回来的，"克鲁格用尽气力朝儿童房喊道。

"哦，看在上帝的面上，"麦克嘀咕，把他推向门边。

"麦克，"琳达说道，"我怕她会在楼梯上着凉。我看，你还是扛着她下楼好。哎，干吗不让他先走，我在后面，然后是你。快，把她背上。"

"我没有多少重量，你知道的，"玛利亚特说道，朝着麦克抬起她的胳膊。麦克的脸一下变得绯红，这个年轻的警察用一只汗涔涔的爪子勾住女孩感激的大腿，另一只托住她的肋部，轻轻地把她举起。她的一只拖鞋掉了下来。

"没关系的，"她飞快地说道，"我可以把我的脚放到你的口袋里。瞧，琳会拿着我的鞋子的。"

"真的，你确实没多少重，"麦克说。

"抱紧我一点，"她说，"抱得紧一点。把手电筒给我，它弄得我疼。"

小小的队伍朝楼下走去。这个地方寂静，黑暗。克鲁格在前面走，一圈亮光照在他低着的后脑勺和棕色睡衣上——满世界地寻找，就像是一个参加神秘宗教仪式的朝圣者，这是一幅熟悉明暗对照法的大师画出的油画，或者是这样一幅画的临摹品，再或者是后者的复制品。琳达跟在后面，她的手枪顶着他的后背，一双漂亮的弓起的脚灵巧地对付着台阶。然后是麦克，抱着玛利亚特。她手上握住的手电筒发出俏皮的、癫狂的、闪动的光亮，被放大了的扶梯，还有琳达的头发和帽子的影子滑过克鲁格的后背，蹿到朦朦胧胧的墙上。玛利亚特细瘦的手腕上长着一个很滑稽的骨节，向外凸出。好了，现在，让我们来把事情搞清楚，让我们来面对面地看一看。他们找到了把手——可趁之机。在二十一号的晚上，亚当·克鲁格被捕了。这有点出乎意外，因为他不曾想到他们会找到这样的"把手"。事实上，他一点都不知道还有这样的可乘之机。让我们一步一步来设想一下。他们不会伤害孩子的。相反，这是他们最宝贵的资产。不要瞎想，需要合乎理智的推理。

"哦，麦克，这真是太有意思了……真希望有走不完的台阶！"

他也许会睡着的。感谢上帝，他会的。奥尔嘉有一次说过，得了重感冒后，坏事会变好事。胫骨疼。如果，如果，如果，如果，如果，如果。你的靴子，dragotzennyĭ（我的宝贝），有一种蜜饯李子的味道。瞧，你把我的嘴唇刺得流血了。

"我看不见东西了，"琳达说道，"把那讨厌的手电筒关了，小玛利。"

"朝前照，你这小姑娘，"麦克嘟哝着说，呼吸有点紧张，手中赤褐色的身体尽管很轻，但却像一朵火红的玫瑰，他那双巨大的手掌一点一点地在融化。

记住，不管怎样，他们不会伤害他的。他们可怖的、腐烂的指甲——中学男孩子的那种臭味和肮脏。他们也许会摔破他的玩具。互相接抛，你伸我抓，猜手手，他最喜爱的一颗石子，蛋白石，奇特，珍贵，连我都不敢动一下。被夹在他们中间的他试图制止他们，拼命想要拿回来，要从他们手上抢下来。或者，也许，比如，他的胳膊被反扭过来，还有少年们开的下流的成人玩笑，还有——不，错了，不会是这样的，别，别这样想。他们会让他睡觉的。他们会只是在整个屋子里搜查一遍，然后在厨房里好好吃上一顿。待我一见到沙穆或者"蛤蟆"他自己，看我怎么跟他们说——

一阵狂风挟裹着我们这四个朋友走出了公寓。一辆气派的车子等着他们。方向盘后面坐着琳达的未婚夫，一个英俊的金发男人，有着白色的眼睫毛，还有——

"哦，我们是认识的。是的，没错。而且，我还曾经有幸当过教授的司机。这位便是小妹妹了，很高兴见到你，小玛利亚特。"

"进来，你这个蠢胖子，"麦克说道——克鲁格重重地在驾驶员旁边坐下。

"拿着你的鞋，还有皮衣，"琳达说，她把那件说过要给她的衣服递给麦克，他拿过衣服开始帮玛利亚特穿上。

"不——在肩上披上就可以了，"这个初涉社交界的女子说。

她晃动了一下柔顺的棕发，接着，一个特殊的分叉的姿势（一只手的手背快速伸到她精致的后颈），轻轻地挥动头发，好让头发不卡在外套衣领里面。

"可以坐三个人，"她亲昵地从车里面向外喊道，声音清丽如金黄鹂，转身朝着她姐姐，拍拍外侧的空座位。

但麦克放下了前排的座位，这样他可以正好坐在囚犯后面。他的两只胳膊放在椅背上，嘴里嚼着薄荷味口香糖，告诉克鲁格老实点。

"都上来了吗？"亚历山大博士问道。

就在这个时候，儿童房的窗户（左边的最后一个，四楼）突然被撞开了，两个年轻人中的一个露出身子来，声嘶力竭地叫喊着，好像在问什么事。因为强劲的大风，听不清他叽里呱啦地说些什么。

"什么？"琳达喊道，她的鼻子不耐烦地皱了起来。

"乌个娄沃格咯乌？"窗口的年轻人喊叫道。

"好的，"麦克自言自语。"好的，"他咕哝。"我们听见你了。"

"好的！"琳达朝上喊道，手做成大喇叭的样子。

第二个年轻人情绪激动地出现在窗口，身后是不规则四边形的灯影。他刚才正在给大卫戴上手铐，大卫此前爬上了一张桌子，试图接近窗户，但没有办到。这个头发亮闪、脸色发青的小小人影消失了。怒喝，冲撞，克鲁格的身子一半挣扎到了车外，麦克在后面紧紧抓住他，拽住他的腰部。汽车在行驶。挣扎根本无用。一串五颜六色的小动物在一片倾斜的长条墙纸上快速爬行。克鲁格坐回到座位上。

"不知道他要问什么，"琳达问道，"你确定不会有什么事？麦克？我是说——"

"他们有他们的指示，不是吗？"

"我想是的。"

"你们六个人，"克鲁格喘着气说，"你们六个人都会被枪毙，如果我的孩子受到伤害的话。"

"好了，好了，这些话太难听了，"麦克说，但是没有人回应他。

这时，亚历山大博士出来打破了多少有点难堪的局面（毫无疑问，有一瞬间，每一个人都感到事情有点不对）：

"对了，"他半认真、半微笑地说，"丑陋的传言和清楚的事实总是不像丑陋的新娘和相貌平平的妻子那样真实。"

麦克大笑，唾沫飞溅——正好喷到克鲁格的脖子上。

"我不得不说，你这个新情郎还真有点幽默感，"玛利亚特对着她姐姐轻声耳语。

"他是个读书人，"琳达点点头，亮闪着大眼睛说，噘起上嘴唇，表示敬畏。"他什么都知道。这让我很害怕。你应该看看他拿着保险丝和活扳手的样子。"

两个女孩坐在那里开始惬意地聊起天来，就像坐在后排的女孩通常会做的那样。

"能跟我多说一点胡斯塔福的事吗？"玛利亚特问道。

"他是怎么被勒死的？"

"好吧，事情是这样的。他们从后门进来，我正在做早饭，他们说他们得到指示要干掉他。我说'哈哈'，但是我不想把地板弄脏，也不想有任何枪声。他已经畏缩进了衣柜里。你可以听到他在那里颤抖，衣服落到他身上，他抖一下衣架就叮当响一下。这太恐怖了。我说，我不想看到你们做这件事，也不想费一天时间清扫。他们于是带他到卫生间里，开始干活。当然，我的一个早晨就这样给毁了。我十点钟要去牙医那里，但他们此刻就在卫生间里，弄出可怕的声音——特别是胡斯塔福的声音。他们花了大约二十分钟的时间做那事。他的喉结像鞋跟一样硬，他们后来说——当然，我看牙医迟到了。"

"一贯如此，"亚历山大博士插话道。

两个女孩笑了。麦克转身面对年轻的一位小姐，停下咀嚼，问道：

"你真的不冷吗，琴？"

他的男中音充满了爱意。这个小姑娘脸红了，悄悄地握紧他的手。她说她很暖和，哦，非常温暖。不信，你摸摸看。她的脸红了，因为他刚才用了一个秘密的昵称，没有人知道这个，他却不知怎么得知了。直觉是爱的芝麻。

"好的，好的，你这焦糖色的眼睛，"这个羞涩、巨人般的年轻人放开了他的手。"别忘了，我现在有任务在身。"

克鲁格又一次闻到了这个人呼出的杂货店的气味。

十七

汽车在监狱北门前停下。亚历山大博士熟练地把弄滚圆的橡皮喇叭（白色的手，白色恋人，黑人小妾梨状的乳房），鸣响喇叭。

一个铁制的豁口慢慢地打开，汽车缓缓驶进了第一号院子。一群警卫，有些戴着防毒面具（从侧面看，与放大的巨型蚂蚁的头极其相似），蹬上汽车的踏脚板和其他可以上去的地方，有两三个警卫还骨碌骨碌地爬上了车顶。无数双手——有些戴着手套——上来拖拉麻木迟钝、驼背弯腰的克鲁格（尚处在幼虫出壳的阶段），把他拖了出来。警卫A和警卫B负责看管克鲁格，剩下的呈之字形分散开来，东边一拨，西边一群，开始搜寻新到的犯人。亚历山大博士微笑着向警卫A象征性地敬了个礼，说道："待会儿见，"然后，回到座位上，精神抖擞地拧动方向盘。转动，汽车转向，颠簸向前：亚历山大博士重复着他那种象征性的敬礼，此刻，麦克在向克鲁格晃动粗大的食指之后，一屁股坐在了玛利亚特给他空出来的地方，紧挨在她身边。不一会儿，汽车喇叭发出快乐的鸣叫声，一溜烟儿驶向一间麝香味弥漫的私人公寓。哦，欢愉的、热情奔放的、等不及的年轻人！

克鲁格被领着走过几个院子来到一座大楼前。在第三号和第四号院子里，砖墙上用粉笔标示出一些要被行刑的人的外形轮廓，做练习靶子用。一个古老的俄罗斯传奇这么提到：一个 rastrelianyĭ（被行刑队枪决的人）在进入"彼岸"（请不要打断，这太仓促了，把你的手拿开）时首先看到的不是你或许会认为的一堆普通的"影子"或"精灵"或穿着古老服饰的面目可怕的亲人无法形容的可怕的亲人极其可怕的亲人们，而是一场静默缓慢的芭蕾舞，一群粉笔画的影子列队欢迎，如同透明的纤毛虫波浪般移动；但是，还是让这些索然寡味的迷信走开吧。

他们进入大楼，克鲁格发现自己在一间空旷得奇怪的房间里。完美的圆形，水泥地面一尘不染。突然间，那些警卫不见了，变化如此之快，以至于他感到：如果他是小说中的某个人物，他或许会惊诧这些奇怪的现象是不是因为他的视觉被魔鬼迷惑住了的缘故，或者是诸如此类的事情发生了。他头脑发胀，头疼得要命：疼痛聚集在脑子的一边快要钻出来，就像是廉价漫画上的涂鸦的颜色，另一边的脑子则是空荡荡的，没有填满；一波一波的胀痛似乎在说：一，一，一，永远不会到达二，永不。圆形房间四个大门，只有一个，一个，一个没有关着。克鲁格推开门。

"嗯？"一个面色苍白的人说道，眼睛却看着上下翘动的记事本，不知在上面写了些什么。

"我要求立即行动，"克鲁格说。

这个官员看着他，疲惫的眼睛淌着水。

"我叫孔考迪·菲拉达佛尔维奇·考娄考娄利泰斯奇考夫，"他说，"但是他们都叫我考尔。请坐。"

"我——"克鲁格又重新开口。

考尔摇摇脑袋，快速拣选了几张必要的表格：

"别急。首先，我们得需要那些答案。你的名字是——？"

"亚当·克鲁格。请马上把我的孩子带到这里来，马上——"

"耐心一点，"考尔说，钢笔蘸了一下墨水。"我承认，这个过程有点烦，但我们快点结束，不就会好一点吗？好了，克，鲁，格。年龄？"

"如果我直接告诉你我改变了主意，这些废话还有必要吗？"

"在任何情况下，都是必须的。性别——男。眉毛——粗浓。父亲名字——"

"和我的一样，诅咒你。"

"好了，别诅咒我。我和你一样累得不行。宗教？"

"没有。"

"'没有'不是答案。法律规定每一个男性都要上报宗教关系。天主教？生机论教？新教？"

"没有答案。"

"我的亲爱的先生，你至少受过洗礼吧？"

"我不知道你在说什么。"

"那么，这真是——瞧，我必须在这里填些东西。"

"还有多少问题？你都得填吗？"（颤抖不止的手指着那一页纸。）

"我想是的。"

"如果是这样的话，我拒绝再继续下去。我刚才对你宣布了一项最要紧的事，而你却在这儿用一些废话浪费我的时间。"

"废话这个词有点过头了。"

"听着，我会在这儿签上名的，随便怎么都可以，如果我的儿子——"

"一个孩子？"

"一个。八岁男孩。"

"脆弱的年纪。对你来说是很难受，先生。我是说——我自己也是一个父亲。但是，我可以向你保证，你的孩子绝对安全。"

"他不安全！"克鲁格大声说道，"你们派了两个流氓——"

"我没有派任何人。你面前的是一个收入低下的 chinovnik（小官僚）。事实上，我哀叹俄国文学中发生过的所有事情。"

"不管怎样，你们的负责人必须要做出选择：要么我永远保持沉默，要么我开口说话，签字，发誓——政府想要的任何事情都可以。这些事情我都会做，还可以做更多的，如果我的孩子被带到这里，这间房间里，立即。"

考尔思虑了一会儿。整件事非常出乎常规。

"整件事非常出乎常规，"他最后说道，"但是我想你是对的。你知道，整个过程大致是这样的：首先，这些表格必须要填好。然后你去你的监牢。在那儿，你与一个同监狱友进行一次推心置腹的交谈，他实际上是我们的特务。接着，凌晨两点左右，你从断断续续的睡眠中被唤醒，我开始再次审讯你。一些专业人士认为，在六点四十到七点五十分期间，你的精神会垮下来。我们的气象学家预测到这会是一个特别阴郁的清晨。亚历山大博士，你的一个同事，已经同意把你那些隐秘难解的话语翻译成日常语言；想不到你这么率直，没有人能够预测到这点，这……我想我还要多说一点，一个孩子的声音会传给你听，孩子假装痛苦的呻吟声。我已经同我的孩子操练过了——不过，这些声音会让你失望的。你真的是说你要向国家宣誓效忠，还有其他的事，如果——"

"你最好快点。要不，这个噩梦或许就无法控制了。"

"当然，当然，我马上就把事情做好。你的态度真是太让人满意了。你造就了我们这个伟大的监狱。这真是太好了。这么快就搞定你了，我应该得到祝贺。对不起，我出去一会儿。"

他站了起来（一个瘦小的国家公务员，脑袋硕大发青，锯齿形的下巴发黑），把天鹅绒 portière[1] 卷到一边，于是这个囚犯一个人留在那里，疼痛的脑袋还在发着"一，一，一"的声音。一个公文柜子遮掩了几分钟前克鲁格走进来的门。看上去像是挂着窗帘的窗户实际上是个挂着帘子的镜子。他对着镜子整理了一下睡衣的领子。

一晃过去的四年。分崩离析的一个世纪。支离破碎的时间。可以说，整整二十二年的时间。那个古老教堂面前的橡树

1　法语，门帘。

早已不见鸟来筑巢；唯有，性情执拗的克鲁格不曾有变化。

先是门帘隆起、起褶，然后是他的手伸了出来，孔考迪·菲拉达佛尔维奇重返办公室。他看上去很高兴。

"你的孩子一会儿就会被带到这儿，"他轻松地说道，"大家都松了一口气。他由一个很有经验的保姆看着。她说孩子很淘气。一个问题儿童，是不是？顺便提一下，我被要求问你：你是喜欢自己写讲话稿子，然后事先提交上去，还是使用准备好的材料？"

"准备好的材料。我现在非常渴。"

"我们马上会送上一些茶点。现在，还有另外一个问题。这是几份文件，需要签名。我们现在就可以开始。"

"我要先见到我的孩子。"

"你马上要成为一个大忙人，sudar（先生），我提醒你。早已经有一两个记者在这儿候着了。哦，我们曾经是有多着急啊！我们以为那所大学再也开不了学了。我想，明天会有学生庆祝游行，大家表示感谢。你认识德·阿布里考斯维吗？那个电影导演？对，他说过，他一直就知道，你会突然意识到这个国家的伟大的。他说这就像是宗教里的 la grâce[1]。一种神的启示。他说对那些没有经历过这种突然的真理震撼的人来说，是很难解释这样的事情的。从我个人而言，我非常高兴有这个殊荣和机会亲眼目睹你皆大欢喜的皈依。还在生闷气？来，让我

_____

1 法语，恩泽。

们来抹平那些皱纹。听，音乐！"

显然，他按了一个按钮或者是转动了一个把手，因为不知从哪儿传来了乐声，哄闹嘈杂。这个好心人谦恭地轻声说：

"音乐恭候。"

但是，音乐被一阵尖利的电话铃声掩盖了。令人振奋的消息，肯定是的，因为考尔以一种胜利者的姿态把话筒搁下，然后示意克鲁格走向挂着帘子的门。请。

他春风得意；克鲁格则是另一副模样，踽踽向前，像一头笨拙的野猪。

没有标号的一个场景（不管怎样，属于最后一幕中的几个场景）：一个高级监狱的宽敞的等候室。壁炉台上的玻璃罩里小巧可爱的断头台模型（旁边是一个头戴礼帽的僵硬人偶）。表现各种宗教主题的黯淡的油画。矮几上的一堆杂志（《地理杂志》，*Stolitza i Usad'ba*[1]，*Die Woche*[2]，《闲谈者》，*L'Illustration*[3]）。一两个装着普通书籍（《小妇人》《诺丁汉历史卷三》等）的书架。一串搁在椅子上的钥匙（某个典狱长误放在那里的）。放着茶点的一张桌子：一盘鲱鱼三明治，一壶水，旁边围了一圈来自各个德国疗养地的水杯。（克鲁格的水杯上面有巴特基辛根的风景图。）

后面的一扇门推开了；几个摄影记者和文字记者变成了一

1　俄语，《首都与庄园》。
2　德语，《周报》。
3　法语，《画报》。

批观众，看着两个五大三粗的壮汉领着一个瘦小、受到惊吓的十二三岁的男孩走了过来。他的头上新缠了绑带（不能怪任何人，他们说，他在光滑的地板上滑了一跤，头撞在了儿童博物馆中的斯蒂文森发动机模型上）。他穿着黑色校服，系着皮带。他抬起胳膊遮脸，其中一个壮汉也突然做了一个手势，要求那些记者们克制点。

"这不是我的孩子，"克鲁格说。

"你爸爸总是要开玩笑，开玩笑，"考尔友善地对那个男孩说。

"我要我自己的孩子。这是别人的孩子。"

"什么意思？"考尔厉声问道，"不是你的孩子？胡说，老兄。张大眼好好看看。"

两个壮汉中的一个（便衣警察）拿出一份文件，递给考尔。文件上清清楚楚写到：阿韦德·克鲁格，医学院前副院长马丁·克鲁格教授的儿子。

"头上的绷带也许稍稍改变了他的模样，"考尔匆匆说道，腔调里流露出了极端的焦虑。"还有，当然，小孩子长得飞快——"

警卫把记者摄影用的机器打到地上，把他们推出门外。"别让孩子跑了，"一个粗暴的声音说道。

新来了一个人，一个叫做克力斯塔尔森的人（红脸，蓝眼，挺括高领），很快就弄明白了，他是参议院第二秘书。他走近考尔，一只手紧紧揪住他的领结，质问可怜的考尔他是否知道他应该为这个愚蠢的误解负责。但是，考尔还是满怀希望——

"你真的确定，"他不停地问克鲁格，"你真的确定这个小家伙不是你的儿子？哲学家们都是一些很大意的人，你是知道的。这个房间里的光线不是太好——"

克鲁格闭上眼，从牙缝里挤出几个字：

"我要我自己的孩子。"

考尔转向克力斯塔尔森，摊开双手，嘴唇嚅动着发出一串无助的、无望的声音。与此同时，那个没有人要的孩子被带走了。

"我们表示道歉，"考尔对克鲁格说，"这样的错误免不了会发生，逮捕的人太多了。"

"或者是，还不够，"克力斯塔尔森干净利索地打断他。

"他是说，"考尔对克鲁格说，"那些犯了这些错误的人将被严厉惩罚。"

克力斯塔尔森，même jeu[1]：

"或者是，付出严重的代价。"

"正是。当然，事情很快会得到解决，不会耽误。在这个大楼里有四百台电话。你失去了联系的孩子马上就会找到的。我现在明白为什么我妻子昨天晚上做了一个可怕的梦。哦，克力斯塔尔森，was ver a trum（多么可怕的梦）！"

这两个官员，个子小一点的一只手揪住自己的领结，滔滔

---

1 法语，同样的态度。

不绝说个没完，另一个则一脸阴沉，沉默不语，他蔚蓝的眼睛直盯前方，他们离开了房间。

又是克鲁格一个人等着。

下午十一点二十四分一个警察（穿着制服）溜了进来，来找克力斯塔尔森。他想知道怎么来处理那个搞错的孩子。他声音嘶哑，小声问克鲁格。当被告知他们已经朝那个方向走了时，他抬手朝门的方向小心翼翼地、满腹狐疑地指了指，然后蹑手蹑脚地走出房间，他的喉结畏缩地上下移动着。

门，悄无声息地关上了，如同一个世纪般长久。

十一点四十三分，还是同一个人，但是这次两眼发直，蓬头乱发，被两个特别警卫带着走过等候室，不久，他就会作为一个小替罪羊被枪决，同行的还有一个"壮汉"和可怜的孔考迪。

十二点整，克鲁格还在等候。

但是，一点一点地，从隔壁办公室里传过来的各种声音开始大起来，焦虑也弥散开来。

几个办事员气喘吁吁地穿过房间，在某一个时间点上，电话接线员（一位洛夫黛尔小姐）——她被无情地虐待，两个好心的、面无表情的同事用担架抬着她送进了监狱的医院。

凌晨一点零八分，克鲁格被捕的传言传到了那些反对埃克利斯的谋反小团体中，那个学生弗克斯是团体的头头。

两点十七分，一个长着络腮胡子的人，他说他是一个电工，来查看暖气装置，但是有一个对此起了疑心的典狱长告诉他说，这里的暖气不用电，请他改天再来。

当克力斯塔尔森再次出现时，窗户已经映出幽灵般的蓝色。他高兴地告诉克鲁格，孩子找到了。"几分钟后，你就可以和你的孩子团聚了，"他说，接着又告诉他，一间新的完全现代化的拷问室这个时候正在布置，准备接待那些犯愚蠢错误的人。他同时也想知道，他所知道的亚当·克鲁格的皈依一事是否确切。克鲁格回答——是的，他已经做好准备，通过广播向一些富有的外国表明他坚定的信念，即埃克利斯是正确的，条件是，而且只有一个条件，他的孩子平安交还到他的手上。克力斯塔尔森把他带往一辆车上，在去的路上开始跟他解释起来。

有一点弄清楚了，事情出了严重的差错，孩子被带到了一个——就是那种，对了，少管所——而不是如原来安排的那样，最好的国家休养所。你把我的手腕弄疼了，先生。不幸的是，少管所的所长认为——问题是他本不应该这么认为，送到他这里的这个孩子是那种所谓的"孤儿"，而这样的孩子常常会被当作"释放手段"来使用，也就是为那些所谓的有着"犯罪"（强奸，谋杀，随意损坏国家财产等等）记录的少年犯服务，为了他们的利益。这个理论——我们不在这里讨论其价值，还有，如果你撕破我的袖子的话，你是要赔的——是这样的，如果一个星期中有一次，那些真正的难以治疗的"病人"能够获得把他们压抑的欲望（膨胀的伤害欲或者是破坏的冲动等）完全释放出来的机会，发泄对象是对社群来说某个没有价值的小孩，那么，慢慢地，他们心中的邪念就会通过这个渠道逃之夭夭，就会，也就是说，"发散出来"，最终，他们将会变成好公民。这样的实验当然是可以批评的，但是问题不在这里（克力斯塔尔森用心擦掉嘴上的血迹，还把他不太干净的手帕给克鲁格——让他擦擦他的指关节；克鲁格拒绝了，他们钻进汽车，几个士兵随后跟上）。这种"释放游戏"发生的场地被安排在这么一个地方，所长从他的窗户，其他医生和研究者，有男有女（比如，阿玛丽亚·冯·维特维尔，一个最有意思的人物，一个贵族，在一些愉快的场合里，你会喜欢与她见面的，你肯定会喜欢）从其他一些 gemütlich[1] 制高点可以看见事情的经过并记录下来。一个护理员带着这个"孤儿"走下台阶。场地是一块漂亮的大草地，整个地方，尤其在夏天，景色宜人，使人想起那些希腊人非常喜爱的露天剧院。那个"孤儿"或"小东西"单独留在那里，在草地上徜徉。有一张照片，照的是他俯卧躺在草地上，郁郁寡欢，手指无聊地把草一根一根拔起来（护理员出现在花园的阶梯上，拍手示意，让他停住。他于是停了下来）。过了一会儿，那些"病人"，或者叫做"犯人"（一共八个）被放到场地上来。起初，他们隔着一段距离，打量着那个"小东西"。慢慢地，一股"匪气"开始在他们身上升腾起来。他们曾经都是无法无天、无拘无束、无组织无纪律的野小子，但是现在正在受到约束，集体的精神

1　德语，舒适的。

（正面的）正在征服他们个人的恶习（负面的）；他们生平第一次被组织了起来，冯·维特维尔医生经常说这真是一个美妙的时刻：你可以感到，她恰当地说道，"真正的变化正在发生，"或者，用她的术语说，"自我"出去了，而纯洁的"我"（自我中抽取出来的东西）留下来了。接下来，好戏开场了。"病人"中的一位（一个"代表"或者"潜在的领袖"），一个英俊的十七岁男孩走向"小东西"，在他旁边的草地上坐下，对他说"张开你的嘴巴"。"小东西"按照他的要求张开嘴，少年于是把一粒小石子吐进孩子的嘴巴里，绝对准确无误（这当然有点违规了，因为一般来说，所有的投射物、器械和武器等都是被禁止的）。有时候，"挤压游戏"在"吐痰游戏"之后立即开始，但是在另外一些时候，从伤害不大的拧、戳，或者是温和的性器官探索到拧断臂腿、折断骨头、抠挖眼球等等，这些动作则要相当长的时间。死亡当然是免不了的，但是，另一方面，那个"小东西"随后常常得到救治，身体被拼凑到了一块，被迫勇敢地回到游戏处。下一个星期天，亲爱的，你将要和大男孩们再次嬉戏。一个修补好的"小东西"会带来特别满意的"释放"。

我们现在把这一番话压缩成一个球，放进克鲁格的脑袋里，在那里慢慢地发酵。

车开了很长时间。在一个崎岖不平的山道上，海拔四五千英尺的地方，他们停下车：士兵们要吃他们的 frishtik（早午餐），在这个风光旖旎、野趣十足的地方来上一顿静谧的野餐真是一个不坏的主意。斜倚在路的一边，在岩石和一堆堆死白的积雪之间，车子了无生气地停着。他们拿出面包和黄瓜，还有军用热水壶，躬着背坐在踏脚板上和路边蓬乱不堪的枯草地上，默默地嚼起来。千年流淌的沙卡拉河，河水湍急，富含泥沙，冲刷出了世界自然奇景之一的皇家峡谷，景色壮观华丽。在新娘面纱牧场，我们试图努力理解和领会客人的心态，他们离开城市，丢开他们的工作来到这里，这就是我们让客人以他们自己的方式尽情娱乐、休憩和玩耍的原因。

克鲁格被允许从车里下来一会儿。克力斯塔尔森，他对美景视而不见，坐在车里吃苹果，一边速读一份长长的私人信件。前天他就收到了此信，但一直没有时间看（即使是这些钢铁做成的人也有他们自己的家长里短）。克鲁格站在一块岩石前，背对着士兵。他站在那儿很长时间，最后一个士兵止不住笑了起来：

"Podi galonishcha dva vysvistal za-noch（我猜想他肯定在晚上喝了好几加仑的酒）。"

她就是在这儿遭遇车祸的。克鲁格回到车旁，缓慢地、痛苦地钻进车里，坐到克力斯塔尔森身旁，他还在看信。

"早上好，"后者含含糊糊地说道，把脚伸回来。很快，他抬起头，快速把信捏成一团，塞进口袋里，向外面的士兵喊了起来。

他们沿着七十六号公路进入一块平原，不一会儿他们看见一个工厂小镇冒着烟的烟囱，著名的实验站就位于这个镇上。

站主任是一个叫汉美科的医生：矮小，粗壮，淡黄色的浓密八字胡须，眼睛向外凸出，树墩似的大腿。他，他的助手们，还有护理员们，都处于一种接近于诚惶诚恐的激动的状态中。克力斯塔尔森说他还不清楚他们是否会被处理掉，他说他在等待"处理"的指示，他会很快得到一个电话指令（他看了看手表）。这些人个个都表现得极其卑躬屈膝，对克鲁格拍马奉承，请他去冲个澡，有漂亮的 masseuse[1] 做按摩，从某个病人那儿征用来的一个口琴可以使用，一杯啤酒，白兰地，早餐，晨报，剃须刀，一盒纸牌可供游戏，一套衣服，一切东西。他们显然是在拖延时间。最后，克鲁格被带入到一间放映厅。他被告知一会儿他就会被带去见他的孩子（孩子还在睡觉，他们说），趁这个时间，他是不是可以看一部几个小时前拍的电影？从银幕上可以看到，他们说，孩子是多么的健康和高兴。

他坐了下来。他接受了一小瓶白兰地，一个满脸堆笑、浑身颤抖的护理员把酒洒到了他脸上（她害怕得不得了，以致一开始想要去喂他，就像她喂婴儿一样）。汉美科医生，他的假牙在嘴巴里像骰子一样格格响，下令表演开始。一个年轻的中国人拿来大卫的镶毛皮的小外套（是的，我认出了这件衣服，是他的），把衣服翻来覆去（刚洗过的，没有洞，看），像一个魔术师一样做着快速的手势，告诉他，没有欺骗吧：孩子是真的被找到了。最后，随着一声傻叫，他从一个口袋里抖出一个

---

1 法语，按摩师。

小玩具车（是的，我们一起去买的），一只小孩戴的银戒指，上面的釉都已经褪尽了（是的）。然后，弯腰鞠躬，表演者退了出去。坐在第一排克鲁格旁边的克力斯塔尔森脸色阴沉，表示怀疑，他的两条胳膊交叉着。"诡计，他妈的诡计，"他不停地嘟囔着。

灯灭了，一束光线打到银幕上。但是，"呜呜"响了两声后，机器不动了（操作者和其他人一样，太紧张了）。黑暗中，汉美科医生身体倾向克鲁格，语气慌张、嘴冒口臭地解释。

"很高兴你和我们在一起。我们希望你会喜欢这部电影。从'科静'[1]的角度说，请允许我说一句，我们已经尽力了。"

"呜呜"声又开始了，出现了颠倒的字幕，机器又停止了。

一个护理员"咯咯"地笑出了声。

"'科静，科静'！"医生说。

已经受够了的克力斯塔尔森起身，快速离开座位，可怜的汉美科试图拉住他，但被这个气恼的官员一把推开。

屏幕上颤颤巍巍地出现了一行说明文字：实验六五六。

这行字隐去后，出现了一行小标题："草坪晚会"。全副武装的护理员们正在打开门。眨巴着眼睛，那些病人排队出来。"冯·维特维尔医生，实验领导（请不要吹口哨！），"这是下一行文字。尽管已经深陷困境，但是汉美科医生还是止不住发

---

1 silence，意为"寂静"，应为 science，意为"科学"。作者故意把这两个词做了替换。

出"哈哈"的赞叹声。那个叫做维特维尔的女人，金发碧眼如同雕塑，一只手拿着一根鞭子，另一只手握着一个计时器，神气活现地在银幕上走来走去。"注意那些曲线"：黑板上画了一条曲线，一只戴着橡皮手套的手拿着指示棒指出曲线的高点，以及其他一些值得注意的点，这些点线显示了自我如何一步一步得到满足从而产生变化的过程。

"病人在场地的玫瑰花丛入口处集合。他们被搜查是否携带武器。"有一个医生从一个最胖的孩子的衣袖里抽出了一把伐木锯子。"运气不好，胖子！"一个盘子里面放着标上标签的一系列器具：前面看到的锯子，一支铅做的烟斗，一把口琴，一段绳子，一把有着二十四片刀叶的袖珍折叠刀，一把玩具枪，一把左轮手枪，几把尖锥，螺旋钻，留声机针头，一把老式战斧。"列队等待。"他们列队等待。"小东西出现。"

走下泛光灯照明的通向花园的大理石台阶，他走来了。一个身穿白色衣服的护士陪在他旁边，在下台阶时她停下脚步，让他自己往前走。大卫穿着他最暖和的外套，但是腿露在外面，脚上穿的是房间里用的拖鞋。整个镜头只延续了一会儿：他把脸转向护士，眼睫毛闪动着，头发微微闪烁着光亮，然后他朝四周看了看，碰到克鲁格的目光，没有现出认出来的表情，他犹豫地走下剩下来的几步台阶。他的脸变得大起来，模糊起来，在碰到我的脸的一瞬间消失了。护士留在台阶上，深色的嘴唇上现出一丝不易察觉的温柔的微笑。"如此美妙！"银幕上打出这行字，"夜间，外出行路的小东西，"接着，"嘿，啊，他是谁？"

汉美科医生大声地咳嗽起来，放映机"呜呜"的声音停止了。灯重新打开。

我要醒过来。他在哪儿？我会死的，如果我不醒过来。

他掀翻了面前的点心饮料，拒绝在名人来访者名册上签名，径直穿过挡住他的路的人群，似乎他们就是蜘蛛网。汉美科医生翻起白眼，直喘气，他一手按着生病的心脏，示意领班护士带克鲁格到医疗室去。

毋庸多言。走道里，克力斯塔尔森嘴上衔着一支大雪茄，把一个小本子举到额头的高度，抵在墙上，正在往本子上记录整件事的经过。他比划了一下大拇指，指了指A-1门。克鲁格走了进去。冯·维特维尔医生（娘家姓巴肖芬，三个姐妹中的老大）正在轻轻地、几乎尚在做梦般地摇动一个体温计，一边低头看一看身边的床，她在房间的一个角落里。然后，她转向克鲁格，向他走来。

"做好准备，"她轻声地说，"这是一个事故。我们已经尽了全力——"

克鲁格猛地把她推到一边，力量之大，她一下子撞到了一台白色的称重机器，手上拿着的体温计碎了。

"哎哟，"她叫道。

被害死的孩子头上扎着一条深红色和金色相间的头巾；脸部被精心修饰过，涂了面油，擦了粉，一条淡紫色的毯子，精致平滑，盖到他的下巴边。一只看上去像是黑白花斑的毛绒玩具狗漂亮地放在床脚边。克鲁格把它掀翻在地，这只东西像是忽然有了生命，发出一声痛苦的咆哮，嘴巴猛地一咬，差点咬到他的手。随后他冲出病房。

一个友善的士兵一把抓住了克鲁格。

"Yablochko, kuda-zh ty tak kotishsa（小苹果，你要滚到什么地方去）？"士兵问道，又说道：

"A po zhabram, milaĭ, khochesh（想让我给你一拳吗，朋友）？"

Tut pocherk zhizni stanovitsa kraĭne nerazborchivym（这儿，生命的长臂变得难以辨认）。Ochevidtzy, sredi kotorykh byl i evo vnutrenniĭ sogliadataĭ（在那些证人之间，哪几个是他自己的或者其他的［"内部间谍？""私人侦探？"意思不是很清楚］）potom govorili（随后说道）shot evo prishlos' sviazat'（他得被绑起来）。Mezhdu tem（在主题之间？［也许是：在梦幻般的国家的臣民之间］）Kristalsen, nevozmutimo dymia sigaroĭ（克力斯塔尔森平静地抽着雪茄），sobral ves' shtat v aktovom zale（在会议室开一个全体员工会议），告诉他们（i soobshchil im）他刚刚收到了一个电话通知，根据这个通知的精神，他们所有人都要上军事法庭审判，因为害死了著名的哲学家、大学校长、医学院副院长、克鲁格教授唯一的儿子。心脏脆弱的汉美科医生从椅子上滑落下来，并且一直滑落下去，像坐平底雪橇一样沿着弯曲的斜坡滑落，经过一阵眩晕、没有阻挡的下滑，最后停了下来，雪橇破碎，落在无人涉足的雪上，无名的死亡。那个名叫维特维尔的女人依旧不失沉稳，吞下了一粒毒药。在对剩下的人进行审判和埋葬，并且放火焚烧了大楼——里面还关着叽里呱啦乱叫的"病人"——之后，士兵们扛着克鲁格走向汽车。

他们在荒芜的山间穿行驶向首都。经过拉高丹关隘，山谷早已经暮霭沉沉。夜色笼罩了著名瀑布旁巨大的冷杉树。奥尔嘉坐在驾驶座，克鲁格不会开车，坐在她身旁，戴着手套，双手交叠，搁在腿上；后面坐着安波和一位美国哲学教授，面容消瘦，脸颊凹陷，满头白发，他不远万里从他遥远的国家过来专门和克鲁格讨论物质的虚幻问题。在饱览了自然风景和饱尝了当地佳肴（被错误地发音为"皮拉丝基"[piróshki]，并错误地拼写为"斯基特旗"[schtschi]，这是一道不易发音的肉菜，配上一个上面有十字壳皮的热樱桃派）之后，这位温文尔雅的学者已经进入了梦乡。安波正在试图回想起生长在落基山脉的一种同类冷杉的美国名字。接着，发生了两件事：安波说出了那个词"道格拉斯[1]"，一只狂奔的雌鹿[2]一头撞上了亮闪闪的车灯。

---

1 2　　分别为 Douglas 和 doe，发音相近。

十八

"这本不应该发生。我们实在感到抱歉。你的孩子将会得到最好的安葬，一个白人孩子所能梦想到的最好的安葬；但是我们仍然理解，对孩子的亲人这是——"（有两个词不清楚。）"我非常非常难受。真的，可以毫无疑问地确定，在这个伟大国家的历史上，还没有一个团体，一个政府，或者是一个领袖像我们现在这样感到悲伤。"

（克鲁格被带到司法部一间宽敞的房间，墙上挂着富丽堂皇的巨大壁画。一幅这座大楼的照片，看上去像是规划图，似乎当时楼还没有建成——在遇到火灾的情况下，司法部和教育部共同入住阿斯托里亚酒店——那是一幢白色的摩天大楼，白得如同患白化病的教堂，直耸入闪蝶蓝般的天空。声音属于一位参议院成员，那些议员此刻正在两个街区开外的皇宫里开会，这个声音则是来自一个漂亮的胡桃木盒子。克力斯塔尔森和几个工作人员在大堂的另一个地方窃窃私语。）

"但是，我们感到，"胡桃盒子声音继续说道，"在我们的关系方面，在我们间的协议、契约方面，并没有什么变化，就在这个个人悲剧发生前，你，亚当·克鲁格曾庄重严肃地确定过这个协议。个人的生命是不安全的，但是我们要确保国家的长久不衰。市民以他们的死确保城市的生存。我们不能相信在你和领袖之间会发生任何个人间的嫌隙。另一方面，我们已准备好进行弥补，这方面没有任何限制。首先，我们最高级的殡仪馆已经同意送上一个铜制棺材，外镶石榴石和绿松石。你的阿韦德将手握他最喜欢的玩具躺在那儿，一盒子的锡皮做的士兵，此刻，几个专家正在战事部细心检查服装和武器是否准确。其次，六个主犯将被一个没有经验的刽子手在你的眼皮底下行刑。这应是一个让人心动的条件。"

（几分钟前，克鲁格曾被带去看这些关在死牢里的人。两个肤色黝黑满脸脓包的青年正在上演一出勇敢而沉闷的戏，一位牧师在旁观看。玛利亚特坐在那儿，神情迷糊，双目紧闭，身上缓缓地流淌着血。而另外三个还是不说为妙。）

"你当然会感谢，"胡桃木声音大言不惭地说道，"我们做出的努力，以补偿在这种情况下犯下的最严重的错误。我们可以宽恕很多事情，包括谋杀，但是有一种罪是绝对不能、不能被原谅的，那就是在履行公职时的渎职。同时，我们也认为在做出了上述补偿后，这件悲惨的事情也就算是了结了，不用再提了。接下来，你会很高兴知道，我们要和你谈论你的新任命的各个细节问题。"

克力斯塔尔森来到克鲁格坐着的地方（还是穿着他的睡衣，长有胡茬的脸颊倚靠在擦破皮的手指关节上），在桌上摊开几张文件，克鲁格的胳膊靠在桌子的边缘。这个蓝眼睛、红脸蛋的官员拿着笔在文件上这里圈圈、那里指指，告诉克鲁格在什么地方签字。

默不作声地，克鲁格拿起文件，慢慢地捏起来，用他那只毛茸茸粗大的手把文件撕碎。有一个工作人员，一个瘦削的神情紧张的年轻人，他知道这些文件（用的是珍贵的雪绒花般的纸张）的出炉花费了多少心思和劳作，眉毛紧拧，发出一声痛苦的喊叫。没有离开座位，克鲁格伸手一把揪住这个年轻人的外衣，用同样缓慢、沉重、有力的手紧勒对方，但被制止了。

克力斯塔尔森，唯有他一个人保持绝对的沉稳，对着麦克风，说了以下一番话：

"先生们，刚才你们听到的声音是亚当·克鲁格撕碎他昨天晚上允诺过要签名的文件的声音。他还企图掐死我的一个助手。"

寂静。克力斯塔尔森坐下来，开始用一个钢制鞋扣清理指甲，这个东西装在一个小折刀里，放在一起的还有另外二十三片刀叶，这是他在白天时从一个地方顺手牵羊拿来的。其他工作人员或趴或跪在地上找寻文件剩下的部分，把它们一一抹平。

显然，在参议院成员之间进行了一阵议论。然后，那个声音说道：

"我们可以再退一步。我们让你，亚当·克鲁格自己来消灭那几个罪犯。这可是一个特别的条件，不可能有第二次的。"

"可以了？"克力斯塔尔森问道，并没有抬头看克鲁格。

"走，你，走——"（三个字模糊不清）克鲁格说道。

又是一阵沉默。（"这人有病……整个儿有病，"一个娘娘腔的工作人员向另一个小声嘀咕。"拒绝这样一个条件！不可思议！从未听说过这样的事。""我也没有。""奇怪，头头从哪儿弄到那把刀的？")

参议院成员们达成了一个决定，但是在宣布前，一些认真的人认为他们应该再听一遍录音。他们于是听到了克鲁格面对犯人时的沉默。他们听到了其中一个年轻人的手表的声音，听到了没吃晚饭的牧师体内的悲哀的咕咕声。他们听到一滴血滴到地板上的声音。他们听到了四十个得到了满足的士兵在隔壁警卫室里交流肉体的体验。他们听到克鲁格被带到广播室。他们听到他们自己人中的一个说他们都感到很遗憾，准备好了做出补偿：一个给渎职行为受害者的漂亮的坟墓，还有便是给渎职者的一个可悲的下场。他们听到克力斯塔尔森拿出文件，克鲁格撕碎文件。他们听到了那个敏感的年轻人一声喊叫，挣扎的声音，然后是克力斯塔尔森清脆分明的腔调。他们听到克力斯塔尔森坚硬的指甲与绷紧的袖珍折刀内第二十四片刀叶的摩擦声。他们听到了提出那个慷慨条件的声音，以及克鲁格俗不可耐的回答。他们听到咔嚓一声刀片合上，还有工作人员的窃窃私语。他们听到他们自己听到了这一切。

胡桃木盒子滋润了一下它的嘴唇：

"带他去睡觉，"它说。

话刚说完，行动就开始。他被分配到监狱里一间宽敞的牢房；事实上，非常宽敞，非常舒适，当监狱主任妻子的穷亲戚们进城时，他曾经不止一次把这个地方给他们做住宿用。地板上第二个草垫处，有一个人躺在那儿，脸朝着墙，身体每个地方都在颤抖。一顶硕大的褐色卷发头套遮盖了整个头颅。穿的是以前的老游民穿的衣服。他肯定犯下了重罪。门一关上,待克鲁格刚重重地坐在他的那块草垫和粗麻布上后,他这个同室狱友的哆嗦立马就停止了,但却变成了尖细的颤抖的变声:

"别想知道我是谁。我的脸将只对着墙,朝着墙我的脸对着,永远对着墙,永远我的脸是那样。你,疯子。骄傲自大,黑色是你的灵魂,就像夜晚潮湿的沙砾路面一样。哇!哇!扪心自问你犯了什么罪。罪孽深重!黑云来了,多么稠密。猎人骑着他的可怕的马来了。嗥—吆—呾—嗥!嗥—吆—呾—嗥!"

(我要告诉他让他停止吗?克鲁格想。有什么用?地狱不就是充满这种干嚎。)

"嗥—吆—呾—嗥!听着,朋友。听着,Gurdamak。我们将给你最后一次机会。你有四个朋友,四个忠诚可靠的朋友,真朋友。在一个地牢里面,他们正在经历煎熬,日夜呻吟。听着,Drug,听着 Kamerad,我准备释放他们,还有另外二十个 liberalishki[1],如果你同意做你昨天事实上已经同意做的事。区区小事。二十四个人的生命掌握在你的手里。如果你说'不',他们就将毁灭,如果'是',他们可以活下去。想一想吧,多么神奇的力量!你签上你的名字,二十二个男人和两个女人就可以一道出来享受阳光。这是你最后的机会。Madamka,说'是'吧!"

---

1 用拉丁字母转写的俄语,自由主义者。

"进地狱去吧，你这只恶心的癞蛤蟆，"克鲁格说道，他已经疲惫不堪。

那个人发出一声愤怒的叫喊，一把从他的垫子底下抽出一个铜制牛铃，恼羞成怒地摇晃起来。戴着面罩、手提日本灯笼和长矛的卫兵冲进监牢，毕恭毕敬地扶他站起来。他用乱蓬蓬的棕褐色假发遮着脸，擦着克鲁格的手肘走过。他的长筒靴散发出一股粪臭味，靴子上无数颗泪珠荧光闪闪。黑暗重新笼罩了牢房。传来监牢长官嘎吱嘎吱脊椎作响的声音，他对"蛤蟆"说他真是一个一流的演员，演得真是妙极了，真是太好了。脚步声渐渐地远了。寂静。天哪，终于歇下来了，你也许会这么想。

但是，没等得及体味心中的悲痛，一阵眩晕或者麻木袭来，他失去了知觉。他所能感到的只是一种缓慢的下沉，黑暗和温柔双重涌来，甜蜜的温暖渐渐上升。他的头和奥尔嘉的头，脸贴脸，从昏暗的床上伸过来一双做实验的小手，把他们的脑袋紧紧地挨在一块，两个脑袋（或者是一个，因为两个合二为一）向下，向下，一直向下，下到一个第三点，一张无声的笑脸。在他和她的嘴唇碰到孩子微凉的眉毛和热烫的脸颊时，听到了轻柔的咯咯的笑声，但是下降并没有在那里停止，克鲁格继续往下沉，沉入到撕心裂肺、刻骨铭心的温柔之中，沉入进一种迟到的（没有关系），让人头晕目眩的深深的永恒的爱抚之中。

半夜时分，他从梦中醒来，意识到自己深陷囚牢；几条光线（还有一处微光，像岛民的荧光脚印）穿进牢房，刺破黑暗。一开始，正如有时会发生的那样，他无法把他现在的境遇与现实联系起来。尽管环境简陋（窗外一条警觉的弧形的光线，监狱院子一处青灰色的角落，一束从紧闭的百叶窗的缝隙或子弹洞里透进来的斜光），他看到的夜光的形态似乎显现出了一种奇怪的，也许是命中注定的意味，而这究竟意味着什么，谜底半隐半现，在依稀记得的梦中的微亮的地板上，被翻了一个面的昏暗的意识所遮掩，仿佛是某个承诺已经食言，某种构想已被阻碍，某次机遇已经失去——抑或利用太过，以致留下了罪恶和羞耻的残辉。夜光或者是缘于一种隐秘的、纯恶意的、试探的、肆意篡改的行动，此前已经在梦中，或者是梦的背后，在一团无法追忆的，此刻已是形状模糊、目标含混的纷乱诡计中行进多时。设想一下，有这么一个标记，警告你会有爆炸发生，但用词晦涩或孩子气到你不得不产生怀疑，是否这一切——标记、窗框下冰封的爆炸，以及你颤抖的灵魂——是不是一种虚假的重现，经由镜子背后的头脑的特殊安排？

就在那一时刻，就在克鲁格跌入迷迷糊糊的梦底，坐在草垫上、大口喘气之后——就在现实，不堪回首的厄运能够向他轰然压来之前——就在那时我为亚当感到了一阵怜痛，借着一条微弱倾斜的光线，我向他滑去——错乱在瞬间形成，但至少把他从命定的无意义的痛苦中拯救出来。

克鲁格重新躺回到草垫上，泪痕斑斑的脸上露出了无限解脱的微笑。在平静的黑夜中，他躺着，惊愕不已，但欣然怡乐，倾听那些庞大的监狱所特有的夜间的声音：卫兵偶尔打哈欠发出的声音，"啊—卡—卡—哈"，年老的囚犯无眠时阅读英语语法发出的吃力的嘟囔声（"我的婶婶有一个签证。""索尔叔叔想去看望塞缪尔叔叔。""孩子很大胆。"），年轻的罪犯悄无声息地挖掘一个通向自由和再次被擒的地下通道时心脏的跳动声，蝙蝠排泄时翅膀的拍打声，一页纸被恶意地揉皱——然后被扔进废纸篓里——再拿出来——充满怜悯地平展开来，以期存活更长一段时间——小心铺平时发出的"吱呀"声。

天晓时，来了四个仪表堂堂的警官（三个伯爵和一个格鲁吉亚王子），他们是来带他去与一个重要的朋友会面，他拒绝，躺在那儿朝他们笑，抬起没穿鞋子的脚，用脚趾触他们的下巴，逗他们笑。他们没法让他穿上衣服，经过匆匆忙忙的商讨后，并且用老式法语咒骂了几句后，这四个年轻的卫兵把他抬了起来，随他这个样子，即只穿着（白色的）睡衣，抬上那同一辆曾由已故的亚历山大博士平稳驾驶的车。

他被给予了一份见面礼仪的节目单，随后穿过一个隧道进入一个中央院子。

他审视着院子的形状，前边向外凸出的门廊，那个像一个敞开的大嘴一样的拱形的隧道般的入口，他就是从这里进来的，此时，他忽然意识到—— 一种难以表达的滑稽的精确——这是他中学的校园，只是楼本身已经改样了，窗户加宽了，透过窗户可以看见一群从阿斯托里亚酒店雇佣来的侍者正在布置桌子，准备一个童话中的宴会。

他站在那儿，白色睡衣，没戴帽子，光脚，眨着眼睛，这儿看看，那儿瞧瞧。他看见了一些意料之外的人：一堵墙把院子与一个工作车间隔离开来，后者属于一个脾气乖戾的老年邻居，他从不把掉到他属地的球扔回来，在这堵肮脏的墙旁站着一小批神态僵硬、默不作声的卫兵和挂满勋章的官员，在他们中间站着巴图克，他的一只鞋后跟靠着墙在摩擦，双手交叉。在院子的另一处不太看得清的地方，有几个衣衫褴褛的男人和两个女人，按照节目单上的说法，他们代表"人质"。奥尔嘉的姐姐坐在一个秋千上，脚试着要碰到地，她金黄色胡子的丈夫正要抓住一根绳子，因为他晃动了秋千，招来了她的厉声咆哮，这时，她很不雅观地从秋千上滑落下来，朝克鲁格挥挥手。离他们不远处，站着海德龙、安波和罗费尔，以及一个他不太认识的男人，还有麦凯西莫夫和他的夫人。每一个人都想和笑眯眯的哲学家说话（因为没有人知道他的儿子已经死了，他本人疯了），但是士兵们有指令，只允许这些人一对一上前。

一个叫沙穆的参议院成员朝向巴图克屈下他头发梳理齐整的脑袋，一根紧张颤抖的手指头畏畏缩缩指点几下，又缩了回来，伸出另外几根手指重复这个手势，声音低低地向巴图克解释事情的经过。巴图克点点头，眼神木然，又点点头。

罗费尔教授，神经紧张，瘦骨嶙峋，头发蓬乱如杂草，小个子，脸颊凹陷，牙齿蜡黄，他来到克鲁格边上，与他一同过来的还有——

"天哪！辛普费！"克鲁格喊道，"真高兴在这里见到你，多少年了——让我想想——"

"四分之一个世纪，"辛普费声音深沉地说。

"好，好，这真的有点像过去的时光，"克鲁格大声笑着继续说道。"'蛤蟆'在那儿——"

一阵强风刮来，吹翻了一只作响的空垃圾箱，一股漩涡挟着灰尘疾速扫过院子。

"我被选为了发言人，"罗费尔说，"你知道这个情况。我就不详说了，时间很紧。我们想让你知道，我们不希望你的尴尬境遇会影响你。我们很想活下去，的的确确很想，但是我们不会对你怀有积怨，不管——"他清了清他的嗓子。站在远处的安波摇摆着身体，使劲往这边望，就像木偶剧《潘趣》里面的木偶一样，试图隔着在他前面的人的肩膀和脑袋看上一眼克鲁格。

"没有积怨，什么也不会有，"罗费尔继续快速说道，"事实上，我们非常明白，如果你拒绝屈服 ——Vy ponimaete o chom rech? Daĭte zhe mne znak, shto vy ponimaete——（你明白这一切吗？做一个手势，告诉我你明白了）。"

"没问题，继续说，"克鲁格说道，"我刚才在想，你是在——让我想想——就在那只猫离开房间前被捕。我想——"（克鲁格朝安波挥手，在那些士兵和肩膀之间，他看见安波的大鼻子和红耳朵不停地出现。）"是的，我想我现在记起来了。"

"我们请罗费尔教授做我们的发言人，"辛普费说。

"是的，我知道。一个优秀的演讲者。罗费尔，在鲜花和旗帜间，在一个高台上，我听到过你最好的演讲。为什么那些鲜艳的颜色——"

"我的朋友，"罗费尔说，"我们时间不多了。请让我继续说下去。我们不是英雄。死亡是那么可怕。我们中间还有两个女人和我们共有同样的命运。我们可怜的肉体会因无比欣喜而颤抖，如果你同意出卖你的灵魂以拯救我们的生命。但是，我们并不是在央求你出卖灵魂。我们只是——"

克鲁格做了一个手势，打断了他，同时又做了一个可怕的鬼脸。所有的人都屏着呼吸，紧张地等待着。在一片沉默中，克鲁格打了一个响亮的喷嚏。

"你们这些愚蠢的人，"他说，手擦了一下鼻子，"你们到底有什么可害怕的？这有什么关系啊？荒唐！幼稚得荒唐——奥尔嘉和孩子参加了一些愚蠢的戏剧表演，她淹死了，他也失去了生命，大概是一次火车事故。这又有什么关系呢？"

"好吧，如果没有关系，"罗费尔说道，深吸一口气，"那么，该死的，告诉他们你准备尽你的全力，别再犹豫，这样我们就不会被枪毙了。"

"你知道，情况很可怕，"辛普费说道，他曾是一个虽然平庸，但还算有胆量的红发男孩，但是现在却脸色苍白，面孔浮肿，稀疏的头发间露出雀斑。"我们已经被告知，除非你接受政府的条件，否则这就是我们的最后一天。在阿思特——拉高丹我有一个生产体育用品的大工厂。我是在半夜被抓起来的，被投入到监狱中。我是一个遵纪守法的公民，我就不明白为什么会有人拒绝政府的条件，但是我知道你是一个不一样的人，也许会有不一样的理由，而且请相信我，我会非常憎恨让你去做那些可耻的和愚蠢的事。"

"克鲁格，你听见了我们说的话了吗？"罗费尔突然问道，克鲁格仍然直直地看着他们，嘴张得大大地露出仁慈的微笑，这时他们惊讶地意识到他们面对的是一个疯子。

"Khoroshen'koe polozhen'itze（干得真漂亮），"罗费尔对目瞪口呆的辛普费说道。

从此后马上拍摄的彩色照片上可以看到以下内容：右边（面对出口处）靠近灰色的墙的地方，巴图克双腿分开坐在那儿，椅子是刚刚从屋里专门为他拿过来的。他穿着一件绿色和棕色相混杂的衣服，那种他最喜欢的手下某个机构的制服之一。他的脸是一团呆滞的暗红色，头上戴着一顶防水帽子（他父亲从前发明的）。腿上耀眼地绑着瓶子形状的棕色绑腿。胸佩黄铜色的胸铠，头顶宽檐、白皮、黑绒的帽子，飒爽英姿的沙穆正低额弯腰向这个脸色阴沉的小个子独裁者说着什么。另外三个参议院成员站在一旁，身裹黑色大氅，活像黑柏树，或者，阴谋家。几个英俊的年轻人穿着歌剧服，手里提着棕绿色的自动手枪，在这些人周围站成了一个半圆保卫圈。在巴图克身后的墙上，就在他的脑袋上方，一行以前一些学校里的学生用白色粉笔涂鸦的模糊不清的文字还留在那儿，这个严重的疏忽真是大煞风景。左边，在院子的中央，头上没戴帽子，灰黑色、乱蓬蓬的头发随风飘拂，身着宽大白色睡衣，腰上围着一条丝绸腰带，光脚，形同古代圣人，克鲁格出现在那里。卫兵们的枪顶着罗费尔和辛普费，后者正在向士兵们抗议。奥尔嘉姐姐的脸抽搐着，眼睛里却试图表现出漠不关心的神情，她正在告诉她行动慢腾腾的丈夫，让他朝前走几步，占领一个更加有利的位置，争取下一个能上前到克鲁格身边。照片的后景里，一个护士正在给麦凯西莫夫打针：这个老人此前瘫倒了，他的妻子跪着把他的双腿裹在她黑色的披肩里（他们两个人在监狱里都遭到了残酷迫害）。海德龙，或者更确切地说，是一个极具天赋的表演者（因为海德龙本人几天前已经自杀）正在抽一个登喜路烟斗。安波的身体在发抖（照片模糊），尽管穿着羊羔皮外套，他趁着前面的第一队人与卫兵争议的机会，已经快走到了克鲁格的跟前了。你可以再往前一点。

罗费尔做了个手势。安波一把抓住克鲁格的胳膊，克鲁格很快转过身来，面对他的朋友。

"等一等，"克鲁格说道，"等我说明了这个误解，你们再抱怨也不迟。因为，你们知道吗，这样的会面完全是一个误解。昨天晚上我做了个梦，是的，一个梦……哦，不要介意，把它叫做梦或叫做幻觉都可以———道斜光穿进一个隐士的穴居——看看我的光脚——像石头一样冰冷，当然，但是——我那时在哪儿？听着，你不像其他人那样愚蠢，不是吗？你和我一样清楚，没有什么可害怕的？"

"我亲爱的亚当，"安波说，"我们不要说害怕这样的细节了。我准备好了去死……但是有一件事我拒绝再忍受下去，c'est la tragédie des cabinets[1]，活生生要了我的命。你知道，我容易反胃，他们把我带到那个完全封闭的地方，不能再肮脏的地狱，一天一次，只有一分钟。C'est atroce[2]。我情愿他们把我马上枪毙。"

罗费尔和辛普费还在和卫兵们争吵着，告诉他们还没有和克鲁格说完，这时，其中一个士兵向几个参议院成员请示，沙穆于是走过来，轻声地开口说话。

"这样不行，"他用一种非常认真的语调（年轻时，他依靠纯粹的毅力自己治好了口吃厉害的毛病）说道。"定好的程序必须要遵守，不能像这样说个没完，混乱不堪。我们就此结束。告诉他们"（他转身朝克鲁格）"你已经被选为教育部部长和司法部部长，并且在你的权限内让他们重新获得生命。"

"你的胸铠漂亮极了，"克鲁格喃喃道，突然间猛地伸出双手，十指擂鼓式地击打胸铠中间的凸出部位。

"我们在这个地方一起嬉耍的日子过去了，"沙穆严厉地说道。

克鲁格又伸手拿过沙穆的头饰，轻巧地戴到自己的头上。

这是一顶女人戴的海狮皮无檐呢帽。那个暴跳如雷、结结巴巴说不出话的男孩试图抢回帽子。亚当·克鲁格一下扔给了粉红脸颊的辛普费，他又扔了出去，帽子落到了一堆边缘还有残雪的桦树圆木上。沙穆跑回到教室里去申怨。"蛤蟆"像是

1　法语，那就是厕所所造成的悲剧。

2　法语，太难受了。

被困厄在家里似的，偷偷地沿着矮墙朝出口处走去。亚当·克鲁格把他的书包甩过肩膀，对辛普费说这真是有趣——辛普费是不是有时候也有那种"重回往复"的感觉，就好像这一切都早已经发生过了似的：皮帽，我扔给你，你又扔出去，圆木，圆木上的雪，帽子落到上面，"蛤蟆"出来了……？辛普费天生就有倾向实效的禀性，他建议他们最好好好地吓唬一下"蛤蟆"。两个男孩在圆木后面看着他过来。"蛤蟆"在墙边停下，显然是在等待沙穆。高喊一声"好哇"，克鲁格领头扑了过去。

"看在上帝的面上，制止他，"罗费尔喊道，"他已经疯了。我们不能对他的行动负责。制止他！"

如闪电一样，克鲁格飞速冲向墙边，巴图克神色仓惶，早已经离开座位，恨不得找一个地洞钻下去。院子一片骚乱。克鲁格躲开一个卫兵的阻挡。他头部左边似乎燃烧了起来（第一枪打掉了他耳朵的一部分），但是他还是兴奋地跌跌撞撞地向前扑去：

"快点，辛普，快点，"他怒吼着，顾不着朝后看，"我们来好好修理修理他，抽他的筋，快点！"

他看见"蛤蟆"蹲伏在墙角跟，战栗，分裂，不停地尖声念咒，用透明的胳膊保护不成样子的脸，克鲁格冲将过去，就在那一刻，就在另一枪（瞄得更准）击中他之前的瞬间，他再次怒喊道：你，你——之后，墙消失了，宛如瞬时停止的幻灯片，于是，我伸展了一下身子，从写了又写乱成一堆的稿纸前站立起来，去查看一番窗上的铁丝网，刚才有什么东西打在上面发出"嘣"的一声。

就像我想到的那样，一只大飞蛾陷到了铁丝中间，腿脚愤怒地蹬蹭着，大理石花纹的翅膀不停地振动，眼睛炯炯有神，如同两块燃烧的小煤炭。我刚看清楚它棕红色流线型的身体和对称的色斑，它就飞走了，飞回到了温暖湿润的黑暗之中。

瞧，就是这样。我这个只是相对而言的天堂里的各种东西——床头灯，安眠药，牛奶杯——看起来都是十分的顺眼。我知道我赋予那个可怜人的不朽是一种含糊的诡辩而已，一种文字游戏。但是他生命的最后一刻是幸福的，而且他也看到了死亡只是一种风格问题。某座钟楼敲响了钟声，我从来没弄明白过钟楼到底在哪里，而且，事实上，我也从来没有在白天听到过，钟声敲了两响，然后变得犹犹豫豫，接着便被无尽无垠的寂静抛到后面，寂静持续不断地流过来，流入我胀痛的太阳穴的血管里；一个节奏的问题。

在巷子对面，只有两扇窗户还亮着灯。一扇窗户里，一只手臂的影子在梳理看不见的头发，或者，也许是树枝在摇动，另外一扇窗户前，一根黑色的杨树树干斜穿而过。街灯撒下一片碎乱的光线，映照出一簇湿漉漉的晶绿的黄杨树篱。我还看见了一处闪着光亮的别致的水坑（克鲁格在他生命的不同阶段看到的那个），一个长椭圆形的水坑，每次阵雨后都是同样的形状，因为水坑里总会形成一处匙形凹陷洼地。很可能，同样的情况据说当我们在身边的空间里留下印迹时也许也会发生。"嘣"。一个不错的飞蛾扑火的夜晚。

译后记

　　纳博科夫说《庶出的标志》是他在和美国"互相适应"六年之后在美国写成的第一部小说。纳博科夫是一个语言天才，即便如此，从俄语转换成英语，从一个国家到另一个国家，对一个小说家而言，没有一个适应的过程恐怕也还是难以成功的。

　　对我这样一个这部小说的读者和译者而言，"互相适应"是我能够想到的最合适的描述我阅读和翻译这部小说过程的一个词。那是一种奇特的感觉：迷惑，震惊，揪心，愤怒，迷恋，感动，释然，等等。这些个貌似互不关联实则互相支撑的情感效应像一头受惊的小兔子，在我阅读和翻译过程中，在我的心头上下左右不停地窜动，要想让它消停下来，在我，实在也有一个"互相适应"的过程。具体说来，这个过程表现在三个层面。首先，是主人公克鲁格的故事层面，从普通的家庭故事到荒诞不经的政治讽喻，从颇为风光的著名人物到受尽折磨后的疯人，纳博科夫给我们勾勒出了一个似曾相识但又远远超出我们想象力的现代专制社会的图景。克鲁格的遭遇让我战栗，让我心焦，让我感到个人的无限的渺小。纳博科夫是真正地和盘托出了在那个特殊的场景里一个人的无比的无能为力。其实，又何止限于纳博科夫笔下的那个社会，我们这个很正常的世界不是也常常有类似的事情发生？于是，我感受到了纳博科夫给予我们的重击，对于我们通常所习以为常的个人地位和权力观念的毁灭性打击；而这在我是需要有个"适应过程"的。其次，是纳博科夫的文体层面。凡是读过《洛丽塔》的读者都会知晓一些纳博科夫作为一个实验性作家的创作特征，这或许也是他的创作本能。在这部小说里，同样如此，在一个正常的故事外壳里，纳博科夫的实验本能无所不在，那变化多端的笔触，那一以贯之的象征，那"残酷无情"的叙述，最当注意的便是小说中大书特书的对莎士比亚《哈姆莱特》的出人意料的改写，所有这些都像是涌动着的潮流，时刻表露出把故事冲个稀巴烂的企图。这也许可以看作是文本层面的意义表达，与克鲁格的经历本质上是一致的。当然，对一个读者而言，也有一个"适应的过程"，否则又如何能够在一片混沌中看到一丝晨曦的光亮？最后则是小说的语言。且不说时常出现的从平易到复杂到曲直双关乃至分不清头绪的语言的变换过程，单单是文本中所使用的英语以外的语言就会让你不得不有个"适应过程"。小说中出现了法语、德语、俄语、拉丁语，还有纳博科夫自创的基于俄语的特殊语。在这些语言的混杂中，一个原本或许是虚幻的情景成为一种现实。

如果前面两个"适应过程"可以通过自己的冥思苦想略微获取一些心得，那么后一个过程假如没有外来的帮助恐怕断断不能有所结果。所幸，我得到了"神助"，不是神的帮助，而是犹如神助一样的有力支持。本书的主要翻译过程是在美国普度大学完成的，其时，我在那里参加和主持华东师大美国研究中心和普度大学美国研究中心合作举办的"跨民族视野下的美国文学"研究生讨论班。班上的一位美国博士生琳穆女士知道我在翻译这部小说，主动提出可以提供帮助，因为她的本科是俄语，又在德国呆过一阵，而且还是纳博科夫爱好者，尽管《庶出的标志》没有读过。这正是天助我也！在琳穆女士的帮助下，纳博科夫所说的那些"混杂语"得以露出大致的庐山真面目。同时，我也要感谢我的北大老同事刘锋，他帮助解决了一些拉丁语问题。还有，华师大外语学院法语系袁筱一，德语系过文英，俄语系刘玉琴老师，感谢她们提供的各个语种的帮助。

　　记得那是一个下午，我正从地铁上下来，突然接到出版社编辑的电话，问是否可以翻译一本书，地铁站里人声嘈杂，没有完全听清楚编辑的话，但我听出了"纳博科夫"那几个字。感谢出版社给予我一个与纳博科夫"互相适应"的过程。

金衡山

二〇一〇年八月二十日